书与画像

朱航满 著

时代出版传媒股份有限公司
安徽教育出版社

目 录

序一　孙郁　　　1
序二　李静　　　4

辑一　画梦录　　　1

　　　3　鲁迅的人间纪念
　　　9　劫后传薪火
　　　13　或远或近的鼓声
　　　18　度尽劫波文心在
　　　22　自由思想之累
　　　26　一个上山，一个下山
　　　30　唯知音者倾听
　　　34　喧嚣中的沉默
　　　38　彼岸未达，斯人已去
　　　42　把人字写端正
　　　47　有狂气，有傲气，更有不平之气
　　　51　烈日灼人
　　　55　流放者归来
　　　59　向桑塔格致敬

辑二　春泥集　　65

　　　　　　　67　　风雨中的"八道湾"

　　　　　　　79　　新月之蚀

　　　　　　　88　　日暮酒醒人已远

　　　　　　　94　　前辈学人有遗风

　　　　　　　101　 去看杨绛

　　　　　　　107　 先生之风

　　　　　　　114　 钱钟书的"No can do"

　　　　　　　117　 舐犊情深

　　　　　　　120　 孙犁的魅力

　　　　　　　125　 小识林文月

　　　　　　　129　 她从民国走来

　　　　　　　132　 优雅的书事

辑三　小风景　　141

　　　　　　　143　 旧派人的风雅

　　　　　　　148　 译书的勾当

　　　　　　　154　 丹青引

　　　　　　　160　 书话与佳话

　　　　　　　166　 草木知己

　　　　　　　173　 新鲜的陈旧人物

179　故纸堆与热心肠
185　清洁的读书精神
189　写在孙犁边上
193　温雅的学术光亮
197　秋水堂散墨
201　编书匠笔记
205　最好的读者

辑四　夜读抄　209

211　热爱大自然的人
215　我看见了野菊花
220　在孤岛上读书
224　发现阅读的秘密
229　会心一笑
234　家国如梦，人生如诗
240　远游笔记
245　幸亏还有好文字
250　春节书事
254　京城访书记

后记　261

序 一

孙郁

我偶然在网络上读到朱航满的文章，是谈孙犁、邵燕祥的，印象很深。读他的文章，仿佛彼此早已是老朋友，内心有着深深的呼应。在学术与创作间有一个地带，类似旧时的小品笔记，介乎于书话与诗话之间，朱航满的文字属于此类。他的作品都不长，谈论的人物与图书很多，兴趣广泛得很。有趣的是他喜欢的对象有时在情调上相反，观点亦相差很大，但都能体贴地描述着，没有隔膜的地方。读了他这本书稿，第一感觉是文字是很有才情的，把批评、随感融为一体，不像一般学者的文字那么八股调。接着就有凝重内省的思想逼来，很有力量，有的读后难忘。这是本纯情的思想者的书，可在闲暇时作为消遣，但决非读后掷去的什物，像深夜里突听到笛声飘来，在它沉寂的时候，你还会总惦记着它，希望在什么时候再响起来。那个幽玄而清新的旋律，倒是可以驱走我们独处时的寂寞的。

现代以来的学术分工,给文章带来不小的戕害,都从职业的角度言说,把丰富的存在窄化了。朱航满的作品是反抗职业化的自由之作,指点江山,笑对天下,就多了性灵的东西。而且他的思想活跃得很,记录了近三十年间文学与学术的痕迹。比如对鲁迅的理解,起点很高。他那篇谈曹聚仁的文章,就很有特点,自己似乎也染有了现代文人的气息,精神是散淡和深远的。议论时弊的时候,笔下有批评的勇气,见识正合胡适的眼光。讨论当代文人和他们的作品时,是心与心的对话,乃内心要说的情思,真诚而热烈。他行文带有感情,远离空灵,能切实地领会别人的世界。这是有暖意的文章,曹聚仁先生当年看重这些,而应者寥寥。此后遂难见类似的文字,我以为他是有这样的精神的。

文章写出来,有为己与为人之别,也有在己与人之间游荡的。这使我想起法国的蒙田说过的一句话,意思是不仅要表达自我,关键是在文字里要充分地理解他人。理解他人,不那么容易。鲁迅就说我们中国人很少想到"他人的自我"。专制主义与民族主义,都是没有"他人的自我"的概念的。所以,现代以来的好文学作品,在境界上给我们惊奇的,都是远离主奴意识与大中华主义的。我有时想,大凡拒绝此二点者,都是可亲近的吧。朱航满就是个可亲近的人,不仅有文章在,还有他的为人。记得在鲁迅博物馆讨论鲁迅研究的作品时,他有一个发言,厚道的语气给我很深的印象,许多话说得让人心热。没有俗气,还能和不同的观点交锋与辩驳,在气质上与"五四"的文人有些接近。虽然身处红尘,却无庸人的谬见,总是让人感动的。

"文革"之后,文伤于愠怍,戾气淹没了常理。唯张中行、汪曾祺、邵燕祥等保持了智性之光。王小波之后,文风朗健者多了。一是觉得比我们这个年龄的人洒脱,没有道学的痕迹,扭曲的心态少于前辈。二是他们主动回到鲁迅、胡适那代人的基点,重新审视我们的世界,不再是一个思路和一种观念的演绎,精神是包容的。回想我在朱航满这个年纪,还像个奴隶,脑子在套路里,只会学说别人的话,没有自己的声音。现在,在一个敞开的世界里,心可以直面着什么,不必害怕,相信个性的张扬才是读书人的路。虽然大家知道这条路还是长长的。

在这本书里,作者谈到叶兆言的《旧时人物》,推崇有加。这大概能透露出内心的一隅,那就是对儒雅而纯粹的书斋生活的体认。叶兆言的书香气令作者倾倒,他似乎从中看到人物漫笔的描写的价值。我们当下的写作日益粗鄙,有趣的文章还太少了。于此同时,他对董桥、聂华苓、王元化的关注,大概都与此类心态有关。远远地看着他们,并不成为对象世界的一员,也因为这个距离感,使他没有定于一尊,思想是跳跃的,因为他知道,这个世界可驻足的地方,不在一个平台上。

他说自己最喜欢的是鲁迅,对孙犁的书亦有感觉。都在证明作者的情感底色是什么,也由此隐隐地猜测到他对苦难感的态度。不过他似乎不愿意沉浸在苦涩的记忆里,思想是飞翔状的。他的好处是兴趣广泛,不被一个思路圈住自己,意识到摆脱人间苦楚有无数种路。相比较而言,他对性情的学人有种认可感,而对当代作家,似乎挑剔得很,原因也许是后者过于粗燥和乏味。读书之乐其实就是思考之乐。逃之于嚷嚷,安之于静静。书读多了,都会有这样的体验。

朱航满让我为他的书写几句,我很有些尴尬,因为他说的那些话,已使我看后无话可说,自己已不能讲出什么新的东西。为人作序,难免有作秀的一面,我其实不止一次这样了,说起来真是惭愧。不过,相信不仅我这样的年龄的人会喜欢他的书,许多更年轻的朋友也会注意到这本趣味横生的随笔。一代人有一代人的眼光。"五四"以来形成的文体,其空间还是那么的大。那长长的路还没有走完的时候。只是有时弯曲,有时笔直,有时隐秘。好的文章,在我们这个时代不是没有,只是我们有时没有看到而已。

2008 年 11 月 9 日,北京

序 二

李静

　　本书的作者朱航满君，是个极有趣的人。有趣不是因为他看起来宽容又诙谐，而是相反——他苛刻而严肃。任何品行只要走到了极端，皆会成为有趣的源泉，苛刻和严肃更其如此。话说七年前与朱君相识，是在北京鲁迅博物馆的一次讲座之后，他跟我打的第一声招呼，便是一个谴责。原话记不清了，大意是说：我的文字他一直读，印象颇不坏；但自从某日看到某人编的一本哗众取宠的书，印象便坏了——因那书收了我的一篇文章，可见我已默许并参与这哗众取宠的行为，这实在是……"你，你为什么要这样呢？"在那个正午的大厅里，这学生男孩直视着我，神情是那么稚气、严肃，目光是那么清亮、急切，就像发现了透明玻璃杯上的一块污渍，痛心而急欲擦去。不知为何——许是他的洁癖真有惊天地泣鬼神的功效罢，我不愿失去这读者，便告之以实情。他紧皱的眉头慢慢松开了，杯子似已重归透明……可是,没有完——临别,他谆谆告诫我:"以后小心点啊。"

以后,渐成文字上的君子之交。正所谓"皎皎者易污,峣峣者易折",那眼里不揉沙子的,生活难免要给他一点颜色看看。七年的时光过去,原来那个心直口快的愤怒青年,被命运安排去做了一名案牍劳形的小吏;文风也由原来的火气外露,变得知人论世,旁征博引,平心静气,娓娓道来。这其间笔趣的迁易,隐含了他多少自我的搏斗、磨折的降伏,我虽知之不详,却也了解若干。也正因此,我不敢小觑他的文字,因为它们活生生的,是意志与热诚的凝结——看似采菊东篱,其实猛志常在。

航满读书胃口好极,单看他的议论对象,就可知道——既通现代掌故,又搔当代痛痒;既解金刚怒目,又爱菩萨低眉;既喜雅士之趣,又怜草根之难……貌似什么都谈得,什么都感冒,那嘴刁而老道的读者,恐怕是要起疑心了。但细究起来,他的阅读和写作却有一极清晰的指向,那就是对精神友伴的寻求,对不安灵魂的安放——就像荒野上的夜行人,每遇一星光亮,便宝贝似的拢在怀中,天长日久,那聚合的光热已足以暖其心胸,启其性灵,让他自己也成暗夜中的一粒火。可这种自我的启蒙与救赎,却不以庄严布道的表述出之,而是敏捷、松弛、自然、得趣,随想随写,抛洒性情,从心思到语言,无不追迹他所倾慕的先贤。

航满本是学历史出身,后来转道文学,但史家的笔调和趣味已成了他的底色。因此他的读书随笔虽多涉文学与文人,却极少从形式和品质的方面去作审美批评,而是叙述事实,查究谱系,提供世情的知识,勾勒命运的轨迹,从别一向度上,弥补文学批评在历史感上的不足。当此文学及其批评日渐式微之际,航满的这种写作,或许不失为一种重燃读者兴趣、扩展批评空间的方法。但是,我总怀疑这历史化的阅读和写作是一柄双刃剑。专注于事实肉体的描绘,会不会降低对精神气息的敏感呢?浸淫于中国文人的空气和习性里太久,关切与思考的天空会不会变矮呢?当理解和认知一个客体时,能否超越于一己的习惯和趣味呢?当迅捷而庞杂的文字从笔端涌出时,能不能用力雕刻它们,使精神的轮廓更其强烈、自我的天性更被认出呢?这是我想问航满、更想问自己的。

读完这本书,也就重温了一个人跌跌撞撞的成长,以及在这成长的岁月中,他对孤独洁净的精神战士从未更改的陪伴之情。此情深重,出于赤子,或将随着航满行脚之远而慢慢蕴蓄积压,直至火山喷发。作为朋友,我盼着他光焰万丈、予人热能的那一日到来,但并不着急。先哲有云:"时代犹如大河,空虚无物者浮,实学有才者沉。"好在航满君对沉浮之事,并不介怀,他真正在意的,倒是自己这块石头究竟能炼成怎样的质地——这是我最敬重他的一点。谨此为序,聊表祝福。

2012 年 6 月 8 日,北京

辑一
画梦录

鲁迅的人间纪念

1956年,客居香港的曹聚仁以记者的身份回到内地。这一年,恰巧是他的朋友鲁迅去世二十周年的纪念,曹聚仁在上海亲眼目睹了热闹的纪念活动。就此,他连续写了两篇文章来讲述这样一件事情,这两篇文章后来都收到他出版的著作《北行小语》中。在10月16日的《在鲁迅的墓前》一文中,他写道:上海为了纪念鲁迅将鲁迅先生的墓迁到上海的虹口公园以便人们参观,迁墓之日场面十分隆重。与此同时,曹聚仁还特意收集了数百篇纪念鲁迅的文章,他专门拿出沈尹默的文章进行了一番议论,言其毕竟是"耳闻之徒所能写的"。尽管言语中有讽刺的意味,但还是相当客气的。不过,到10月29日,他又写了一篇文章《纪念鲁迅的日子》,这一篇文章似乎有些对整个纪念活动进行全面论述的味道,但这一次,他的态度是明显的:"鲁迅的神话化和庸俗化的笑话,那是随处可见的。"他列举了不少纪念活动的事情,其中一个就是上海鲁迅纪念馆的一位负责人申请将鲁迅墓改为鲁迅陵,而另一个让他有些愤怒的是关于纪念鲁迅的文字,"纪念鲁迅的文字,实在使记者看得有些厌烦了。有的,简直不知所云"。

也是在这一年,曹聚仁在香港世界出版社出版了他的著作《鲁迅评传》。想来,这也是他专门为了赶在纪念鲁迅先生去世二十周年这样一个日子。不过,他想写作一部关于鲁迅传记作品的想法由来已久,他甚至曾告诉一位朋友,他到香港去要做的第一件事情就是写鲁迅的传记。因为在他看来，当时关于鲁迅的描述大多不值一提，他所谓的不值一提就是要么过分的丑化，要么没有事实的根据，要么将其神化。在此之前，为了写好这部传记，曹聚仁甚至做了大量的准备工作，他先后编撰出版了《鲁迅年谱》和《鲁迅手册》两部专著。经过多年的准备，曹聚仁终于赶在鲁迅去世二十周年的日子，出版了这部精心写成的传记著作。他是想要还原一个历史真实的鲁迅，因而，在这著作的开篇，他就写到1933年自己与鲁迅的一次会面。那天夜晚，鲁迅到曹聚仁家做客，吃完晚餐后两人谈兴甚浓，鲁迅看到书架上放了大量他自己的著作和相关资料，便问曹聚仁收集他的资料是否要为其写一部传记，曹聚仁回答说："我知道我并不是一个适当的人，但是，我也有我的写法。我想与其把你写成一个'神'，不如写成一个'人'的好。"

《鲁迅评传》1956年在香港出版，随后几十年中连续再版，在香港甚至海外的研究界都产生了较大的影响，但这部著作直到1999年的4月才被引进到内地出版。对于内地鲁迅作品及研究出版的持续热潮，这倒是一个奇怪的现象。为什么相隔四十三年才出版这本具有价值的鲁迅传记呢？其实这并不奇怪，就是因为作者曹聚仁的写作初衷就是要将鲁迅写成一个普通的人，而不是一个脱离现实的神。对于一个与鲁迅有过密切交往的研究者，曹聚仁的这个心愿基本上得到了完成。他在这部传记中以比较轻松的笔调记录了鲁迅的一生以及鲁迅的生活习性、社会交往和价值观念等，为我们更为真切地理解鲁迅提供了一个新鲜的途径。在曹聚仁的眼中，鲁迅是一个并不特别的人，他有独特的人生经历和许多有趣的生活习惯，但这些东西并不奇怪也并不与平凡人有多么大的相异之处，甚至他眼中的鲁迅，完全没有我们想象中的高大和完美。在著作中，他甚至这样形容他所见过的晚年鲁迅的形象，"他那副鸦片烟鬼样子，那袭暗淡的长衫，十足的中国书生的外貌，谁知道他的头脑，却是最冷静，受过现代思想的洗礼的"。这是一个有趣而大胆的描述，但是稍微了解鲁迅先生晚年具体情况的人都会承认这样一个刻画。鲁迅去世的时候，体重仅仅三十七公斤，而曹聚仁在这本著作中《日常生活》一章中写道，鲁迅先生喜欢抽烟，往往是烟不离手,甚至一边和客人谈笑风生,一边烟雾弥漫。鲁迅大约每天吸烟多达五十多根。

如果了解这样一个背景,我们不得不承认这个准确却稍微有些刻薄的描述。但一经曹聚仁的手笔写出,我们对于这个鲁迅感到亲切甚至感到很可爱,觉得鲁迅就应该是这样的一个人。诸如他在书中写到鲁迅一次和他的弟子孙伏园到陕西去讲学,一个月得了三百元的酬金,于是鲁迅就和孙伏园商量:"我们只要够旅费,应该把陕西人的钱,在陕西用掉。"后来,当鲁迅知道陕西的易俗社经费很紧张,就决定将这钱捐出去。西北大学的工友照顾他们非常的周到,鲁迅也决定多给他们点酬劳,但其中一位朋友不赞成这样做,鲁迅当着朋友的面什么也不说,退而对孙伏园讲:"我顶不赞成他说的'下一次不知道什么时候才来'的话,他要少给,让他少给好了,我们还是照原议多给。"从这样一个小小的细节,我们就可以看出鲁迅在精神上的高洁,在胸怀上的宽广以及在世故人情上的练达。但曹聚仁没有任何的渲染和夸饰,用这样的一件小事情就写得活灵活现。对于鲁迅的评价,曹聚仁也是尽量地保持客观和平和,他借用鲁迅对于胡适、陈独秀和刘半农等人评价的比喻来评价鲁迅,我认为也是颇为恰当、形象和准确的:"我以为他是坐在坦克里作战的,他先要保护起自己来,再用猛烈的火力作战,它爬得很慢,但是压力很重。"

这样看来,我们就不难理解曹聚仁在《北行小语》一书中对于那些纪念鲁迅的方式和文章的不满了。因为他所读到的那些文字中的鲁迅先生,与他所接触和认识的鲁迅实在隔膜得很。这是在1956年,但不幸的是在随后内地的岁月里,对于鲁迅的阐释和纪念越来越离谱,越来越朝向"神"的偶像发展。在"文革"中,鲁迅甚至成了和毛泽东一起唯一可以供人们阅读和膜拜的伟人。学者谢泳在《鲁迅研究之谜》中,曾经发出这样的疑问,就是为什么继承鲁迅精神的人和违背鲁迅精神的人都在使用鲁迅作为他的精神资源:"'文革'时期鲁迅的书是他同时代作家中唯一没有被禁的,也就是说我们生在新社会长在红旗下的人是读着鲁迅的书长大的,可为什么在中国最黑暗的年代里,那些读过鲁迅书的红卫兵战士连最起码的人道主义都不懂,学生打死老师的事几乎天天都在发生,这一切是从何而来呢?在那个年代里鲁迅的书是可以完整地读到的,他有全集在,那么多读鲁迅书的人怎么就不学好呢?鲁迅是反专制的,可专制偏偏又找着了鲁迅,这是为什么?"

如果我们换一个角度来看问题,就是同样是对于鲁迅的热爱和尊敬,为什么有的人的眼里鲁迅就是一尊神,而为什么有的人的眼里鲁迅却是一个人?我想这是一个很关键的问题,鲁迅被人们尊敬成为一尊神的时候,那么他的精神资源变成为不可怀疑的真理,而一旦成为真理则又往往会成为不可怀疑的思想束缚,一旦成为思想的束缚则会成为背叛鲁迅精神的一种奇怪的产物,这也许就是为什么鲁迅精神资源往往会成为违背其精神的人的利用品。鲁迅先生一生提倡"立人"。他指出,中国的社会一是"想做奴隶而不得的时代",二是"暂时做稳了奴隶的时代"。鲁迅思想核心,也是最值得我们继承发扬的,就是反抗这种被奴役的思想,而他反对人的被奴役的关键,就是从人的精神世界出发,包括人的思想被奴役也包括被他自己的思想所奴役。这正是他的伟大之处,也是他常常反对和批判权威和偶像的原因。他在自己的遗言中就有这样的交代,"不要做任何关于纪念的事情",这尽管有些不近人情,但我以为他是清楚了解这样一个危险的历史倾向的。对于鲁迅的神化和对于鲁迅的扭曲,其实是一样严重和可怕的事情。使鲁迅思想的崇拜者在某种意义上成为他的思想的奴隶,这在我们的鲁迅研究界和我们的读者中常常是屡见不鲜的。甚至在今天依然如此。这也就是为什么在对研究和探讨鲁迅的问题上,常常还会出现许多令人尴尬的笑话甚至闹剧出来。曹聚仁在鲁迅传记中说:"我总觉得把他夸张得太厉害,反而对他是一种侮辱呢!"这是多么令人敬佩和发人深省的断语啊。

1936年鲁迅去世以后,我们对于鲁迅的纪念就一直朝着这个方向发展的,而且这样的潮流在新中国成立以后则是越来越极端。学者程光炜在他的研究著作《文化的转轨——"鲁郭茅巴老曹"在中国》中对于鲁迅在现当代文坛地位的确立过程有过详细的研究,其中他也花费了大量的篇幅研究建国后鲁迅在人们认识上的变化。在《鲁迅:唐吉诃德的困惑》一章中,他论述到大量让我们触目惊心的鲁迅被神话的现象,诸如"与'毛选'齐名的《鲁迅全集》"、"'故居'和'纪念馆'在各地的兴建"、"规模浩大的'鲁学'",等等。对此,程光炜有这样的一个解释:"正像胡适在台湾被视为'当代圣人'一样,鲁迅在大陆的文化地位是无人能望其项背的。他们的存在,恰好弥补了中国晚清以后一百多年来圣人的空缺。"这种精神世界需要偶像来填补的奴隶思想,正是鲁迅先生所批判的封建思想,但恰恰却将鲁迅塑造成了完人和圣人。

1940年,毛泽东对鲁迅有一个惊人的评价:"鲁迅是中国文化革命的主将,他不但是伟大的文学家,而且是伟大的思想家和伟大的革命家。"这个评价最终决定了鲁迅在中国地位发生了更大的跃进,使得鲁迅在被人们神化的道路上更迅猛地前进找到了理论的依据。一个值得我们注意的现象是,1978年中国开始进行思想解放,批判"两个凡是"的思想,但毛泽东关于鲁迅的评价一直被人们继承和认可。重要的是,在政治领域人们进行了一场轰轰烈烈的反对权威和反对偶像崇拜的运动,但在思想文化领域,人们并没有太多的行动。知识分子更多的是进行拨乱反正和自我的重新定位上的努力,远远没有注意到自身所要反思和清理的问题,这也就是问题之症结,使得今天的鲁迅也日益成为思想领域"两个凡是"的神圣化身。

1993年,上海学者王晓明写了一部《无法直面的人生——鲁迅传》。这部带有强烈个人情绪印记的传记一经出版,就获得了社会大众特别是青年读者的喜爱。但人们发现,王晓明笔下的鲁迅则又成为另一番模样,这个鲁迅尽管失去了以往鲁迅传记中的神圣光环,却具有常人一样的精神情绪。王晓明对于生活在特殊时代里的清醒者鲁迅,有了传神而细腻的刻画。不料,他的这种写法却有了另一种的隐患,在2001年他的这部传记著作重新出版的时候,王晓明在书的前言中不无忧虑地写到:"……他们以各不相同的词句,表示对这部书的欣赏,而理由却大致相似:你'剥掉'了鲁迅的'神'的外衣,让我们看到了'人'的'真实',尤其是'人'的'软弱'、'渺小'和'卑劣'……我还清楚地记得,一位广州的高中生用了'卑劣'这样严重的断语之后,特地在信中解释说,他这是指人的'本质性'的'卑劣',而非指鲁迅个人的品质。"

王晓明的鲁迅传记之所以受到青年的欢迎,因为他笔下的鲁迅为我们提供了一个"人"的轮廓,一个具有与"人"同样精神世界的鲁迅。但没有让作者本人想到的是,他自己走得或许有些远了。王晓明笔下的鲁迅,由于内心世界过于的阴郁和孤独,作为前后夹击的"横站"的战士,却使得读者感受到的鲁迅让人既不亲切也不可爱。当然,这也与作者当年所处的具体的社会历史环境有着重大的关系,但在再版的时候,王晓明还是坚持自己的这种理念而不做修改。其实,王晓明对于鲁迅的重新认识,又是一个值得我们注意的研究倾向。在近些年文化学术界,又出现了许多反对鲁迅、拒绝鲁迅和有意寻找揣测鲁迅人性阴暗和隐私的研究文章,这些与把鲁迅奉为神灵的行为一样是缘木求鱼的思考鲁迅,并且是走到了另一个反对人性的极端。究其原因,他们要么是在过分神化鲁迅的心理下,以自己的一点片面的发现而自得;要么则是将研究的鲁迅本身置于一个非人的审判台来苛责。每到纪念鲁迅的日子,我们又会集中读到更多纪念鲁迅的文字,以及会看到各种形式的纪念活动,也包括我的这一篇文字。我只是希望,希望这些文章或活动能够将鲁迅先生放在一个"人"的位置上来纪念,那将会真正有益。(原载《中国教育报》2006年3月30日,又载《世纪中国》2006年10月)

劫后传薪火

《八十年代访谈录》出版并热销的时候,我曾论及此书中关于八十年代文化风景的一种因缘:"在这个时代里,一边是成长于'文革'年代之中的青年弄潮儿,他们激情洋溢,以英锐豪迈的姿态走在时代的前端;而另一边则是曾经在五四文化浸染中的文化老人,他们成为这个时代掌舵人,以其厚博资深的文化威望为这个时代的走向把握住了历史的文化命脉。"而此论断也恰恰是因为读了查建英对于北京大学陈平原教授的访谈,其中提到了他们这些在文化劫难中成长起来的一代人,之所以能够走上学术的道路,正是因为曾受到过"五四"精神浸染的文化老人们的"隔代遗传"。无独有偶,近日读一册由北京大学出版社出版的《传灯——当代学术师承录》,其中所收学人许纪霖的文章《我的三位老师》中,也有这样相似的论述:"但非常奇怪的是,我们对那些更上一代的老先生们却非常尊敬。我将它称之隔代遗传现象。这些老先生,他们大多都是在1949年之前受的教育,有的是留学归来,有的师承'五四'一代大师,大都中西学皆能融会贯通。在我自己的知识分子研究中,我将他称为后五四一代的知识分子。我们对这些老先生反而有一种亲近感。"

也正如许纪霖先生所论述的这种现象,在上个世纪的八十年代初期,那些因文化革命而精神荒芜的年轻人,他们有幸接续上了"五四"一代知识分子的精神血脉。我读这册关于当代学术师承的文集《传灯》,便不难发现在这其中隐隐地流淌着一个无法割断的学术血脉。诸如陈平原所师承的王瑶先生，其师承的则又是"五四"时期的著名文学家朱自清先生；而夏晓虹所师承的季镇怀先生，则又受教于"五四"时期的著名文学家和革命家闻一多先生；海外的学人林毓生受教于著名的哲学家和政论家殷海光先生，而殷海光则又从著名逻辑学家金岳霖先生那里获得真传。也难怪，此书中收录有刘浦江的文章，在纪念其恩师、著名史学家邓广铭先生时，便也有这样既骄傲又恳切的论述："不管是胡适还是傅斯年，对宋史都谈不上什么研究，然而邓先生就是在他们的影响之下走上了宋史研究的道路，并且成为本世纪宋史学界的学术泰斗。不好理解么？学术重师承，但师承关系有两种。一种是我们惯常所见的，即师傅带徒弟式的，师傅手把手地教，徒弟一招一式地学。另一种是心领神会式的，重在参禅悟道。专业导师可以授业，但只有大师才能传道。邓先生与胡适、傅斯年之间的师承关系，就是这后一种。"

也恰恰是这种学术传承的联系，让这些受到"五四"一代熏染的老知识分子们，他们在八十年代的独特时代之中，既传递了文化灾难之后学术薪火相传的精神使命，同时更重要的是他们将"五四"那一代知识分子身上所秉有的精神信念保留了下来。在价值一度混乱，精神世界芜杂的学术研究领域中，能够继续保持着中国知识分子的本色与道义，创造出一个个撒落在神州大地上的文化绿洲。因此，我读这册《传灯》，一方面感慨那些老知识分子们在独特的历史时期之中所承担起的这种薪火相传的紧迫感与使命感，其次则是他们精心营造，在学术相传之余，所滋养于下一代学术青年的品质与操行，这些都是值得我们时刻彰显的。正因为有着这样的薪火传承，几年前，我读一册文集《北大往事》，便感慨于这种文化品行的延续，"这种对于先生之风的代代叙述，让我想起几年前求学京城时，常常混迹于北大课堂，印象很深刻的是聆听陈平原先生给研究生所开设的课程《中国百年学术史专题》。陈先生的课堂，气氛温暖，我常被他在讲课时对台下学生们所称呼的'诸位'二字所打动，仿佛瞬间回到了一个遥远的时代里，而陈先生课后与自己的弟子们相约论道，则让我这个非北大学子实在艳羡。风气遗存，让人感怀"。学术乃天下之公器，但十年文化的荼毒，神州学术几乎遭遇毁灭性的打击，幸亏有这样一批学术大师还赶在了最后时刻，将自己吸纳的学术能量传递和喂养给年轻的一代代学术青年。诸如上海的王元化先生，晚年在担任华东师范大学博士生导师之余，十分关心那些追求真知的年轻人，我曾读过关于王先生的纪念文集《一切诚念终将相遇》，受他恩泽的学者就有许纪霖、吴洪森、朱学勤、胡晓明、钱钢、钱文忠等多位当代学人，其中不少都是先生在其人生遭遇困境的时刻给予重要帮助的，促使他们最终成长为参天树木；再如陈平原先生所受教的王瑶先生，在文化劫难之后，担任北京大学文学系现代文学专业的教授，并招收新时期中国第一批文学研究生，其弟子便有如今赫赫有名的赵园、钱理群等数位。陈平原的拜师经历堪称奇迹，因为从中山大学毕业北上寻找工作，结果不利，后经钱理群推荐于王瑶先生，终成其门下弟子，之后才得以留校；而作为复旦大学中文系教授的贾植芳，在劫后的"早春"岁月里，并没有立刻执掌教职，而是担任复旦大学中文系图书资料室的一名管理员，但正是在这里，他热切地为前来借书的学子们推荐、遴选和答疑，并发现和培养了陈思和、李辉这样当代文史学界的名流。

  在这册《灯传》之中，我常常为这种以传承学术为使命的情怀所打动。而这又不仅仅是学术上的努力，更是人格境界上的熏染，正如陈平原先生念及恩师王瑶先生一样："听先生聊天无所谓学问非学问的区别，有心人随时随地皆是学问，又何必板起脸孔正襟危坐？暮色苍茫中，庭院里静悄悄的，先生讲讲停停，烟斗上的红光一闪一闪，升腾的烟雾越来越浓——几年过去了。我也就算被'熏陶'出来了。"那一代的知识分子，人生经历太过坎坷，但学术的精神不息，人格的境界也总算未曾遭受太大的玷污，他们留给弟子们的使命便是如何成为中国未来的学术希望。因此，在王瑶先生的晚年，便是念念不忘地教导弟子们如何成为"大学者"。记得我曾读过钱理群先生的一篇纪念文章《王瑶怎么教弟子》，便可以深刻感受到这位性情耿介的学术大师在他的人生晚境中于传道之业的雄心，他对于这个来自贵州地区且已几近中年的老研究生要求苛刻，在读书写作和研究上均十分严厉。许多年后，已经成就自己学术地位的钱理群在回忆起恩师的教诲的时候，字字沾情，令人看后唏嘘感慨。可惜的是，这册

《传灯》未曾收录这篇文章，而就我所读到的，还有许许多多这样令人难以释怀的往事曾存在于这个世界，而在那个文化复苏、乍暖还寒的时代里，其意义更是非同小可。

说来这册《传灯》，或许只是为我们提供了一扇开启中国当代学术史的缝隙，让我们从中窥探出其中的些许奥妙与光亮来。听说一位曾受教于陈平原先生的弟子正在潜心于"当代中国学术地图"的写作与研究，我曾偶读片段，记得他谈及在当代学界颇有声望的"学术夫妻"秦晖和金雁，便均曾受教于兰州大学历史系的老教授赵俪生先生。赵先生在学术中心之外潜心授徒，时时与那些京城名家的弟子们一比高低，而多年后，这些均有成就的弟子也纷纷证明了老先生当时的苦心栽培。我读后竟是大慨，但遗憾的是这册《传灯》收录的文章多关乎京沪大学与研究机构的学术名流，那些偏居一隅的薪火传承却太少选录。因此，我很期待那册完整成熟的"当代中国学术地图"能早日问世。（原载《南方都市报》2010年3月26日，又载《天津日报》2010年4月27日）

或远或近的鼓声

齐邦媛对于我是一个陌生的名字。直到我读了她在晚年所撰写的回忆录《巨流河》，才知道原来她就是近代史上有名的爱国人士齐世英先生的女儿。齐世英出生于辽宁铁岭，早年留学德国学习哲学，回国后看到祖国积贫积弱，军阀割据，连年战乱，因此一心想救国救民；当时东北军阀张作霖准备挥师进关对抗孙传芳召集的五省联军，齐世英不愿看到家乡父老再受战火的摧害，参与东北名将郭松龄的回师之举，以图共建和平东北，但没想到，最终却兵败沈阳城外。郭松龄将军惨遭杀害，齐世英夜逃而幸免一死。不久，张作霖也被日本人杀害，东北随即被占领，流亡南方的齐世英积极奔走于抗日事业，先后负责联络中央与东北的地下抗日工作，安顿东北进关的流亡人士，以及创办专门针对东北流亡学生的教育事业。

生活在这样的家庭中的齐邦媛，早早就懂得了国家与民族的意义。父亲对于她的一生，影响意义均为重大。她记得还在自己孩童时，因读书上学，而不得不经常变换姓氏，甚至随时躲藏，其中的一件小事让她至今记忆深刻。她曾在一片泥泞的南京小巷里遇见了坐在汽车上的父亲，却被教导不可以因私事而享受公车。父亲一生追求自由与民主，从来不顾及个人安危与自身荣辱，晚年流亡在台湾，因反对政府抬高电价用于军费而被开除国民党党籍，后又因与雷震等人组建新党而差点入狱。父亲齐世英的一生，磊落光明，奋斗不息，即使是晚年遭遇不平，也绝未曾苟且度日过。在这样的家庭中成长，齐邦媛说她一生都不敢有丝毫的懈怠。

那是一个兵荒马乱的岁月，但也是因为生活在这样的家庭之中，让她可以追随父亲求学的成长足迹，也可以让她依然享受到良好的教育，她曾先后就读于赫赫有名的南开中学和武汉大学外文系。南开中学由著名教育家张伯苓先生创办，以教育救国，鼓励学生在国家危难中，怀抱"中国不亡，有我！"的豪迈志气，在这里，齐邦媛接受了系统和良好的基础教育，也使她看到在灾难深重的旧中国，"尚有另一个中国在日益进步，充满了高瞻远瞩的理想"。而在武汉大学外文系时，正是中国八年抗日战争进行得最为艰难的时期，教育部要求所有院校"不到最后一日，弦歌不辍"，武汉大学甚至随时准备由三江汇流的四川乐山再搬迁到更为偏僻的宜宾境内的"雷·马·屏·嵯"。齐邦媛说那是她自己一段真正恐慌的日子，但"人生没有绝路，任何情况之下，'弦歌不辍'是我活着的最大依靠。"也因此，她时刻没有忘记自己身上所肩负的使命，那时候，许多进步学生热衷于组织各种形式的读书会，参加集会、游行和示威活动，校园里常常空无一人，起初，齐邦媛也很感新鲜，但为革命奔走了大半生的父亲的一封来信，影响了她的一生："……如今为了全民抗日，国共合作，所有社团都公开活动，吾儿生性单纯，既对现在功课有很大兴趣，应尽量利用武大有名的图书馆多读相关书籍，不必参加任何政治活动。"

齐邦媛说，父亲的来信直到如今她依然能够字字默记心间。后来她虽然短暂接触政治活动，很快就全身而退，一方面是因为自己或许真是不适合政治活动，而重要的可能是她受到了父亲的影响，觉得救国的道路并非只有一条路可走。也恰恰是因为这样的精神理念，在那样艰苦的环境中，她才能够倍加珍惜光阴，没有彻底地荒废学业。在武汉大学外文系的岁月里，她先后受到了朱光潜、吴宓、袁昌英、田德望等名师的教诲，朱光潜教授带领她认识了雪莱和济慈，让她感悟到"我们在人间，总是瞻前顾后，在真心笑时也隐含着某种痛苦"；吴宓教授引领她学习比较文学，开设著名的《文学与人生》课程，她至今还记得吴教授在自己的毕业论文大纲上所加的那一句话："佛曰爱如一炬之火，万火引之,其火如故。"吴教授是想让她明白,要朝一种超越尘世之爱去想,去爱世上的人,同情、悲悯,"爱"不是一两个人的事情;袁昌英教授带她学习"莎士比亚",田德望教授则在家中单独引领她研习但丁的《神曲》。那真是一幕幕让人心动也心碎的学习场景,许多年后,她在自己的回忆录中这样写道:"我坚持选《神曲》是一个大大的逆流行为,在很多人因政治狂热和内心苦闷,受惑于狂热政治文学的时候,我已决定要走一条简单的路。我始终相信救国有许多道路。在大学最后一年,我不选修'俄国现代文化'而选修冷僻的《神曲》,对我以读书为业的志愿,有实际的意义。"

那一代的中国人生在忧患之中,心中充满的都是救亡图存的理想与信念,而越是受到更深刻的创伤,越是不敢有丝毫的懈怠。齐邦媛在《巨流河》中写到她的兄长张大飞的故事,最让我读后感慨。张大飞是父亲齐世英的朋友之子,东北沦陷后,张大飞的父亲因为进行地下抗日活动,不幸遇害,被日本人烧死在广场上;流亡出来的张大飞成了真正的孤儿,在齐世英专为招收东北流亡学生而创办的"国立中山中学"读书,由北往南,不断漂泊,距离家乡也越来越遥远;在齐家人的呵护下,张大飞日渐长大,与齐邦媛也慢慢产生了一种朦胧的感情;但家国与时事让这位优秀的年轻人不敢懈怠,他在中学毕业后毅然放弃读大学的机会,选择到空军服役。经过艰辛的努力,他终于成为著名的"中美空军混合大队"中的一员,在空中与侵略国土的敌人进行较量。那些年里,齐邦媛不断与这位精神的兄长进行通信,正如她所说,那些信件中,一边是一位少女心灵复苏与成熟的青春记录,一边是一位中国空军青年军官的人生历练。是在这些信笺中,他们彼此了解,两颗年轻的心灵在纷乱的局势之中保持着洁净与灿烂。1945年抗战结束前夕,在河南信阳进行的一场空战中,张大飞不幸遇难。身心的巨大创伤让齐邦媛难以承受这突来的打击,她不断地在心中抗诉:"从阁楼的小窗看满天星辰,听窗外树上的鸟鸣布谷,你在哪里?你怎么像神迹般显现挚爱,又突然消失了呢?"记得张大飞在从军行前曾赠给她一册《圣经》,齐邦媛说那册书她一直随身携带。自此以后,齐邦媛受洗成为基督徒。

1948年,齐邦媛在上海新天安基督教会结婚,丈夫是武汉大学的校友罗裕昌。那时，齐邦媛已经接受台湾大学外文系的邀请，担任助教工作；丈夫罗裕昌则在台湾铁路管理局工作，之后的半生也将自己献给了整个台湾的铁路现代化建设。随后的1949年，两岸隔绝，齐邦媛一家人由此再度流浪异乡。在台湾的半个多世纪里，齐邦媛把自己的几乎全部精力都献给了中国文化与文学的重建、交流与发扬光大上。她在台湾中兴大学创办和组建了外文系，并承办了台湾"第一届英美文学教育研讨会"；在担任台湾"国立编译馆"期间，她力主重新编选中小学国文教科书，反对教科书过于政治化的干涉；在台湾大学外文系，她兢兢业业工作到退休，培养了诸如黄俊杰、杜正胜、王德威等一大批学有所成的文学骨干力量，并多年如一日地热情为台湾文学鼓与呼，先后担任"中华民国笔会"以及《"中华民国笔会"季刊》的顾问和主编等职务，参与编选了"台湾现代华语文学"英译计划，以及提议和促成了在台湾建立"国家文学馆"，等等。这半个世纪的岁月，她几乎都将自己浸泡在中国文化与文学的教育教学之上，风轻云淡，岁月安好，但她也并没有懈怠自己，而是不断地进修、访问、工作，之所以如此，正如她自己所说的："而我多年来，当然也曾停下来自问：教学、评论、翻译、做交流工作，如此为人做嫁衣，忙碌半生，所为何来？但是每停下来，总是听到一些鼓声，远远近近的鼓声似在召我前去，或者那仍是我童年的愿望？在长沙抗日游行中，即使那巨大的鼓是由友伴背着的，但我仍以细瘦的右臂，敲击游行的大鼓……"

在齐邦媛这一代人的心中，抗日战争是人生中抹不去的伤痕记忆，而两岸隔绝则是无法抚平的精神创痛，他们这一代人的煎熬与前行，坚守与奋斗；这一代人的光荣与梦想，苦难与辉煌，都离不开对于这个民族以及她深厚博大文化的认同。1941年，钱穆先生到四川乐山的武汉大学举办讲座，城区半毁，危机四伏，学生们半夜起床，举着火把到学校最大的教室里聆听先生对于中国历史上的政治问题的讲座；当晨光微露时，教室里已经挤满听众，后来者无法进入，而齐邦媛正在其中。晚年的钱穆先生在香港创办新亚书院，后又舍香港到台湾，因为他也和那时所有中国人一样，"有八年之久相信抗日救国之必要，而1950年后台湾仍是捍卫中国文化的地方"。机缘如此，使得齐邦媛有幸在台湾能够时时聆听钱穆先生的教诲，她也由此更加坚定了这些漫长岁月里自己的寂寞劳作。也难怪，台湾著名作家白先勇会称齐邦媛为"台湾文学的守护天使"，而我也记得她在1980年编选论文集《台湾小说》（*Chinese Fiction from Taiwan*）时，所秉承的那一精神理念："我编英译选集时，不仅台湾的作家大多数认为我们是承袭发扬在大陆因政治而中断了的'中国现代文学'，世界汉学界二十年间也如此认定。因为我们也是主流的延续，因此可长可久。"读书至此，我似乎才多少有些真正理解齐邦媛了。（原载《中堂闲话》2011年第5期，又载《中国图书商报》2011年1月28日，《艺术广角》2011年第2期）

度尽劫波文心在

偶读香港作家董桥的文章《春台遗韵》，此文系他读台湾友人彭歌的长文《春台旧友》的随感，其中有这样的相关介绍："两万多字的《春台旧友》刊在去年3月的《文讯》上，写周弃子，写吴鲁芹，写聂华苓，淡彩点染也点了林海音点了郭嗣汾点了他们那一代'春台小集'的许多作家。彭歌说那是个很小的文友集团，诗人周弃子有一首诗写他们的聚会用'春台小集'四个字描绘春天台北的第一次雅集，又好听又切题。"《文讯》是台湾的刊物，我自然无缘读到这样的佳作，但恰好读到聂华苓的《三生影像》，其中也有关于"春台小集"的几许叙述，在她的文章《郭衣洞和柏杨，1984》中，写到后来成名为柏杨的郭衣洞，也曾是"春台小集"的一员，由此我才稍稍地了解了关于"春台小集"的一些渊源，"台湾五十年代的文化沙漠的确寂寞，为《自由中国》写稿的文艺作者，有时聚在一起，喝咖啡，聊聊天。后来周弃子发起，干脆每月聚会一次，轮流召集，称为'春台小集'。每月在便宜的小餐馆，或在某个朋友家里聚会。……1960年，《自由中国》被封，雷震被捕，'春台小集'也就风流云散了"。

原来，这"春台小集"与台湾名震一时的《自由中国》杂志有着直接的因缘，其成员大都是该杂志文艺栏目的作者。而《自由中国》杂志的文艺编辑也正是聂华苓，在《三生影像》中，聂华苓回忆《自由中国》创办人雷震的文章《雷青天》中就写到，1949年她刚到台北，生活拮据，经朋友介绍到刚创办的杂志去当管理稿件的工作人员，后来因为她写的文艺作品被雷震先生读到了，改为文艺编辑，又因为写得很好，终于成为《自由中国》的编委成员。尽管这是一个很偶然的机遇，但却因此而改变了聂华苓的一生。《自由中国》是一个政论性的刊物，文艺栏目只是一个类似于点缀性的东西，但聂华苓却将这块不大的园地耕耘得有声有色，团结了一大批有抱负的中青年作家。在《绿岛小夜曲》中，她写创办人雷震为了刊物的生存，将台北市的房产卖掉，在郊区的乡下另买房子，而那乡下的居所却成为作家朋友们欢聚的好地方。聂华苓记忆中的作家就有吴鲁芹、琦君、林海音、何凡、朱西宁、周弃子、高阳、夏济安、郭衣洞、潘人木、孟瑶、司马中原、段彩华等，我对照了一下"春台小集"的成员，大多正是这些人物。聂华苓说他们在一起度过了"许多欢乐时光"，而这些作家，后来也大多都成为扬名海内外的文学大家。

"春台小集"的发起是源于《自由中国》，而它的解散，也是源于《自由中国》。这表象背后所隐藏的是一个时代和一群文人真实的历史处境，对此，董桥有这样的议论，"现实政治的风雨一来，文化乡愁的灯火瞬间阑珊。聂华苓大姐的小说大气磅礴，一写到《自由中国》雷震案子的忆往文章，不平之气灌满悲凉之笔，连写胡适都不是我这一代人旧识的适之先生了。那的确是疑弓疑蛇的岁月，蒋老先生干咳一声，全台湾吃川贝枇杷露，……"董桥先生的见解实在不凡，我读聂华苓的《三生影像》，其中关于她在台湾与《自由中国》的回忆往事，的确读来让人久久不能平静，她写雷震、殷海光、夏道平这些为争取台湾民主与自由的文胆，笔底流淌的都是纯净与热烈的文字，哀怨、无奈、悲凉，弥漫整篇文字。诸如写到雷震的赤子之心，几乎让人读之落泪："1956年，蒋介石七秩大寿的日子，《自由中国》出版了祝寿专号，批评违宪的国防组织以及特务机构，轰动一时，一版再版，竟出了七版。引起国民党许多刊物的围剿。雷震的党籍，官爵，人事关系，一层层剥笋子一样，全给剥掉了，只剩下光秃秃的笋心了，孤立在寒湿的海岛上。真正的雷震挺出来了：诚，真，憨，厚，还加上个倔。"

《自由中国》事件成为聂华苓人生的一个转折。在《三生影像》的序言中，她这样写道："我是一棵树/根在大陆/干在台湾/枝叶在爱荷华。"聂华苓 1925 年出生在湖北，那是真正的乱世。她一出世就是乱云飞渡的军阀混战，随后紧跟着又是抗日战争、国共内战，几番艰难的流浪与逃亡，1949 年她到了台湾。《三生影像》中，聂华苓写下了很多关于童年和青少年时代的记忆，这个不断经历家与国衰败的女子，"离乱中成长，忧患中阅世"，迎接着一个又一个人生的磨难。因为遇到雷震和《自由中国》，她也因此才最终找到了自己人生的坐标，之前她只是被时代和政治牵引着前行，之后却是毅然地反抗与挣扎。《自由中国》事件之后，聂华苓经受了炼狱般的精神煎熬，《1960 年 9 月 4 日》就记叙了这样的人生处境，一个个编辑同仁被逮捕，被监禁，被监视，那种等待灾难临头的气氛和心境至今读后仍有让人心惊肉跳的感受。直到她遇到了自己后来的丈夫 Paul，一位胸怀宽广的美国诗人。1964 年，聂华苓接受这位美国诗人的邀请，参加爱荷华大学的"作家工作坊"计划，没想到，她留在了爱荷华，并与诗人一起创办了影响广泛的爱荷华大学"国际写作计划"。在这册《三生影像》中，直到读了有关爱荷华的这些篇章，我才看到了些明媚的东西，因为她的人生终于开启了新的航程，且朝向更为开阔的世界。

在爱荷华的"国际写作计划"中，聂华苓和她的丈夫 Paul 共接待了一千多位作家的来访，其中中文作家就有一百多位。我细细浏览这一百多位中文作家的名单，他们来自大陆、台湾、香港和其他海外地区，但都是将写作与自己人生的追求目标相统一的。聂华苓所扮演的角色，在我读来，越来越有一种解放者的英雄形象，就像当年美国诗人 Paul 向在孤岛中的她伸出援救的双手一样，把更多的作家从现实的或者精神的孤岛上解救出来，诸如她通过不断地努力，终于成功地将曾遭囹圄的台湾作家陈映真、柏杨从台湾邀请到爱荷华参加这一写作计划；而大陆作家中，在政治刚刚解冻后的年代里，能够参加写作计划的就有丁玲、萧乾、吴祖光、王蒙、艾青、汪曾祺、刘宾雁、邵燕祥、北岛、徐迟，等等，还有一起前往的作家茹志鹃和王安忆母女两人。在禁闭了将近半个世纪的中国大陆，这种作家的交流在当时就有一种从精神的孤岛中被解放出来的感觉，聂华苓的不凡之处正在于此。她还在爱荷华成功地举办了"中国周末"

活动,将来自大陆、香港、台湾和海外的汉语作家和学者汇聚一堂,没有交锋,而是交流。最典型的就是作家王安忆,在这次美国之行结束后,思想受到了强烈的碰撞和冲击,写作风格随之大变。在《母女同在爱荷华》中,聂华苓这样写道王安忆的变化,王安忆和同去的台湾作家陈映真论辩,毫不客气地反驳陈对她的批评:"我首先必须找到我自己,才能把自己贡献出去!来美国对我冲击很大,但我是要回去的。我觉得有许多东西要写。作为一个中国作家,我很幸运!"

那还是在1983年,我在书中看到了那位刚刚写出小说《本次列车终点》的女作家照片,她站在爱荷华聂华苓的鹿园小树林中,青涩、朴素、纯净。如今,她已经是当代中国最重要的作家之一。除了这一百多位中文作家,爱荷华还迎来了更多来自世界各地的作家,其中包括获得2007年诺贝尔文学奖的土耳其作家帕慕克(Ferit Orhan Pamuk),那时他还籍籍无名,在作家公寓里通宵写他的小说《白色城堡》。在一张拍摄于1985年的照片上,四十多位来自世界各地的作家汇聚在一起,其中就有帕慕克,也有来自中国大陆的作家冯骥才和张贤亮。他们在爱荷华写作、交流、研讨、聚会、旅行,以及举行各种形式的文学活动。最遗憾的当属后来成为捷克总统的剧作家哈维尔(Vaclav Havel),1988年他接受邀请后不久,捷克就遭到了苏联的入侵,哈维尔由此转到了地下。我因此发现,爱荷华大学"国际写作计划"更多邀请的是那些来自非发达国家或者少众民族的作家,为这些真正追求写作的作家们提供更多交流和创作的机会,这让我又想到了当年聂华苓所参与的"春台小集"来。沧海桑田,白云苍狗,尽管世界发生了太多的改变,但对于时代与文学的探索,却永远不曾改变。无论是《自由中国》时代的"春台小集",还是在爱荷华的"国际写作计划",聂华苓都发挥着不可替代的关键作用,这也是她人生中最为动人和美丽的风景。(原载《中国图书商报》2008年8月30日,又载《创作评谭》2010年3期,收入花城出版社《2009中国随笔年选》)

自由思想之累

作家聂华苓第一次见到殷海光的时候,印象并不很好,后来她在追记中这样描述到:"乍见之下,最令人触目的是他那生硬的举止:头一硬,胸一挺,提脚就大踏阔步地走去;矮小的身躯,配着一个笔挺的希腊鼻;一双细小的眼睛镶在鼻的两旁闪烁,两道清光,从两个小黑洞射出,直射入人心底;一抹蓬乱的短发任性地搭在额前;坚定的唇边,有点儿讽刺——这一切使我不禁扯扯路的衣袖低声说:'这样一个怪物'!"在凡常人的眼中,殷海光的确刻板、孤僻、高傲,聂华苓以她的妙笔,将自己对殷海光的初次印象写得分外传神。后来聂华苓与殷海光有过一段比邻而居的时光,才逐渐了解这个表面怪异的学者。诸如她刚刚搬到殷海光居住的院子里,并没有受到这位邻居的欢迎,但第二天一早,聂华苓就收到了这位性格怪异的邻居送来的一大束花,那是她流落到台湾后第一次收到鲜花。

殷海光的怪异,不仅仅是这些生活中的举止形象,在常人看来,他的思想也多少有些与众不同。十五岁时,他就凭借自学独立翻译了英文版的《逻辑基本》,受到了金岳霖先生的赏识,后来考入西南联合大学跟随金先生求学,毕业后很快成为《中央日报》的主笔,由此写出了大量的政论文字,曾受到蒋介石的接见。然而,随着国民党在大陆的不断败退,1949年逃亡到台湾的殷海光,思想却发生了一百八十度的大转弯,从极力支持拥护国民党的统治到大力进行批判独裁统治。特别是他在担任《自由中国》主笔期间，撰写了大量犀利深刻的政论文字，不遗余力地揭露黑暗和抨击暴政。

中国近现代历史上诸如殷海光这样在举止和思想上让人感到怪异的人，其实并不在少数，但实际上如果深入到他们的内心世界之中，这些看似怪异的行为背后却各有各的因缘。近来读《殷海光林毓生书信录》就有了更为深刻的理解，对于这位思想者的理解也有了更深一层的领悟。殷海光与林毓生的这些通信持续长达十二年之久，其开始于1957年，当时林毓生是台湾大学历史系的学生，而殷海光则是台湾大学哲学系的教授。因为钦佩殷海光的学识，林毓生冒昧写出了第一封信，很快就收到了热情洋溢的回信，这成为他们师生交往的开始。关于殷海光与学生交往的趣闻倒是还有影响很大的一则。他初到台湾大学任教，对待学生十分严厉，考试结果竟有一百多人不及格，很多学生非常关注分数，便到他的家中来打听，但均被拒之门外，由此被许多学生所厌恶，选修他课程的学生也少了许多。而读了这册《殷海光林毓生书信录》，就不难发现殷海光与他的这位学生所谈内容几乎全都是关于学问与思考的。由此可见，殷海光其实喜欢的是那些一心向学的学生，而对于那些只关注眼前成绩和汲汲功名的学生则是十分厌烦的。

殷海光一生服膺自由主义思想，而且在现实生活中也尽力地按照这样的思想来实践自己的人生。在给林毓生的信中，他曾这样写到自己的人生理念："作为一个自由主义者，就应该把尊重'群己权界'作为基本的原则。我同业师金岳霖先生相处七年，除了谈学问外，从来不谈私事。除非对方提到，彼此没有问过对方。"由此，也难怪在普通人的眼中，殷海光留下了不便接近和不通世故的印象。他对那些浪费时间在烦琐事情上的人极为厌恶，因此在他与聂华苓一家比邻而居时，就表现出简单甚至是古板的形象。聂华苓曾经回忆说，殷海光业余生活最喜欢的是喝咖啡、养花和买书，特别是对最后一项，他常常会倾其所有。在给林毓生的信中，殷海光就有这样动人的感慨："书，则是人类最高级的心灵满足的发明。感谢上苍，我们居然是读书人，并且真正爱读书，并且说到最后又是为读书而读书，真是有幸。"在他与林毓生的书信录中，记录了大量关于求购和讨论书籍的内容。因为在他们通信不久，林毓生便留学到美国的芝加哥大学，而这对于困居小岛上的他来说，林毓生仿佛就是一个铁屋子里的小窗户，可以让他吸收到有限的自由新鲜空气，诸如1968年4月22日他给林毓生的回信中这样写道："Mont Pelerin Society 的 Popper, Hayek, Polanyi 三位先生，在我的心目中，像三颗星，临照在我头上。这三位先生才是人类自由的保卫者和指南针。所以，当我翻到 David Grene 书后面，发现 Michael Polanyi 先生尚有一书 Science, Faith, and Society（《科学、信仰和社会》）的时候，我几乎喜极而狂。这一股求知的冲动，无论怎样也难以平静下来，逼着我向你提出一个要求，希望你尽早买此书一册赠我。"

《自由中国》因为1956年编辑"祝寿专号"批判蒋介石独裁统治，最终导致杂志停刊，发行人雷震入狱，曾在刊物上发表大量政论文字的殷海光与另外三位同仁此时站出来声明，愿意与雷震先生共同承担责任。而这一事件对于他的最直接的影响就是失去了在《自由中国》的编辑职位和台湾大学哲学系的教职，经济来源几乎全部丧失。而更令他难以忍受的是，他的日常生活也受到了严密监视，所接受美国哈佛大学的邀请也被无限期地拖延而终不得出国。晚年的殷海光成为一个孤岛上的思想者，因此便可以理解为何他对于来自海外的思想是如此地欣喜若狂和迫不及待。即使在如此艰难的环境中，殷海光并没有放弃自己的研究计划。为了写作他的研究著作《中国文化的展望》，殷海光想方设法躲避警察的检查，来获取研究的资料。在这册书信录中，殷海光多次表达了自己对于所处时代与环境的愤怒与无奈。诸如在1969年4月30日的一封回信中，他这样写道："哈耶克先生的 The Constitution of Liberty（《自由秩序原理》），及波柏尔先生的 The Open Society and Its Enemies，都是我的案头书。我每一翻阅，即有身入宝山之感，际此乱世，真理在明灭之间，每读这类的伟著，辄兴悲怆中的希望。"

殷海光对于自由主义的追求，早期受到罗素的影响，导致他对苏俄极权社会的厌恶。到了台湾后，他偶然读到自由主义大师哈耶克（Hayek, Friedrich August）的论著，精神为之大振，成为他思想发生转折的一个重要变化。殷海光是台湾第一个翻译哈耶克著作《到奴役之路》的学者,并将其部分在《自由中国》月刊进行连载,由此也影响了台湾大学的学生林毓生。巧合的是,后来林毓生到美国芝加哥大学留学,所师从的正是著名的自由主义大师哈耶克。因此,在这册通信录中,两人留下许多关于哈耶克与自由主义思想讨论的文字。可以说,殷海光引导了林毓生走近自由主义思想,而林毓生后来又帮助殷海光更加接近真实的自由主义思想,这其中不难看出他们亦师亦友、如切如磋的学术精神。殷海光晚年对于自由主义的研究,也在这册书信录中留下了令人难忘的思想行踪,无论是操办《文星》杂志的哈耶克专号,还是与哈耶克在台湾的面见交流,以及想方设法购买哈耶克的著作,或者讨论哈耶克关于自由主义思想的观点,等等,都可以看出晚年的殷海光在精神思想上极力摆脱精神牢笼的渴望。

1969年9月16日,殷海光身患癌症去世,他与林毓生的通信也持续到这一年。其最后一封信乃是询问哈佛燕京学社停止对他的援助一事,语气感伤。病魔的折磨,思想的压抑,经济的拮据,此时的殷海光处于人生的最低谷。然而,这一切来自外界的打击和折磨都没有改变他对于自己理想的追求与抗争,他的战斗一直持续到人生的终点。我在这册书信录中读到了一位追求自由民主的思想者在他人生晚年的心路历程,他所承受的人生悲剧不是他一个人的,而是我们这个民族的,更是我们整个中国人的悲剧。在殷海光为哈耶克的《到奴役之路》所作的序言中,他把人生比作一支点过之后永远不会再燃的蜡烛:"现在,我像冰山上一只微细的蜡烛。这只蜡烛在风里摇曳明灭。我只希望这只蜡烛在尚未被风吹灭以前,有许多只蜡烛接着点燃。这许多只蜡烛比我更大更亮,他们的自由之光终于照遍大地。"在逝世前的两天,他以口述的方式完成《海光文选自叙》,引用梁启超的《志未酬歌》结尾,那颗在希望与绝望之间挣扎的心灵,其流淌出的热诚、清醒与高远,令每一个有心闻道的读书人热血沸腾。(原载《河南教育》2010年第4期,又载《创作评谭》2010年第5期。)

一个上山，一个下山

《书城》杂志2009年第三期刊登了一篇南桥的文章《巫宁坤的"三个自我"》，此文系对著名翻译家巫宁坤教授在美国出版的回忆录《一滴泪》的读后随感。其中写到巫宁坤先生早年先后在西南联合大学读书，给美国"飞虎队"当翻译，抗日战争结束后又到美国芝加哥大学读书，并取得博士学位。朝鲜战争爆发时，他刚刚拿到博士学位，恰好燕京大学给他寄来任教的邀请信，报国心切的巫宁坤满怀热情地回到了祖国。但让他万万没有想到的是，迎接自己的不是实现献身祖国学术事业的光荣梦想，而是将近三十年的残酷折磨与运动。若干年后，获得诺贝尔奖金的同学李政道从海外衣锦还乡，受到国家领导人的接见、敬酒，而作为同学的巫宁坤虽近在咫尺，心情却万般的复杂。在他后来的这册回忆录中有这样让人感慨的描述："我们俩生活在两个不同的世界。中间有一条不可逾越的鸿沟：他留在美国，能够获得成就和荣誉，过着安定富裕的生活。我回到祖国，历尽劫难和凌辱，好不容易才苟活到'改正'的今天。我脑子里突发奇想：如果在旧金山那个7月的下午，是我送他上船回中国，结果会怎样？"

巫宁坤教授的回忆录《一滴泪》我早有耳闻，此书于1993年初在美国纽约出版，该年6月在英国伦敦出版，随后又翻译成日、韩、瑞典等文字在多个国家出版，可惜中文版我只能在南桥的文章中偶读片段。但即使如此，我也可以猜想这样一部传记所蕴涵的苦难与精神的容量。与巫宁坤先生所撰写的这册回忆录《一滴泪》恰恰相反的,则是我近来读到由何炳棣先生撰写的一册回忆录《读史阅世六十年》。如果说巫宁坤先生是历史的"幸存者",那么何炳棣则是一个历史的"幸运者"。何炳棣也毕业于西南联合大学,抗日战争胜利后到美国的哥伦比亚大学留学,取得了博士学位,但幸运的是,他选择留在了海外。多年之后,何炳棣在撰写他的这册回忆录时,便多次慨叹自己的幸运。何炳棣1940年在西南联合大学参加庚子赔款第五期的留学考试,但最终没有争取到所考专业唯一的名额。待到1980年冬天,何炳棣作为海外权威汉学教授回到祖国,在武汉参加社会科学院举办的学术研讨会上,偶遇自己当年的竞争对手吴于廑先生,当他握着这位清秀儒雅的学者的手时,不由得脱口而出:"保安兄,我是你的手下败将,可是你救了我的命!"

原来,当年何炳棣失利之后,重振旗鼓,直到1945年才考取第六期的庚子赔款留学。1949年他博士毕业,正值天地玄黄的大变局,便选择了留在海外,而这一选择便注定了他人生的路径。在他的回忆录《读史阅世六十年》中,何炳棣多次慨叹自己因为当初的这一决定,他才最终成为海外十分有影响的汉学教授,撰写了大量极有建树和学术贡献的著述,先后担任哥伦比亚大学、芝加哥大学等多个著名大学的教授,荣任在学术界非常有影响的亚洲学会会长,与杨振宁一起筹组全美华人协会并担任副会长,同时还先后被聘为台湾"中央研究院"院士、美国艺文与科学院院士、中国社会科学院荣誉高级研究员。1979年,他受到邓小平的单独接见,其学术与人生均达到了巅峰。因此,也难怪他会感慨,就像巫宁坤教授的感慨一样让人沉思,只是这感慨却充满着一种历史的幸运感:"我多年后不断反思,深觉1940年初次留美考试失败真是'塞翁失马,焉知非福'。我如果那年考取,二次大战结束后我应早已完成博士学位,一定尽快回国了。以我学生时期的政治立场,加上我个性及应付人事方面的缺陷,……亦难逃'文革'期间的折磨与清算。"

南桥在《巫宁坤的"三个自我"》中写到了一种人生的命运,即如果两个人同一天同一时间同一速度出发,一个上山,一个下山,那么二人必定会在某个地方相遇。但问题是,他们一个是上山,一个是下山。在南桥看来,巫宁坤是下山,他的同学李政道则是上山,同样,与前两者早年求学经历相似的何炳棣,也是在上山。上山还是下山,似乎取决于当初的那一瞬间的决定。在人生的交叉路口,这一看似不经意的选择就显得尤为重要。因此,我读何炳棣先生的这册《读史阅世六十年》,便能体会到他对于自己这一选择的深感幸运与某种恐惧和后怕,这从他在回忆录中数处特意写到几位十分优秀的同学或朋友的遭遇,便可以感受得到。他在清华大学历史系第九级的同学丁则良,才华横溢,学识厚博,被著名史学家雷宗海先生所赏识,曾推荐给日后的诺奖得主杨振宁补习古文,后来他到英国的伦敦大学深造。1949年秋冬之际,丁则良给已在大学教书的何炳棣写信,非常激动地谈到他决定放弃论文的写作,立刻回国报效,因为就要建成的国家"有光有热"。但很可惜的是,丁则良回到国内很不顺利,著述仅有一本《李提摩太,1945~1919》这样的小册子。1957年反右运动刚开始,丁则良便自沉于北京大学的未名湖。如丁则良这样的人生遭遇,何炳棣还写到数位,读来都是让人唏嘘不已,人生的命运似乎就在那样一个转折点上决定了。

何炳棣的这册《读史阅世六十年》是一册人生的回忆录,但其实更是一册学术思想的自传,全书三十五万余字,几乎都是在谈论自己求学与研究的心路历程。尽管也有娶妻生子这样的人生大事,或者是被邓小平单独接见这样的人生荣耀,但他在自己的传记中都是轻轻点染,并没有太多与学术无关的喧哗。因此,我读这册回忆录,似乎就是在触摸一册学术研究探索的脉络,又是在探究一个学术大家之所以成就自己的心路历程,其间的奋斗、辛酸和抱负,却与巫宁坤教授在回忆录《一滴泪》中大量人生磨难的坎坷叙述极为不同,一个是将自己的汗水和才华奉献给整个人类的学术文化事业,而另一个则是将才华和生命大量挥霍和消磨在政治运动之中。

更令我慨叹的是,我读何炳棣的这册回忆录,就深深地感受到作为一个学术中人,他对于自己人生价值的判断以及对自己祖国的奉献,最终还是取决于他在学术上的成就。何炳棣身在海外,但时刻心系神州。他起先研究西方史学,后来深感要为祖国做第一等的学问,转身投向中国思想史的研究,多年来费尽思量，所撰述的关于华夏文化是自我生发和延续发展的论点，有力批驳了西方史学界传统认识的华夏文化起源于其他地域的学说，这对中国文化建设与发展的贡献不可估量。而他身在海外，对于诸多政治事件发表自己的独立意见，虽然数次遭遇到不公平待遇，但却并不为其所屈服；还有他深感祖国新的发展变化，在海外筹划爱国协会，并担当重任，成就斐然。这所有的一切，不也仅仅都源自于他对祖国的一腔赤子之情。因为何炳棣深知，这些成绩的取得，只有在真正独立自由的环境之中，也才能真正得以实现。

何炳棣的青少年时代几乎都是在兵荒马乱中度过的，但我读这册回忆录，深感在这样的时代环境之中，他却能时刻坚持自己内心中既定的学术使命和目标，沉静坚韧，一步一步地朝向这个目标迈进，这与他早年所身处的时代和经受的教育有着重要的关联。他生于天津，祖籍浙江金华，父亲是一个有见识的绅士，很重视教育，对他也寄予很大希望。我印象深刻的是他的父亲给自己的侄子写信，希望他能够在美国留学时同时取得哲学博士和文学博士学位，然后回国办报纸，主笔宣扬民主与宪政，再组建政党来报效国家。这样的家庭教育，不培养出人才才怪，而何炳棣先后在天津南开中学、清华大学以及西南联合大学读书，即使国家在遭受战火威胁，也依然可以看到张伯苓、梅贻琦、蔡元培等这样杰出的教育家，以及吴宓、雷宗海、郑天挺等优秀的教授，他们为神州教育事业呕心沥血，培养延续文化薪火的人才，其精神境界如高山入云，人格境界如清水见底。在国家危亡之际，培养出众多后来有学识、有创见和有骨气的世界级人才；而何炳棣在海外留学深造，也正是在这特殊环境中奠定的学术根基，以及磨炼出来的精神财富，都成为他们那一代人的思想底色。与巫宁坤先生相比，何炳棣先生幸运很多，他把更多的精力和心血真正献给了有价值的学术事业，但愿他偶然决断的学术生命不再仅仅是一段传奇，而如巫宁坤先生这样的知识分子所遭遇到的种种生命的磨难与消耗也从此不再会发生。（原载《嘉源闲话》创刊号，又载《创作评谭》2010年第4期，收入花城出版社《2009中国随笔年选》）

唯知音者倾听

聂绀弩先生晚年好作旧体诗词，据说写下的大约有三百多首，而我近来集中读他的这些诗词，却发现其中有将近三分之二的诗歌是他赠予友人的。按道理说，这些诗歌应该都是文人间的酬唱之作，但我读来却是分外的惊心，那几乎是他晚年生命的写照，也是他半生坎坷命运的艺术体现，更是以诗为证的半个世纪中国人心灵史。由于这些诗歌都是他赠送给友人的，据说不少都是后来有心人从朋友那里收集而来的，甚至不少还是从他的档案中的罪证里搜检出来的。想当初，聂绀弩写这些诗词，是绝对没有想到要传之于后的，他甚至说自己根本就不懂得如何做旧体诗，而是当年在"号召"下开始作诗。但没想到，身在北大荒劳改农场的聂绀弩却从此一发而不可收，他开始以自己独特的风格来写作诗歌。有人说他是以杂文的笔法入诗，风格别开一局，也有人干脆说他的诗歌就只是打油诗而已；但聂绀弩先生完全不顾，他只是一心一意地写诗，抒发自己内心的喜怒哀乐。他赠予自己的同事、义友和亲人，送给一起在北大荒下放劳动的右派工友，也献给与他一起在牢房中囹圄度日的难友，甚至还写给许许多多自己并不熟悉的朋友。他写他们的生活，写他们的命运，从饮酒、忆旧、读书、题赠、寄怀、悼亡、酬唱，到锄草、劈柴、挖沟、垒冰、伐树、推水、清厕、拾穗，等等，无一不是入木三分、惟妙惟肖、酣畅淋漓。

聂绀弩先生早年毕业于广东黄埔军校，后又留学莫斯科中山大学，回国后，积极参加抗日运动,曾在上海加入左翼作家联盟,并于1934年加入中国共产党。后因编辑刊物,结识鲁迅、茅盾等文化领袖,而他的杂文作品也因造诣极高而享誉文坛。1949年之后,聂绀弩担任人民文学出版社副总编辑兼任古典文学部主任,但在1958年却因被错划为右派而送往北大荒劳改;1960年回到北京,但在1967年又被以"现行反革命罪"逮捕,直到1976年才从山西被释放,1979年终于得以恢复名誉。以聂绀弩这样的资历,本应该很自然地享受革命胜利的果实的,但实际上,他从1958年打成右派开始,命运就发生了翻天覆地的改变,一下子沦落成为所谓的罪人,甚至是阶下囚。这在普通人来说,几乎是无法想象的,但对于聂绀弩来说,他完全没有被打垮,没有被历史的罪孽所吓倒。我读他在这个时期写作的诗词,发现他对于生命依然是那么乐观,他自称是有鲁迅的阿Q精神,而对于时局与现状却也是清醒与锐利的。这一点也不像很多右派或者被错化成历史罪人的知识分子们,一朝解脱,或感恩戴德,或怨恨难除,但对聂绀弩来说,却是完全的不同。章诒和在《斯人寂寞》中写到聂绀弩先生的晚年,其中写到他的妻子看到报纸上要改正右派并落实政策的文件,欢天喜地,但卧榻病床的聂绀弩听了后,却冷笑地讥讽道,看到报纸上的几句话就欣喜若狂,要是等到平反时,还不得感激涕零了。

不合时宜,格格不入,这或者才是真正的聂绀弩先生。但其实,他不过更多地置他个人荣辱于身外罢了。我喜欢读他的这些旧体的打油诗歌,就是因为这种不媚权贵、不媚世俗、不小肚鸡肠、更不同流合污、也不扭曲绝望的真精神。他在北大荒劳动时,因为编辑《北大荒文艺》,结识了当时同在北大荒的业余作家张惟,并写出了态度鲜明的诗歌《怀张惟》:"《第一书记上马记》,绝世文章惹大波。开会百回批掉了,发言一句可听么?英雄巨像千尊少,皇帝新衣半件多。北大荒人谁最健?张惟豪气壮山河。"据张惟后来回忆,聂绀弩写作此诗,是因为他所写的反对"浮夸风"和"放卫星"的大跃进的小说,经聂绀弩在《北大荒文艺》发表,反响十分强烈,但随后不久,上级政策发生变化,这小说的作者就变成"右倾机会主义大毒草"。聂绀弩正是因为看不惯众生迅疾变化的丑陋嘴脸,愤而写出这首诗歌献给张惟。在当时的局势与处境下,聂绀弩的这一举动，无疑是玩火自焚。也难怪，1967年他又以"现行反革命"的罪行被关入大牢，1974年被判无期徒刑。但在牢狱之中，他依然没有放弃写作诗歌，即使很多诗被当作罪证放入自己的档案，他也没有放弃自己的这一表达权力，他甚至以各种方式进行隐秘写作和保存。

记忆与较量成为他保留诗歌的最终方式，从而才有我们今天所读到的这部分诗稿。我印象最为深刻的是他写给同在牢狱的难友的《沁园春·赠木工李四》："马恩列斯，毛主席书，左拥右搋。觉唯心主义，抱头鼠窜；形而上学，哑口无言。滴水成冰，纸窗如铁，风雪迎春入沁园。披吾背，背《加皮塔尔》，鱼跃于渊。坐穿几个蒲团，遇人物风流李四官。/ 藐鸡鸣狗盗，孟尝宾客；蛇神牛鬼，小贺篇章。久想携书，寻师海角，借证平生世界观。今老矣，却穷途罪室，邂逅君焉。"在聂绀弩的这首诗词中，木工李四就是李世强。之所以如此称呼，是他担心因为自己的诗稿而累及朋友，便以别号代替，这在他的诗歌中十分常见。而这首诗歌也最见聂绀弩在人生困境中的精神状态，其中"披吾背，背《加皮塔尔》，鱼跃于渊。坐穿几个蒲团，遇人物风流李四官"。真可谓写尽他身上玩世不恭、潇洒不羁和刚正不屈的精神因子。章诒和后来回忆说，聂绀弩与同有牢狱经历的她谈及自己在牢狱中的读书生活，就是一遍一遍地读《资本论》，就是想通过读此书而彻底弄清楚究竟社会问题出现在什么地方。据说，聂绀弩在狱中共将《资本论》读了整整十四遍，而与他同在牢房的木工李四，也因为他的感召，开始阅读大部头的《资本论》。聂绀弩的这首打油诗，就是记录他们在狱中读书切磋的场景。

刘再复有一篇文章《背着曹雪芹和聂绀弩浪迹天涯》，写的就是他浪迹海外，随身一直带的就是曹雪芹的小说《红楼梦》和聂绀弩的《散宜生诗选》。《红楼梦》乃常见之书，而《散宜生诗选》实在是当下少见的书籍。此书1982年曾在人民文学出版社出版，立即名动天下，一时洛阳纸贵，随后便又接连出版了由朱正先生注释的新版本。而在这册《散宜生诗选》出版之前，香港的罗孚先生曾经编选过一套《三草》，分别为《北荒草》、《南山草》和《赠答草》。1992年，罗孚又在这两册书稿基础上编选出版了《聂绀弩旧体诗全编》，全书共收集诗歌三百多首。让人称奇的是，在香港的罗孚先生出版这册全编之前，山东济南的一个退休知识分子侯井天，也刚刚自费编选了聂绀弩的诗歌全集，他是一个人独自进行收集、校对、注解和编辑评论的。而我现在所读到的这册《聂绀弩旧体诗全编》，便是由侯井天先生集数十年精力所完成的，全书共收录聂绀弩旧体诗词三百七十八首，且这个版本已经是第七个版本了，前面六个版本的《全编》都是他自费印刷并只能在小范围内传播的。因此可见，聂绀弩的诗歌是他写给自己的知音的心声，而他的诗歌流传史，也是如此众多的诗歌知音的薪火努力。

  这个耗费数十年精力、穷尽史料来进行收集、整理和注解的八旬老人侯井天，其实并非一个专弄文艺的知识分子，他早先是部队政治部的一名干事，因为思想右倾而被流放到北大荒，平反后曾在济南的史料办公室工作，直到退休。这样的人生本就坎坷，但当他偶然读到聂绀弩的旧体诗歌后，如遭电击，精神世界受到了强烈的冲击。这个曾同在北大荒的老人于是将自己的晚年全部奉献给了这样一件意义特殊的工作，真所谓上穷碧落下黄泉，动手动脚找材料。我如今读到的这册《聂绀弩旧体诗全编》，不仅是当下搜寻诗歌最为全整的一册，而且注解资料也是最为详细和完备的，其每一条注释都经过著名古典文学家舒芜先生的审订，并对涉及的每一个人名和背景资料都极力探寻，连一个小小的注解也都是尽可能的精益求精，真乃伟业哉。漏夜披览，读罢全书，倒是想起聂绀弩的一首诗："月落乌啼霜满天，一诗张继已千年。彩云易散琉璃脆，只有文章最久坚。"这首送给时任中国社会科学院文学研究所所长的刘再复的诗歌，似乎也是先生写给自己的，因为真正的好文字，无论它们遭遇怎样的命运，最终都会从散落在世界的各个角落里汇集起来，因为它们的生命力是最强大和最充沛的。（原载《书人》2009年第4期，补注：关于侯井天补选和注解《聂绀弩旧体诗全编》一事，2012年8月7日《解放军报》副刊刊发该报文化部原主编元辉的文章《达观·幽默·执著——忆老战友侯井天》，有生动细致描述，可作此文之补充。）

喧嚣中的沉默

1959年,已入狱四年多的诗人绿原悄悄写出了一首长诗《又一名哥伦布》。在诗中,这位身陷囹圄的诗人幻想自己在无限的空间中自由翱翔,将牢狱当成哥伦布开始起航的船只。这浪漫的抗争意识真让人想起莎士比亚在戏剧《哈姆雷特》中的那句台词:"即使把我关在果壳之中,仍然自以无限空间之王。"(I could be bounded in a nutshell and count meself a king of infinite space.)也就是这一首诗歌,足以让诗人绿原被骄傲地写入当代文学史中,成为那个独特年代中屈指可数的"潜在写作"代表人物。要知道,在北京秦城监狱外,时代的巨大喧嚣正笼罩着天空,但诗人以他冲破绝望和孤独的笔触,描述了自己在沉默中的清醒。整整半个世纪后,在一个盛大纪念日开始的前夕,绿原安静地离开了这个带给他梦想与苦难的世界。当几乎所有的人都沉浸在这同样喧嚣的时代狂欢之中时,没有太多人会关注一个人的黯然离去。我在网上读到因为适值举国同庆,诗人的后事将一切从简,连告别仪式也被取消了。似乎在此时的离去,竟也真有些不合时宜。

而正因此,我想借此为绿原先生送行。绿原,原名刘仁甫,1922年11月出生,湖北人,二十世纪四十年代在复旦大学外文系学习英文和法文,其时以纯真清新的诗风出现于诗坛,随后他的政治抒情诗在国统区爱国学生中引起强烈反响。早在1941年,绿原就在重庆的《新华日报》发表处女诗作《送报者》。

1942年出版了第一本诗集《童话》。同年与邹荻帆、姚奔等人合编诗刊《诗垦地》。1944年为避国民党追捕，他逃离重庆，先后在四川、武汉等地任英语教员。1949年加入中国共产党。建国后，绿原先后从事报刊编辑、国际宣传、外国文学出版编辑和翻译等工作。曾任职《长江日报》社、中共中央宣传部等。1955年，受"胡风事件"牵连，遭受审查。从这简单的半生履历介绍中可以看出，早年的绿原是一个向往自由与光明的左翼青年。但毫无疑问的是，绿原首先是一位诗人。他的诗歌集《童话》因曾被收入到胡风主编的"七月文丛"，后来与艾青、胡风、曾卓、邹荻帆、阿垅、牛汉、彭燕郊等人一起，被称为文学史上的"七月诗派"，这也使他后来成为"胡风反革命集团"冤案被牵连的最早导火线。

现在看来，无论是"胡风集团"的知识分子，还是"七月诗派"的诗人们，或者是后来被称为"潜在写作"的文人作家，他们的内心世界之中都有着坚定的信仰和精神支柱，始终坚信美好一定会战胜丑恶，世界终归会回归平静。绝不随波逐流，而又能超越时代的喧嚣，这是他们在特殊历史时期的珍贵价值。在创作了唯一的诗歌《又一名哥伦布》之后，遭遇封笔将近二十五年的绿原，在新时期以后又作为重新"归来"的诗人走上文坛。我断续读过他的不少诗作，诸如《小时候》、《重读〈圣经〉——牛棚诗抄第N篇》、《母亲为儿子请罪》、《憎恨》、《人淡如菊》等，都受到了极大的震动。特别是他所创作的这首《重读〈圣经〉》，那其中冷静的思考，包含着一个苦难者对于人的存在的渴望与追求，其强烈的诗歌韵味和意象让人难忘。但奇怪的是，这些诗歌并没有我想象中的流行，尽管诗人在晚年也曾获得诸多诗歌荣誉，但我们喧嚣的时代却并没有太多去体味一位苦难的诗人磨砺出来的诗篇。世道如此，但我知道他的内心世界始终是清醒的。

也是在秦城监狱之中，面壁七载的绿原阅读了大量的马克思和恩格斯的经典著作，并依靠顽强的毅力自修了德语，他在狭小的世界里把自己无限地扩大，或许他以为德语将是他认识这个世界的一个通道，但却没想到，恰恰这一点让他成为我们时代的"盗火者"。我常常想起这一幕，仿佛他如达摩面壁一般，而绿原也因此为中国当代的文学翻译贡献了自己独一无二的经典作品。由他翻译的歌德小说《浮士德》、《叔本华散文》以及《里尔克诗选》等享誉译坛，其中译作《浮士德》获得了首届鲁迅文学奖优秀外国文学彩虹翻译奖。尽管我对德语一窍不通，几乎无法横议先生的翻译作品，但我对先生这种坚执的人生毅力而生出一种由衷的敬意，那是一种在黑暗中不断搜寻光亮的孤独劳作。他的内心世界是强大的。也因为精通德语，让绿原在德国文学史和诗歌评论上又有了独到的见解和视野，他对于西方现代诗歌流派的研究以及古典文化知识的丰蕴，让他学术见解显得更加开阔与厚实。他后来所写的那些评论文章和散文随笔，诸如《寻芳草集》、《半九别集》、《绿原说诗》等文集，都给人留下了难忘的印象。

"文革"结束后，恢复自由的绿原，才重新成为一个真正的人。他在诗歌中这样写道："不再是你的玩具/诗将随你一同老去/你和它携手同行/去寻找共栖的归宿。"也是因为他的德语才能和诗歌造诣，绿原重新成为人民文学出版社的一名编辑，直至后来升任到出版社的副总编辑。直到写作这篇文章之前，我才知道丹麦学者勃兰兑斯的那套六卷本的名著《十九世纪文学主流》竟然是在他的组织和推动下完成的，其中第一卷《德国的浪漫派》便是由他亲自操刀完成翻译。显然，他对德国文学情有独钟。我在一位作家的文章中得知，翻译家杨武能翻译了歌德的小说《少年维特的烦恼》，却屡遭退稿，其原因就是有郭沫若的翻译作品在先，但幸运的是，他遇到了绿原，使得这部新译出版，而实践证明这是一部经得住考验的优秀译作。还有时为北大学生的张玉书独立翻译了海涅的论文集《论浪漫派》，但被出版社认为翻译得既不像散文也不像评论，因而拒绝出版，最终也是得到了作为副总编辑的绿原的青睐，使其成为德国文学翻译作品中的一部精品，由此，也成为向一个成功翻译家迈出的第一步。后来，人文社主持《海涅文集》的编选，绿原大胆委任张玉书担任主编。这些都体现出一位前辈的胸怀。他的内心世界是宽阔的。

经历了一生苦难的绿原，在他离去之后，我想一定还会有人继续读他的诗歌，还会有人喜欢他的翻译文字，还会有人认真研究他的评论文章，还会有更多的人受惠于他编辑的文学作品,也还会有人记得他那些令人难忘的往事。这些东西一个一个地加起来,它们所凝聚成的力量在我们这个时代就显得如此厚重,而绝不像某些名流在隆重的告别之后,所留下的仅仅是一堆苍白的符号。这种朴素与沉默的精神力量让我感动。由此,我想到曾读过《光明日报》记者付小悦的一篇采访手记。那篇文章记下了一位淡然、热情和朴素的文化老人,安静地居住在北京四环以外城乡结合部的一个普通宿舍楼中。先生去世后,这位记者在自己博客的悼念文章中有这样一段话,我印象十分深刻,觉得很能代表我此刻的心情:"默坐许久。刚忙完国庆报道,通宵熬夜,脑子和语言似乎都还在停滞。只能想,在这样的时刻里,先生悄然而去,无关这一切狂欢,这像先生的一生。纵六十多年前已名动天下,也依然悄然地在角落里,简陋,寒酸的平民房里,安静地写诗。在现在这样不能不说有些势利的时代里,渐渐被淡忘。'真正的大是看不见的,因为它太大。'想起这句话。如说先生。"(原载《上海杂志》2009年10月10日)

彼岸未达，斯人已去

今年春天，我为邵燕祥先生的一本著作作文《握有旧船票的文化老人》，文中有这样一段议论："之所以我个人很看重这些原生态的资料，是因为诸如邵燕祥这样的人物，还有着很强烈的时代代表性和典型意义。他们大都在解放前因为向往光明追求自由而参加革命，又因为热爱文艺渴求新知，并受过一定的教育，在建国后曾被予以重任。但由于书生气太重而在几十年的历史灾难中，受到过漫长的批判和非人的折磨。等到回归自由和获得新生后，他们没有重新回到歌颂者的行列，而是对过去的历史和人生进行了深刻的检讨、批判与反思，并且以其开放、自由和富有勇气的精神力量进行历史文化甚至社会价值的重建工作。他们的人生梦想，就像手中握有旧船票的乘客，几十年过往，彼岸依旧在远方。拥有这样的人生历程和精神风骨的老人，就我所知道的，还有李慎之先生、于光远先生、李锐先生、何满子先生、严秀先生、牧惠先生、王元化先生，等等。如今李慎之、牧惠两位先生已经撒手西去，王元化先生据说如今在上海病卧床榻，让人牵挂。"这文章作后，北京的一家刊物打算刊发，据编辑说已经排好版面，只等着印刷了。然而，我在这文章中的牵挂还是落空了。2008年5月10日凌晨，王元化先生在上海的瑞金医院去世。让我只能苦笑的是，若等这文章面世，却只能在千里之外为先生遥寄哀思了。

作为晚辈，我与王元化先生从未有过接触。先生于我，只能是思想的启蒙者而已。我最早接触先生，是因为阅读上海学者朱学勤的著作。那时对朱学勤的著作真是热读，得知朱先生在人生困境的特殊时期曾受到过王元化先生的帮助，后来朱先生的博士论文《道德理想国的覆灭》在复旦大学答辩委员会上受到非议，也是王元化先生力排众议，使朱学勤的论文起死回生。而如今看，《道德理想国的覆灭》依然是当代学术著作的经典之作。于是在我的印象之中，王元化先生是识才的伯乐，也是有胆识的知识分子。后来读朱学勤的回忆文章也才知道，因为他在刊物上发表了几篇文章，王先生读后，极为赏识，多方打听，给予帮助和关怀。就我所知道，王元化先生早年因受"胡风案"所牵连，几十年精神极度煎熬，平反后曾位居上海市委宣传部部长，在八十年代初曾参与起草名动一时的关于异化问题的报告，在思想的解放和启蒙上功不可没，而他在古典文学和西方哲学研究上均有很深造诣，影响也是很大的。

我在王元化先生的《九十年代日记》中就发现，在他的周围团结着一大批追求真知和理想的中青年知识分子，以他这样的人生遭遇和学术地位，对于如朱学勤这样的晚辈的关怀，是必然的也是十分难得的，于今真可谓学界佳话了。读过朱学勤之后，我就陆续买到了王先生的作品来读，先后有《思辨随笔》、《思辨发微》、《清园夜读》、《九十年代反思录》、《集外旧文钞》、《九十年代日记》、《清园近思录》、《清园文存》等，他的学生钱钢编选的《一切诚念终将相遇——解读王元化》，也想方设法地买到了。由此，对先生的为文和为人都有了更为深入的理解。我很庆幸自己在青春时节，能够阅读到朱学勤、王元化等人的著作，而通过他们的著作，我又找到了一条不断深入的精神通道，诸如后来认真阅读过的顾准、张中晓等思想者的著作。这些青春时节的阅读，使自己这颗贫瘠的心灵早早地种上了发芽的种子，在思想与灵魂的深处获得了精神生长的可能。

先生对我思想的影响，最有代表性的当是 2003 年我曾在河北的《杂文报》上写过一篇文章《重要的是公民意识》。这篇杂文是从阅读北大季羡林先生的一篇文章而引起的，批评季羡林先生在文章中的一种极不合适的臣民思想，由此呼唤我们这个民族所缺乏的恰恰是真正的公民意识。作为一个学识浅陋的晚辈，敢于写文章向人人敬畏的学术大家叫板,底气其实恰恰是王元化等诸位学者的思想。在那篇文章之中,我先后引用了李慎之先生和王元化先生关于公民意识的论述。这引用,也正是因我刚刚阅读完李慎之先生的著作《中国的道路》(与何家栋合著)和王元化先生的著作《清园夜读》,心里是极大地认同。而所谓自己写杂文,其实就是用这种赞同的思想去驳斥自己所不认同的思想认识,于杂文写作来说,自己完全是一个文抄公而已。而如今重读这文章,却依然感到骄傲,那种青春的思考因为获得了精神上的认同与升华而得到的愉悦,闪烁其间。

那时,我尚未知道在学术界还有"北有李慎之,南有王元化"这样的说法,也并不知道其实李慎之先生与王元化先生在思想上的认识并非完全相同,但我可以肯定的是,在他们的思想中,一定都在呼唤我们这个民族应该每个人都具备真正的公民意识,这一点也一定是相同的。王先生归去之后,我才在学者丁东的回忆文章中知道,这一影响甚大的提法正是他最早提出来的,而如今我们也只能是如学者摩罗所感慨的那样,现在我们已经是"北无李慎之,南无王元化"了。这些有学识、有见识、有胆识的知识分子们,已经逐个远离我们而去。学识,可以得来;见识,可以得来,但如李慎之和王元化先生这样有胆识的知识分子,如今真是鲜见了。记得巴金去世的时候,有学者写文章就说巴金那一代的知识分子的存在,用一句"他在,就还不是完全的黑暗"来形容是最恰当不过的,想来那真是一种孩子对于父亲般的精神依赖,读来至今让人温暖。我想我们之所以感到孤单,感到悲伤,不仅仅是因为我们失去了一位可以启蒙和引导我们的思想者,更重要的是失去了继续在人间奋斗所需要的那种温暖和依靠。

我的身边放着两大册由丁东先生所编辑的《怀念李慎之》,放着一册由钱钢所编选的《一切诚念终将相遇——解读王元化》,翻来却是内心烫热的忧伤。也就在4月的下旬,几位知识分子还在北京默默地为李慎之先生举行去世五周年的追思会,而短短半个月之后,这些知识分子又将去体味另一位先生归去的伤怀。我默默地念着两册书中那些曾作文纪念的知识分子,不少都是我熟悉的名字,他们或已暮年或是正当壮年或还是与我年岁相仿的年轻人,而我相信他们在精神上的不断成长，有待来日，也将同样成为我们这个时代里的精神支柱。由此，想到我在文章中所写到的那句话，"他们的人生梦想，就像手中握有旧船票的乘客，几十年过往，彼岸依旧在远方"。的确，彼岸未达，斯人已去。一个多世纪以来，鲁迅先生去世时，我们伤怀；巴金先生去世时，我们伤怀；李慎之先生去世时，我们伤怀；柏杨先生去世时，我们伤怀；王元化先生去世时，我们同样如此伤怀。这仿佛是一个精神血脉在不断丧失的过程，但反过来看，也还是一条精神血脉延续的过程。虽是让人神伤的微弱，但毕竟还是有所期待的。（原载《读品》2008年第16期，又载《湘声报》2008年5月20日）

把人字写端正

2009年春天的中国文化界，真可谓风波不断。起先是学者李辉写文章，揭露文怀沙的伪大师面目，然后又由章诒和女士连续写文章，披露发生在"文革"中的"告密"与"卧底"事件。这几篇文章一经面世，简直是一石激起千重浪，将一些所谓的知识分子面目暴露无遗，这让我想起学者吴思的一个比喻：有些好文章犹如一把搅屎棍子，将表面的那层覆盖物搅动后，下面才是臭不可闻的肮脏之物。然而，也颇有一些善良的文人来为这几位被非议的知识分子辩护，其所持论点无非是那个时代的特殊环境所为，并责问又有谁能特别地独善其身呢？我对此大不以为然，因为整个文化的生态正是由一个个具体的个体塑造而生成，无论环境多么险恶，虽可以明哲保身，但绝不能违背良知，伤及他人。要知道世道人心正是这样一点点地被败坏的。

与这些让人失望的辩护者所不同的是，我刚刚读过的贾植芳回忆录《我的人生档案》，给这些辩驳另外一种慨然有力的回答。

章诒和女士在文章中写聂绀弩的好友冯亦代在"文革"期间充当了一个告密者的角色，因此她在文章中感慨，聂绀弩为什么入狱，正是冯亦代这样的朋友一笔一笔地给写进去的。其实，在"文革"中这样的告密事件实在是太平常太普通了，父子之间，夫妻之间，好友之间，都可能是互相告密的对象。四川文人冉云飞感慨这样一个人类耻辱，多年来搜集了大量资料，一直在致力于

《中国告密史》的写作。贾植芳在他的《我的人生档案》中就多次写到这样的告密事件,他在监狱中的时候,有一个专门搜集、写作告密材料的政治犯,每天就是罗织这些混淆是非的资料,为即将进行的政治运动铺路;而历史上著名的"胡风反革命集团案",也正是与胡风朋友舒芜的告密关系重大。但与此相反的是,作为所谓"胡风反革命集团案"骨干分子的贾植芳,却没有如舒芜这样提供所谓的资料来作为胡风罪证,也没有如许多胡风的朋友那样,在事件发生后立即在报纸上写文章进行积极地批判,试图来为自己开脱这莫须有的罪名。我印象十分深刻的是,"胡风反革命集团案"已经被定性之后,当时上海的高教局对他进行审问,其时局势已相当紧急,大有风声鹤唳之感,但贾植芳还是毫不违心地对这一事件进行认真抗辩。因为他相信,"弄清了事情真相以后,明天的太阳还会照样升起"。但让他没有想到的是,天罗地网早已撒下,这是他漫长的苦难生涯的又一次开始。为了自己心中的理想和信仰,此后二十五年的太阳,再没有对他升起过。

贾植芳的这册《我的人生档案》编排得十分独特,第一部分为"且说说我自己",第二部分为"狱里狱外",第三部分为"我的三朋五友",只要粗翻此部著作,不难发现其中第二部分占据了整本书的将近三分之二,而认真读完此书就会发现,贾植芳的人生正如这册书的编排一样,他先后在狱中度过的人生占据了他整个生命几乎三分之二的长度,且都是他人生最美好的年华。

"狱里狱外"是极有分量的文字,它记录了一个知识分子在将近半个世纪里四次进入不同性质监狱的过程。1936年,他因为参加"一二·九"学生运动,被请进了国民党的牢房;1945年前后,他因为在徐州策反,被日本的宪兵队抓进了监狱,一直到抗日战争的胜利;而随后的1947年,他又因为给进步的学生刊物写作稿件,再次被请进了国民党的班房;到了1955年,因为"胡风反革命集团案",他无辜被牵连,由此又开始了漫长的牢狱生涯,一直到七十年代后期,他才真正的恢复自由。到了晚年写作这册回忆录的时候,对于自己最后一次进监狱,贾植芳不由地发出了这样的感慨:"哦,监狱,我从此第四次地进入了这个吃饭不要钱的地方了。对我说来，这是轻车熟路。但这次与以往不同，它使我迷惑不解：怎么我在人民政权眼里，竟和在国民党和日伪内外反动派的眼里是一个'东西'呢？是悲剧、闹剧，还是荒诞派戏剧？"

贾植芳出生于1916年，成长于国家内忧外患之时，受到时代潮流的影响，他积极加入到了抗日救亡的民族运动中去。他生在一个富裕的地主家庭，伯父是精明能干的商人，如果按照常人来看待，未来的人生道路不会过于坎坷艰难。他第一次被请进监狱是因为参加抗日救亡的学生运动，后来，伯父将他保释出来，送到了日本学习，希望他能够安分守己，但他并没有照办，而是继续按照自己的思考来追求，如此又接连不断地被请进监狱。我印象深刻的是1938年抗日战争爆发后，在日本留学的贾植芳和同学一起转道香港准备回国抗日，伯父知道后非常生气，嘱咐他一定不要回国。为此，伯父对他做了详密的考虑，希望他能够留在海外或香港，而他并没有接受伯父为他安排的锦绣前程。他的不少同学留在了香港，他们后半生大都生活安定幸福，这一切均让晚年的贾植芳思绪纷飞："想到自己几经囹圄、伤痕累累的一生，我不能不感慨万千！不过话说回来，虽然以后经历的苦难是我难以想到的，但选择回国抗战，仍然是我的良知所决定的，即便历史重演一下，我伯父为我安排的几条路程再次摆在我面前，我仍然会选择自己应该走的路，终生不悔。"

胡风是对贾植芳思想影响最大的一个人。但让他没有想到的是，自己与胡风的交往会成为他晚年二十多年身陷囹圄的罪证，而他几乎是所有被牵连人中从来没有违心地去揭露过、伤害过或批判过另一个无辜者的人。他对于胡风的敬重，也并没有因为自己被牵连遭遇人生巨大的磨难而改变。即使在晚年，他还依然对胡风在文学和生活上的帮助与扶持保持感激，坚持认为"他（胡风）是一个正直的人，一个可以相信相交的真正朋友"。

对于因为自己的牵连而给予许多无辜的人造成的影响，在回忆录中他多次深深地表达了自己的愧疚与不安。他四次进监狱，都是因为思想问题，也就是所谓的"政治犯"而被捕。尽管因为自己独立的思考而身陷囹圄，但他却一直坚信自己的真诚与高贵。为此，贾植芳特意写到他因"胡风反革命集团案"而入狱后所经历的一件事。

1958年，监狱里饥馑成灾。由于长期羁押，贾植芳和其他犯人一样得了浮肿，生命垂危，到了1960年，他被送到医院治疗，在吃了一些所谓的"高蛋白"食品之后，浮肿奇迹般地消退了。三天后，医院的负责人就让他下床劳动，打扫卫生，负责照料病重犯人的大小便，并给他们喂水喂药。对此，他立刻提出抗议："我还没有好利索，而且我快五十岁了，那些躺在床上休养的年轻犯人，身体比我强，你为什么不叫他们起来劳动呢？"这位负责人理直气壮地训斥他："你怎么能和他们比？他们是普通的刑事犯，你是一所来的政治犯、反革命，你没有公民权，叫你干什么你就干什么，要不我告诉管理员，说你对抗改造，那就要吃手铐了，我劝你还是识相点！……"这一回答，让贾植芳记忆深刻，因为自己的身份还不如那些年轻的流氓阿飞，这让一直追求独立自由的知识分子贾植芳耿耿于怀多年。在人人岌岌可危的年代，敢于不计后果勇敢抗辩的人很少，因为大多人的思想中早就失去了自己的空间，他们俯首听命，甚至甘于做牛做马。即使在最艰难的环境中，也不能把灵魂出卖给魔鬼，贾植芳一直这样警告自己。

读完这册《我的人生档案》，我感慨贾植芳人生的坎坷、命运的曲折以及生命力的顽强，但我更感慨作为一个人，如果试图做一个真正独立又有良知的人却是多么的困难。如果贾植芳少年时代违背自己的心愿，没有参加学生运动，或者按照伯父的人生规划，继承遗产去经商，或者留在香港乃至海外生活，那么他的人生一定会是另外一种情形；而他后来与胡风交往，如果违心地对胡风进行批判，或者在监狱中积极改造，顺应时代潮流，也许就不必遭遇这样长期惨烈的人生折磨。历史不容假设，生命不能重来。无论风云怎样变化，贾植芳始终坚持去做一个真正清醒端正的人，这是他的人生信仰。因为这一信仰，让他遭受到了这样荒诞的人生磨难，但也是这样的人生信仰，终于让他坚持到最后，看到了"太阳还会照样升起"。也因此，当我读完贾植芳的人生回忆，便会对那种没有原则性的宽容表示怀疑，因为在如此艰难的人生中，毕竟还有人能将自己的人字写得大而端正。（原载《上海杂志》2010 年第 3 期，又载《文艺报》2011 年 7 月 23 日）

有狂气，有傲气，更有不平之气

我对许渊冲先生感兴趣，并非是因为读过许先生的翻译著作，即使是平日读一些翻译作品，但对于译者也并不予以过多的关心，而对许先生大感兴趣，起初则是因为读过《北大往事》中的一篇名为《师事》的文章。由于此文作得甚妙，其中不少细节印象极深，不妨这里摘抄上一段共赏："他（许渊冲）原为洛阳外国语学院的教授，据说曾任副院长，照现在的军衔，应不小于大校。许先生调入北大的原因，他自己从未讲过，做学生的也不便多问。倒是某次课间，有学生偶然提及，许先生给了个说法：'为什么？因为那里的院长总是老子天下第一。'我听了觉得可乐，小声嘀咕道：'您是副院长，也是天下第二么。'不想许先生听得分明，摇头道：'哪里，哪里，他老婆天下第二。'全班忍不住笑作一团。"写这篇文章的作者天波由此而评论道："许先生自然不甘做老二，更不愿做老三，许先生要的是天下第一。"由这么一个小细节，淋漓尽致地勾勒出一个洒脱、幽默、锐利甚至有些狂放的知识分子形象。近读许渊冲的著作《逝水年华》和《续忆逝水年华》，对于许先生的印象于这些观感中又有了更多深入的感触。

许渊冲先生专攻翻译，特别在"汉诗西译"上有独特的贡献。对于这一点，他也是极为自负的。天波就曾回忆到，他在一次课堂上看到许先生带去了一册《毛泽东诗词选》，扉页上赫然自题："诗译英法第一人"。实在是毫不谦虚，后来天波有一次到许渊冲家里去，发现先生的客厅里挂着一幅遮住了半壁河山的书法条幅，上面题为："诗译英法第一人"。我在他的《续忆逝水年华》中，发现一幅许先生夫妇在客厅里的照片，其背景正是这书法条幅，左联为"诗译英法第一人"，右联则为"书销中外三十本"。有印章题款，显然是请人所作。所谓"诗译英法第一人"，在许先生看来，一是他是国内最早将中国古典诗词以韵律格式翻译成外文的，也是唯一一个既能将中国古典诗歌翻译成英文，又可以翻译成法文的高人。特别是以韵律格式进行翻译，他注重在翻译古典诗词中要讲求"意美、音美和形美"，形成了自己独特的翻译风格，借用郭沫若先生的一句话，许渊冲先生所努力做的，就是使中国古典诗词在翻译后，犹如将一杯茅台酒变成了法兰地酒，而不是一杯饮料或白开水。

在此书的附录中，许渊冲详细地罗列了自己的著译，其中英文译著五十六种，法文译著八种，中文译著十种，中英文著作十种，看来这"书销中外三十本"只是他上个世纪八十年代的数量，如今已经是原有数量的将近三倍了。我看网上有人写到许渊冲的名片，其中后一句为"书销中外六十本"，这一点许先生果然是与时俱进，毫不客气。"书销中外"，用这著译列表来佐证，的确是有据可查。其中，最让他津津乐道的是一册英文翻译著作《中国不朽诗三百首》，此书由英国著名的企鹅图书出版公司1994年出版，企鹅丛书代表着世界最高文学水准。在这册书的数幅照片中，就可以看到他的这些著作被整体地陈列在许先生的客厅之中，应属于名至实归了。因为许先生的著译成就，1999年十所高校的教授联名推举许先生为诺贝尔文学奖的候选人。许渊冲确有狂气，但狂得有底气。

读《逝水年华》和《续忆逝水年华》，不得不佩服许渊冲先生的高水平与高起点，他的人生经历几乎也可以让人读来有些炫目和应接不暇。据其回忆，他的求学经历，小学乃是南昌市最好的，中学是江西省最好的，大学则是全中国最好的。对这三个求学的地方，许先生都有详细交代，小学、中学这里暂且按下不表，许先生的大学就是抗日战争时闻名遐迩的西南联合大学。对于西南联合大学，许渊冲曾有专文将其与美国的哈佛大学进行比较，认为与其相比毫不逊色,而在这三个阶段,许先生皆堪称佼佼者。他曾受到冯友兰、钱钟书、吴宓、朱自清等大学者的教习,曾颇受清华大学校长梅贻琦先生的欣赏和器重,与后来获得诺贝尔奖的杨振宁等一大批极为出众杰出的人才同窗共读,互相切磋;他还曾经作为美国飞虎队的翻译为国服役一年,受到嘉奖;后又留学法国巴黎并以优异成绩毕业,报效国家。可以说,许渊冲的孤傲之气,是与他作为精英的人生经历是分不开的。他后来专心翻译,则用心于中国古典诗词的韵律翻译,独创自己的体系,试图"把中国的文化推向世界,这样又会影响世界,使时代有所改变"。这一切的努力,都可以看出那一代在忧患中成长起来的知识分子的拳拳忧国与爱国之心。

最让许渊冲难忘的,则是他在西南联合大学求学的大学时代,《逝水年华》原文就刊发在《清华校友通讯》和《联大校友会刊》上,大多篇章都是回忆他在西南联合大学求学的师友往事。许渊冲对这些师友往事的深情回忆,其目的则是他引用钱钟书的一个见解,"为别人做传记也是自我表现的一种;不妨加入自己的主见,借别人身上来发泄"。因此,这些关于西南联大师友往事的回忆,处处都可以看到作者不凡的身影。如果说西南联大是一个历史传奇,那么许先生自然也是这传奇的一个重要组成部分。对此,许先生自然应当有傲气,因其傲得有资本。

《逝水年华》和《续忆逝水年华》两书,回忆其求学和翻译的往事为多,而对其后半生特别是在文革中的磨难则提及较少。按照许先生的理解,大约这三十年因为时代的原因,他未能有一字出版,人生几乎完全是在惨淡消磨中度过。倒是在回忆中,他曾提到两个细节,一是许先生在"文革"中召开批斗会议时,上面唾液横飞,下面许先生则是心中暗暗研究琢磨毛泽东诗词的翻译,但被发现后,竟被指认为是别有用心的反动分子;其二是许先生被下放到干校进行劳改,因为翻译毛泽东诗词而被鞭打过近百下,数日无法安坐,妻子将孩子的救生圈充气后方才让他坐下。这三十年的岁月,对于一个知识分子来说,遭受的不但是精神的煎熬,更是肉体上的折磨,还是尊严上的羞辱。对于一个颇有抱负的知识分子,许先生在其应该大有作为的青年时代却未能有一字问世,且直到三十八岁的大龄方才得以成婚。一位如此杰出的知识分子,遭受这样的人生际遇,其胸中难能不有磊砢不平之气,因此也就不难理解为何许先生能够在停顿三十年后,放弃大好仕途而费心调入北大,以争分夺秒的速度在其晚年爆发出极大的创造力。

最让我体味他心中的这磊砢不平之气的,还是天波对许先生的记忆。一次,在北大外文系的办公室,许先生对着分发报纸的工作人员大发雷霆,用天波的话来形容或许更为形象:"刚进院中,便听见许先生的轰鸣之音,走近一看,许先生正脸红脖子粗,手中的一叠报纸已抖得哗哗作响。"原来是许先生对于办公室工作人员将其名字写为"老许"极为不满,才与那位工作人员发生了冲突,而对方也认为许先生是小题大做,无事生非。由于双方僵持不下,最后经系里调解,达成协议,不许写"老许",也不称"许老"。对于这一冲突,作者天波写道:"我心里觉得许先生也太过认真了。出门后,许先生像是猜到了我的心思,说道:'你不知道,'文革'前人们称我为许先生,'文革'中,成了臭老九,改称老许了。'"由此看来,许先生对于这一段岁月终是难以释怀的。

在许渊冲的这两册回忆著作中,对那段昏暗岁月所谈甚少,即使偶有提及,也多是草草带过,但这寥寥的几笔,却也无法掩盖先生内心中淤积的疼痛与耻辱。许先生晚年对翻译执著、自负与拼命,还有他处世为人的孤傲、狂狷甚至是乖僻,均让我想起明末文人张岱写戏曲演员彭天锡的一句话,或许它们多少都有些共通之处吧,"盖天锡一肚皮书史,一肚皮山川,一肚皮机械,一肚皮磊砢不平之气,无地发泄,特于是发泄之耳"。(原载《译林书评》2008 年第 5 期)

烈日灼人

上世纪七十年代的末期，北京电影学院学生陈凯歌经常到玉渊潭公园，去参加由《今天》杂志举办的诗歌朗诵会。有一次，他甚至还当众朗诵了食指的一首诗。那时，他读诗，写小说，还是《今天》杂志在电影学院的负责人。而在1989年陈凯歌首次出版的《我的红卫兵时代》（日文版）一书的结尾处，他引用了两位诗人的诗句，来给自己的记忆作结，一句选自北岛的诗歌《回答》，另一句则来自于诗人食指的《相信未来》。《回答》和《相信未来》是那个时代的最受青年欢迎的朦胧诗，《今天》杂志则是朦胧诗最早的民间阵地，它们均是那个时代带有启蒙意义的文化符号。

也许因为曾是朦胧诗的爱好者，所以我读这册后来被改名为《我的青春回忆录》的自传著作时，很能理解作为电影导演的陈凯歌，其笔下的文字竟然是十足的老到、凝练、冷静、凌厉，富有诗歌的节奏与优美。这或许是他表达个人青春记忆最好的笔法。而朦胧诗留下的另外一个鲜明的特征，则是他们统一早熟般地对时代及其政治表达了自己独立与清醒的认识，这也是这册回忆录中最让我感到惊讶的地方。因此，我甚至以此断言，正因为这种对于时代认识的清醒与独立，以及对命运体悟的疼痛和热烈，这册青春回忆录与他所拍摄的电影杰作是完全可以平等并列的。

对于自己的青春往事，陈凯歌在书中曾如此写道："我一直认为我的人生经验大都来自那个时期,其中最重要的是,这个革命帮助我认识了我自己,认识自己即是认识世界,明白这一点,就决定了我的一生。尽管那场革命因十年浩劫这样的名词而似乎得到否定,也有了许多批评的书籍,但只要人们仍然控诉他人时,这场革命实际上还没有结束。我试图做的,就是在审判台空着的时候自己走上去,承担起我应承担的那部分责任。因此,这是我的自供书。我一直不能以轻松的态度看待生活,这也许恰恰是我在书中所描绘的那个时代给我的影响,我却没有什么后悔。"这段心灵的独白,使我看到了陈凯歌艺术的精神因缘,也让我领略到了一个痛楚而丰富的心灵世界。

陈凯歌生于1952年,与共和国几乎同步成长。他生在一个知识分子家庭,父母亲都是受过良好教育的电影工作者。由于这无法改变的命运,1965年,会成为他记忆的一个分水岭。那一年,陈凯歌考入了重点中学北京四中,也是在那一年,他亲眼目睹了一个家庭和一个时代如何逐渐地陷入到一场史无前例的人类浩劫。而那一年,陈凯歌仅仅十三岁。十三岁,成为他人生的分水岭,他青春热烈的少年心灵被这个时代的烈日灼伤了。他亲眼目睹了自己的老师被批斗,而这位老师后来又反过来对他们这些孩子进行专政和审判;他也亲眼目睹了红卫兵冲到自己家中疯狂抄家,重病的母亲被强制长时间地面壁思过,但他却没有勇气站出来制止;他亲眼目睹了自己所尊敬的父亲被众人围攻,在众目睽睽之下,他从背后试图推倒父亲,这是他和父亲都没有料及的举动;他亲眼目睹了一大群孩子在游泳池旁对一个孩子施暴,而他也给了那个孩子一个痛快的巴掌,这是他人生中第一次打人;当然,他还更多次亲眼目睹了铜扣腰带狠狠地将那些被专政的对象打死,目睹了家破人亡、妻离子散,以及集体性的社会骚乱和武装殴斗——激情的愤怒把那些青春的身体燃烧成灼热的钢铁。

陈凯歌的记忆,让我想到了学者朱大可描述自己受到惊吓的少年记忆:"我听到一声尖锐的喊叫,从这极度美丽的死亡中迸发出来。掠过孤寂的尸体和逃散的人群。它来自我的喉咙,来自一个为这满含着沉默的罪行所惊骇的小孩。法国梧桐、藏匿在叶荫下的蝉、房屋的巨大阴影和笼罩的炽热阳光中的柏油街道,所有这些影像崩溃了,只留给我那个最温存柔弱的形象,仿佛是投射到这世界里的最后一道光线。"这是朱大可在多年前的一个夏日的中午,他看到一群孩子在一栋大楼的阴影之下殴打他们的老师,站在马路对面的他,看到了这个年青女老师的脸庞上挂满了泪水与绝望,最后无声地躺倒在大地上。她永远地离开与解脱了。朱大可说:"我总喜欢在夜晚走向街道,也总是期待声音的奇迹。也许会有某些遭禁锢的东西被黑暗解放出来,哪怕是一个女人的低低的啜泣,使我能倾听到真正属于灵魂的声音。"与陈凯歌一样,这种相仿的精神体验,带给他们心灵的印记,愈久也愈深。青春的心灵遭受到猛烈的撞击后,柔软的伤痕却需要持久的时间来进行愈合。

对于这种青春的暗伤,陈凯歌说,那是因为恐惧所致。正因为恐惧,他没有勇气在人群中冲出去,没有勇气给受到惩罚的父亲和母亲以帮助,他也没有勇气在同伴遭受到暴力的时刻,拒绝加入到这盲目而残酷的游戏中去;甚至因为恐惧,他憎恨父母亲不是共产党员,从而百般努力地积极加入到时代的洪流中去,把自己流放到荒凉的云南边陲。因为只有加入集体,不被这个时代的洪流所抛弃,个人才能获得暂时的安宁,也正是这种深刻的恐惧,迫使他的心灵遭受到一次又一次的精神创伤。我记忆深刻的是他在四围的批判声中试图推倒自己父亲时的描述:"四周都是热辣辣快意的眼睛,我无法回避,只是声嘶力竭地说着什么,我突然觉得我在此刻很爱这个陌生人,我是在试着推倒的时刻发现这个威严强大的父亲原来是很弱的一个,似乎在这时,他变成了真正的父亲。如果我更大一点,或许会悟到这件事是可以当一场戏一样来演的,那样,我会好受得多,可我只有十四岁。"

因为恐惧,一个人可以背叛自己的内心,甚至不惜心灵遭受极大的屈辱和疼痛,而这种恐惧感一直弥漫在那个时代的角角落落。因此,这种屈辱与疼痛便会在一个少年的心灵之中层层地累积起来,最后终于把自己彻底地灼伤。但显然,陈凯歌所面对的不仅仅是一个人的命运,学者徐贲在文章《苏联的人民记忆》中关于前苏联斯大林时期人民的生活状态,就有如此相似和深刻的剖析:"成千上万的普通苏联人过着一种'双重生活'。他们一方面觉得受到不公正的对待,对苏联制度有离异感,一方面又努力自我调节,在这个制度中找一个安身立命之地。许多个人尽管家庭成员中有的饱受迫害,但自己仍然努力进步,争取入党、入团。在对待家庭中的'人民敌人'时,普通的苏联人在信任他们所爱的人和相信他们所怕的政府之间经受了各种内心挣扎和道德煎熬。他们有的痛苦,有的麻木。"

陈凯歌的青春回忆,在我读来就是一个少年受到创伤的体验,也是一个成年人对于过往历史的追问与沉思。它是反思录,也是忏悔录,但同时,我在这册回忆录中,更读到了一个时代的人生命运史。不仅仅是陈凯歌本人。他还写到了老舍之死,傅雷之死,揪心裂肺;而对于自己身边的亲人与朋友命运的叙述,则是难掩沧桑。因此,我读到他对于那些青春少年朋友的记述,无论是出身高干家庭的F,还是充满了激情与理想的张晓翔,他们最后惨烈的命运让人心惊;特别是在陈凯歌写到他在云南西双版纳做知青的那一部分,通过对自己和一名叫薇的少女命运的交叉叙述,来表达彼时生命存在状态的逼真与严酷。

少女薇的故事令人心碎。她因为被发现在床底下有一张撕破的毛主席画像,且涂满墨迹,由此被检举,判为"现行反革命"。又有人报告,她本身就是精神病人,因此被监外执行,独自隔离。后来,她真的疯掉了。每到夜晚,就会有凄厉的惨叫,直到1972年被送回北京。而最后陈凯歌才知道,她在夜晚的惨叫声是因为一次次地遭受到强奸的折磨,而这些强奸她的人,反过来又义正词严地对其进行批判。不仅仅是因为恐惧,在这里,我看到的显然还有人性的残暴与黑暗。

读毕陈凯歌的这册青春回忆录,我忽然想到俄罗斯导演米哈尔科夫的电影《烈日灼人》(*Burn by the Sun*)。这是一部描述苏联大清洗时期的故事,贵族青年密迪亚在失去家庭和被夺走了女友后,背叛了自己,成为秘密警察,从受害者反过来又成为新的刽子手。故事温柔中隐藏着惨烈,我被影片结束时的那轮灼人的巨大红日所震撼,它鲜艳夺目,但也灼人心灵。那个画面我很难忘记,但与有着切肤之痛的陈凯歌相比,他的体会一定比我深刻。(原载《中国图书商报》2009年10月21日)

流放者归来

在评论北岛的文章《与久违的读者重逢》中,作家徐晓写到北岛在海外生活的精神状况:"一个每天操着英语却用中文写作的人,他的意识中存在着的,即不是可能成为他对手的读者,也不是可以与之倾诉之言的读者,他和我们不是以同一个坐标观照生活。……我是想说,完全无法想象,如果是我或者你,将怎样面对那样一种生活——孤独,落寞,绝望,拮据,隔绝的屈辱,荣誉的折磨……"我完全可以想象,徐晓作为朋友,对于当年这个诗歌领袖的理解,甚至我不得不佩服她对北岛体察得如此深刻。徐晓至今还记着她第一次见到北岛时的那一幕。

那是1978年底的一个周末的傍晚,天黑得比以往都要早,她骑着自行车前往人民文学出版社旁的一个胡同,哪里住着她的另一位朋友赵一凡。那是北京最冷的日子。徐晓在人民文学出版社的大门口看见几个年轻人正在张贴油印的宣传品,她走近看到的正是那个后来影响巨大的民办刊物《今天》。尽管天色昏暗,已经无法看到刊物的具体内容,但她还是难以掩饰内心的激动与兴奋。这几个张贴的青年人之中,有一个就是北岛,那时他还名叫赵振开。徐晓随后也加入到《今天》的编辑队伍之中。多年以后,她在回忆这个刊物的文章《荒芜青春路》中这样刻画了北岛的容貌:"他高而瘦而白,留那种最普通的学生头,穿一件洗旧了的蓝色棉布大衣,戴一顶浅色毛皮帽子,性格抑郁不善言谈。在我的印象中，他好像不会高声说话，也没有激烈的言辞，他的执著深藏在不苟言笑的矜持中。"我在刚刚出版的北岛的诗歌随笔集《时间的玫瑰》的扉页上看到了一张他的照片，二十年后的北岛依旧是那种清瘦和忧郁，这张照片拍摄于2003年的巴黎郊区。

在整个上世纪八十年代，北岛都是具有传奇色彩的诗歌英雄，而他最终的漂泊海外远走他乡，又使他重新开始另一段的生活。徐晓所讲述的一切，很能切合这种生活的精神状态，但如果想要清楚地知道他这些年的具体踪迹，我想他的散文作品集《失败之书》则是一个很详细的注解。这些年，北岛在海外的生活无非就像他所言，是不断的漂泊，不断的搬家；有一年，他不得不连续七次搬家；同时，他还不断地去参加各种诗歌节，去朗诵自己的诗歌作品，还在继续操持着一份发行和影响都可能不会很大，但品质绝对一流的汉语文学刊物《今天》。更重要的是，他还在继续进行着汉语的写作。

在远离母语的环境里，继续坚决地从事自己母语的文学创作，这种文化和语言上的障碍与隔膜是最令一个作家感到痛苦的。更为难能可贵的是，北岛的文字还依然具有力量，还有顽强的生命力。我连续三年买了他所出版的三本书，一本诗歌集《北岛诗歌集》，一本散文作品集《失败之书》，一本诗歌随笔集《时间的玫瑰》。对这些文字的阅读，重新勾起了我们对于北岛的记忆，也重新让我们领略到一个新的北岛的精神状况。想来这些年，在他乡的杰出知识分子为数众多，但都渐渐寂寞地消失在我们的视野之外。青年学者余世存曾在记叙北岛的文章《先行者的大地和天空》一文中，感叹北岛这样的作家却没有成为赫尔岑这样的伟大人物，这些流落者也没有在异乡形成中国的精神团体。这一点也许苛求了北岛，但也的确是一件很遗憾的事情。

2003年一个炎热的夏日午后，我在石家庄的一个书店里看到了他的《北岛诗歌集》，墨绿色的封面，安静地躺在书架上，我兴奋地将书买了下来。诗集几乎包含了他所有诗歌的精品，特别是那些他写作于海外也发表在海外而我们无缘见到的诗歌。我得首先承认自己不是一个诗歌的爱好者，也许是北岛这个本身就具有标签性的名字还在激动着我，或者是我对那个激情理想和浪漫年代的向往。他的这些新诗，依然保持着干净、凌厉和朴素的风格，意象也依然丰富。我最喜欢《午夜歌手》这一首，因为仅仅这个意象就在打动着我的内心。在午夜，唱歌的歌手也恰恰代表了北岛的生命状态，孤独、寂寞和忧伤，他在诗歌中这样写道，"一首歌/是一个歌手的死亡/他的死亡之夜/被压成黑色唱片/反复歌唱。"这是诗歌的结尾，甚至有些残酷，但是描写了一种生命的状态。歌手就是诗人。

2004年冬天，北京下过第一场大雪，我在一家温暖的小书店里看到了北岛的散文作品集《失败之书》。这本书的名字令我感到奇怪，我不知为何他要将自己的这部散文集如此命名，是对自己的失望与否定，还是对这本书中的文字的否定？这本书几乎都是写他这些年在海外生活与游历的见闻和体验，尽管朴素干净，几乎没有任何的抒情与渲染，但在字里行间还是感觉到浸透其中的忧伤。北岛说散文是中年心态的折射，他的这些散文是疲惫与紧张之后的一个放松与调节，因而是自然而来的。其实，如果我们仔细阅读这些文本，是不难把握他的生命状态的，他在散文集的自序中这样写道："我得感谢这些年的漂泊，使我远离中心，脱离浮躁，让生命真正沉潜下来。在北欧的漫漫长夜，我一次次陷入绝望，默默祈祷，为了此刻也为了来生，为了战胜内心的软弱。我在一次采访中说过：'漂泊是穿越虚无没有终点的旅行。'经历无边的虚无才知道存在有限的意义。"

也许恰恰是这种绝望与虚无，才有了他另外的一些文字。战胜虚无与绝望往往需要交流与对话，这是获得有建设性的补偿。从2004年开始到2005年的3月，他为上海的《收获》杂志撰写一个名叫"世纪金链"的专栏，一共九期，我断断续续地阅读了这些关于诗歌和诗人的随笔文章，惊讶于作为诗人的北岛对于这些世界著名诗人命运如此深入的生命体验，还有他对于这些诗人诗歌的精确翻译和分析。他采用了细读的批评手法，将这些诗歌精彩讲述给我们，而他在文章中显得最为不满的是汉语翻译的质量，这使得他花费了不少的笔墨来纠正和比较。

2005年8月，北京夏天最热的一个午后，我从北海公园游荡到美术馆附近的北京三联图书中心。在那里，我第一眼就发现了北岛的这本随笔集，灰色的封面，鲜红的书名，整个书装犹如一个私人的笔记本，给人有一种被禁止的诱惑感。也许这种包装比较符合我们对北岛的期待或者是记忆。我仔细将其中的一些文章重新阅读了一遍，对那些诗人的人生传记式的叙述，我特别感兴趣。例如关于我所熟悉的里尔克、曼德尔施塔姆和帕斯捷尔纳克的文字，这些文字也最动人。

在那一天的阅读笔记中，我随手写下这样的一段话：诗人以自己的创作和生命体验来感悟另一个诗人的生命，他们内心的欢欣与悲痛是相通的。北岛在关于曼德尔施塔姆的文章《昨天的太阳被黑色的担架抬走》中，写到在那个禁忌与高压的年代里，他从赵一凡的手中读到爱伦堡的《人·岁月·生活》中关于曼德尔施塔姆的部分时，激动得几乎要眩晕的心情。在这篇文章中，北岛由赵一凡写到了曼德尔施塔姆，也许他更想说说自己，却只说了这样一段话："一个有使命感的人要多少受些苦的，必然要与外在命运抗争，并引导外在命运。"

我认为这一篇文章是《时间的玫瑰》中写得最动情也最符合他本意的文章。在文章的结尾，北岛这样对自己说："在某种意义上，诗人生来注定是受苦的，但绝非为了自己。俄国诗人涅克拉索夫写过这样一句诗，让我永生不忘：'我泪水涔涔，却不是为了个人的不幸。'"看来，北岛终于战胜他所经历的一切孤独、绝望、虚无与苦难的折磨。他本色依旧，金刚不倒。（原载《青岛文学》2006年第5期）

向桑塔格致敬

一

在 1978 年拍摄的一张照片上,苏珊·桑塔格面带微笑,神情自信优雅,脖子上系着红色的纱巾,与黑色的紧身毛衣相映对比明显。她斜靠在自己纽约曼哈顿切尔西区顶层公寓的书架旁,那是她精心收藏和喜爱的两万多册藏书。相比于照片上的这个身材纤细面容清秀的女性,这些书籍显得面孔古板与严肃,她们之间是那样的格格不入。令我惊奇的是这张照片所拍摄时间的 1978 年,此时桑塔格已经年逾四十五岁,而照片上的形象与气质,却让人感到她还是一个刚刚二十出头的少女。更令人不可思议的是,拍摄这张照片的时候,桑塔格已经疾患癌症两年时间了。照片欺骗了我的感觉。更让我吃惊的是,在患病中的这一年,桑塔格完成并出版了她的巅峰之作《疾病的隐喻》。这是我最喜欢的桑塔格的一张照片,正如照片中所流露出来的那种气息,她是如此的年轻、优雅、自信、高贵、智慧,当然还有一种让人惊叹的美丽。

这是一种让人百思不得其解的谜语,如此完美的一位知识女性却沉浸于阅读之中。她年轻时代的梦想,就是想成为《党派评论》的一位撰稿者;她一生钟情于书籍,阅读成为自己最大的爱好,且甘愿贫穷与孤独。在成为美国甚至世界上最有名望的知识分子后,她还是没有拥有过汽车、电视机这样的消费品。我们如何定位于这样一位女性知识分子呢?在阅读桑塔格完成于1972年的作品集《在土星的标志之下》一书中,我似乎为这种独特的知识分子气质找到了一种答案。批评家总是将自己最完美的文字献给他所喜爱的对象,对于那些批判性的文字其实在骨子里也是带有某种欣赏的成分,否则他是无法调动起自己写作的激情。阅读《在土星的标志之下》,我再次证明了这个大胆的假设。苏珊·桑塔格这本书中论及了保罗·古德曼、阿尔托、莱尼·里芬斯塔尔、本雅明、西贝尔贝格、罗兰·巴特和卡内蒂,如果要是加上她曾经论述过的依薇、卡夫卡、加谬和普鲁斯特等自己特别喜爱的知识分子,可以很容易地探寻出她对于知识分子的判定和个人趣味。

值得注意的是这本书中的三个细微之处,其一是这本书的扉页上的标示,她是特意献给诗人布罗斯基的。在1998年,她曾经专文写过一篇《约瑟夫·布罗茨基》,并这样描述这位流亡诗人,"他着陆在我们中间,像一枚从另一个国度射来的导弹,其承载的不仅是他的天才,而且是他祖国文学那崇高而苛严的诗人威严感"。其二是这本合集以她论述本雅明的文章《在土星的标志之下》作为全书的名字,由此可见她对于这篇文章的重视,也反映出她对于本雅明的喜爱。在文章中,她借用本雅明自己的语言重新解读土星气质,"我在土星的标志下来到这个世界——土星运行最慢,是一颗充满迂回曲折、耽搁停滞的行星……",这种看似玄虚的星象学表征,反映出土星气质所天生具有的忧郁与激情。忧郁是一种"深刻的悲伤",激情是一种持久的耐力。其三是在所有的桑塔格的评论文章之中,《迷人的法西斯主义》是她的一篇独特的文章。这篇论述德国电影导演莱尼·里芬斯塔尔的文章,是她不多见地对于其论述对象进行严厉批判的文章,而在此之前,她写过一篇文章曾经赞赏过这位德国女导演的美学风格,然而如此一百八十度的大转弯,难道不让人感到惊异?

桑塔格的这篇《迷人的法西斯主义》如果仔细地去阅读,不难发现她内心深处的矛盾。对于里芬斯塔尔的美学风格,桑塔格依然是怀有欣赏甚至赞叹的情怀的。她批评的是这位艺术家品质上的道德问题,即其虚伪与违背良知的不诚恳，这些被认为是知识分子最基本的品质。但由此，也反映出桑塔格对于知识分子所具有的那种带有优美与诚恳勇敢的品质相结合与统一的心愿。由这三个仅仅是书籍中的细微之处，不难看出桑塔格对于知识分子所期待的是那种崇高、严肃、忧郁、激情、诚恳、优美与勇敢的品质，这些应该都统一在她广义的"土星"气质之下，就像她将其作为自己的书名一样直接明了。

土星气质作为知识分子的一种标志，那么苏珊·桑塔格就是在将这些评论写成她关于自我的一部精神自传。在《纪念巴特》与《作为激情的思想》中，她分别论述了巴特与卡内蒂这两位知识分子所特有的激情，罗兰·巴特在写作中不断超越自我的激情，卡内蒂在写作中的"渴求、饥渴与向往"；在《论保罗·古德曼》中，她论述这位美国作家具有风姿卓越的思想与钦佩他"愿意发挥作用的热情"；而在《走近阿尔托》和《西贝尔贝格的希特勒》中，她所赞叹其描述对象具有的那种带有批判性的英雄主义气息与宗教崇高感的艺术追求，并且花费长篇文章的笔墨来细加分析。如此看来，桑塔格在精神气息上与这些知识分子内在的一致性，她是渴望成为具有英雄主义崇高感的知识分子，这是土星气质的另外一重含义。

其实，对于桑塔格本人来说，她于1993年冒着生命危险前往战火中的萨拉热窝并执导贝克特的话剧《等待戈多》，这一具有实践性的行为，可以代表了她作为知识分子的独特身份，以及在众多类似行为中所有激情与崇高英雄主义气质的一种典型象征。她于同年写成的《在萨拉热窝等待戈多》这篇文章的结尾，我也读到了这样充满忧伤的英雄主义气质的文字，它令我难忘，"在八月十九日下午二时那场演出临结尾，在信使宣布戈多先生今天不会来但明天肯定会来之后，弗拉迪米尔们和埃斯特拉贡们陷入悲惨的沉默期间，我的眼睛开始被泪水刺痛。韦力博尔也哭了。观众席鸦雀无声。唯一的声音来自剧院外面：一辆联合国装甲运兵车轰隆隆碾过那条街，还有狙击手们枪火的噼啪声"。

2004年12月28日，桑塔格在美国去世。报纸评论她的去世，将会为美国知识界留下一个巨大的空洞，其实这种空洞准确说就是桑塔格所具有的那种独特的知识分子土星气质。更让人敬佩的是，桑塔格将她生前所留下的纽约顶楼里具有博尔赫斯梦想式的两万五千册图书，全部捐献给了美国的加利福尼亚大学。她生前是如此酷爱书籍，《在土星的标志下》这本书中，她也特别地关注到那些她所喜爱的知识分子对于书籍的阅读与迷恋，诸如本雅明、巴特或者卡内蒂。

二

《读品2007》开篇选择了田方萌的《易丹尼的读书生活》，这篇文章谈论了一个澳大利亚专职书评人易丹尼的读书生活。这位澳洲爱书人以读书为乐趣，至今已经撰写书评文章一千多篇，平均每周四篇，内容包括文学、历史、政治、经济、宗教、社会等等诸多门类，并且建立了自己的书评网站，在英语世界影响很广泛。为了持续自己的读书生活，易丹尼放弃了很多机会，而选择在一所大学里当一名普通的电脑维修员。可以想见，阅读对于易丹尼来说，十足是一件充满愉悦的人生快事，他对于世界的好奇，完全通过对于书籍的占有和阅读来完成。我以为《读品2007》的编选者将这篇文章置于首位，一定是用心的选择。在集中阅读了《读品2007》的全部文章后，我却发现几乎所有的《读品》成员都是一个中国式的易丹尼，尽管这些年轻的朋友并非一定像易丹尼那样完全以写作书评作为自己的人生追求，他们或多或少都有自己专长的研究领域和兴趣爱好，但和易丹尼很相似的是，他们对于阅读和知识的占有，均有一种极度痴迷的情感，在不断的阅读和对知识以及新的领域的占领中获得精神的愉悦。因此，在某种程度上来说，易丹尼似乎成为《读品》成员的一个形象代言人。

《读品》的口号是"阅读－记录－分享"（READ－WRITE－SHARE），之前在编辑《读品2006》的时候，我记得是"与书有关的一切"。通过这两个口号，可以看出《读品》的立场和态度，他们的目标就是读书。从更为深入的角度来看，《读品》的目的是分享，即分享知识带来的精神愉悦和快乐。因此，随便翻阅《读品2007》里的文章，大多内容是让人新鲜的，辞令是富有才华的，叙述是充满技巧的，评论方式也是非常现代的，这些文章给我这个阅读者的整体感受是时尚、才华、智慧和书卷气浓厚。而整个《读品2007》之中,触目读来,似乎充斥着太多的符号和面孔,诸如伽达默尔、柏林、霍布斯、卡内蒂、波德里亚、哈耶克、罗兰·巴特、塔奇曼、施特劳斯,等等,这些名字就像流行的时尚元素一样漂浮在文字之上,最终留给我的记忆中的就是这些东西。而整个《读品》似乎就像易丹尼的书评网站一样,留给人们更多的就是那些图书的名称和作者,还有他给每本书所评论的级别。

这样看来,《读品》似乎是一个对于阅读患有重病症者的俱乐部。如果说澳洲人易丹尼是形象代言人,那么中国的钱钟书则是他们学习的目标。关于阅读,我觉得钱钟书是一个绝对的阅读病症患者,这位现代中国以来的阅读高手,博览群书,趣味驳杂,其所写的读书笔记,中西贯通,古今融合,读来几乎惊为天人,而阅读他的读书文字,常常给我一个感受是视野的开阔与智慧上的通达,但在现实社会的精神关怀上并没有获得太多的启发。钱钟书的读书笔记聪明、机巧、智慧,充满了浓厚的书卷气息。如果可以通读钱钟书,对于阅读者来说,绝对是知识储备上的挑战,也是一种精神上的高级愉悦。而我之所以如此絮叨,是因为阅读《读品2007》后,却感觉这些文字似乎靠近钱钟书的风格,文章中充满了对知识和智慧的绚技,对语言和文章形式的雕琢与用心。

同样是阅读,我尊敬钱钟书这样的阅读者和写作者,但从精神的深处,我更喜欢的是美国的批评家苏珊·桑塔格。我之所以喜欢这位同样嗜书如命的评论家,是因为阅读她的批评著作,我感觉她不仅仅是一个热衷于追求某种精神趣味的评论家,而令我敬重的是,作为一个极度的书痴患者,她的评论文字不仅仅是来自于书斋中的感受,不是通过一个书本到另一个书本的求证,也不只是运用一种巧妙的评论手段进行复杂的嫁接和运用,而是有她对于社会现实的体验与关注,有她自己对于整个世界的立场和观点;其二是她的评论文章也不是简单追求知识的新鲜与愉悦,让阅读者以自己占有知识和神奇的运用语言来获得惊喜与赞叹,而是通过文字来表达自己对于世界的态度,她是以一个现代知识分子的姿态出现的。我记得阅读她的文章《对旅行的反思》就是以另类的方式对于极权主义国度大胆批判的独立声音,这是在我们这个国度少能读到的精彩文章。遗憾的是，我们今天不缺乏以钱钟书为目标的读书人，尽管也很难再出现第二个钱钟书，而我们是太缺乏诸如苏珊·桑塔格这样的读书人，缺乏作为一个知识分子对于现实生活的体验和关注，缺乏一个知识分子所应该有的姿态和立场。

《读品》是民间的，公益性质的，非盈利的，这是非常令人敬佩的。传播阅读和享受阅读，本身就是一件美好的事情，但阅读并非是一件终极的事情，否则阅读者只能成为书籍的奴仆。我们要通过阅读来表达作为一个知识分子所应该有的声音，这才是问题的关键。《读品2007》是精致的，很多文章我都非常喜欢，诸如张媛媛的《三个茶壶和一个杯子》、高一峰的《写字三惑》、王嘉军的《见面不如闻名》等等，但这些文章读过了也就读过了，就如享受一份美妙的小甜品，它只是暂时满足了我口腔里的味觉，而没有让我整个的身心获得震撼与愉悦，或许，那得是麻辣火锅的效果。相比之下，这些文章中，我更喜欢罗卫东的《我的心灵史》、刘伟的《阎连科的乡土批判》等少数文章，因为这些文章之中我能看到作者在现实中的身影，能够看到对于现实社会的理解和认识，能够看到精神愉悦后的姿态与立场，这是十分难能可贵的。（原载《中国图书商报》2006年10月12日，《SOHO小报》2008年11期）

辑二
春泥集

风雨中的"八道湾"

一

1919年8月19日,鲁迅用三千五百元购下北京西城区西直门内公用库的八道湾十一号作为宅院。这一年的11月21日,他先与二弟周作人一家移居到新居;同年12月29日,鲁迅回到绍兴携母亲、夫人朱安及三弟周建人的全家搬进了这个院子,完成了他作为长子使全家欢聚一堂的心愿。从买到房子到全家住在一起的速度,在常人看来已算得上很快了,可以想见鲁迅的孝心,也可以猜想面对这种全家团圆其乐融融的情景鲁迅难耐的欢欣。不料,这一愿望的实现,却为鲁迅最终带来了终身的遗憾,也留下了令人无尽感怀的记忆,而更令鲁迅先生所意想不到的是,这个地方还会成为中国现代文化史上一个见证半个世纪沧桑的历史遗迹。

这个占地约四亩的大宅院,在中国现当代的文化思想史上是可以留下浓墨重彩的一笔的,但历经风雨的洗刷,这一历史的遗留物也渐渐地只是历史书籍中的一个地理概念而已。然而如若对中国现代历史稍微有所了解的人都知道,在这个地方的院子里曾经生活过两位影响中国文化思想的名人:一位自然是鲁迅,另一位则是他的弟弟周作人,这两位现代文化思想史上的名人也都在这里留下了不朽的成就。鲁迅在北京居住时间最长的就是这个地方,而不是现在北京鲁迅博物馆所在地的鲁迅故居,在这里他写下了著名的《阿Q正传》《故乡》等小说,第一本小说集《呐喊》也是在这里诞生的。在这里,鲁迅还完成了大量的翻译作品以及学术著作《中国小说史略》的上卷。

遗憾的是,1923年7月19日鲁迅与周作人兄弟失和,随后的8月2日,鲁迅就搬出了八道湾,先到了砖塔胡同六十一号,1924年5月25日又移居到现在受到良好保护的鲁迅故居所在地——阜成门内西三条胡同二十一号。这个地方相比鲁迅在八道湾的住宅要明显的狭小和局促了,鲁迅自己的书房也成了后来很有名气的"老虎尾巴",一个临时搭建的小屋子。从1923年8月2日之后到1967年周作人去世,八道湾十一号一直是周作人的宅院。这里一度成为京城文人和名流聚集的地方,周作人曾于二十年代的中期命名书斋为"苦雨斋",这个称号渐渐在文人中流传,成为一个具有名士风范的地方,形成后来被学者所称道的"苦雨斋"京派文人圈。据考证,当时时常出入这个宅院的有钱玄同、沈士远、沈尹默、刘半农、马幼渔、俞平伯、废名等人,他们都是现代文学思想史上的非等闲之辈。周作人一生著述颇丰,大都完成于此。

鲁迅在八道湾十一号只有不到四年的居住时间,而周作人在这里则居住了将近四十八年的时间,近半个世纪的时光他与这一个地方息息相关,因而八道湾十一号几乎成了周作人和他的"苦雨斋"的一种地理概念的代名词。据说,"五四"时期在北大当图书馆管理员的毛泽东曾到八道湾十一号拜访周作人,而当时也居住于此的鲁迅,不巧出门在外,否则这两位历史的伟人将有一个历史性的会面。与毛泽东会面的正是周作人,可惜双方都没有留下什么见面的记录。当时的毛泽东,由于身份的低微可能根本就没有引起周作人的注意,毛泽东在后来也曾对美国记者斯诺抱怨:没有人会注意他这个图书馆管理员。这其中应该也包括周作人,因为当时的周作人还是北大中文系的教授。不过,倒是当时拜访过这里的任访秋、李霁野、邓云乡、谢兴尧等人,他们都曾对当时的八道湾十一号的"苦雨斋"有过精彩细腻的描写,也为八道湾十一号最鼎盛的时期留下了历史的斑驳记忆。

学者谢兴尧大约在 1933 年或者 1934 年陪同《京报》记者傅芸子去采访过周作人，在他后来的回忆文章《知堂先生》中，对这里有过专门的描述，也是最具有神韵的，"周的住宅，我很欣赏，没有丝毫朱门大宅的气息，颇富野趣，特别是夏天，地处偏僻，远离市区，庭院寂静，高树蝉鸣，天气虽热，感觉清爽。进入室内，知堂总是递一纸扇，乃日本式的由竹丝编排，糊以绵纸，轻而适用，再递苦茶一杯，消暑解渴，确是隐士清淡之所，绝非庸俗扰攘之地"。这样一块清幽的学术聚会之地，对于现在日日生活在浮躁喧嚣中的学者文人来说，的确是一个令人神往的精神之地。

二

作家梁实秋在清华大学读书的时候，作为清华文学社的代表曾去邀请过周作人进行演讲，时间应该在 1919 到 1923 年之间。那时，他还碰见了鲁迅先生。对于八道湾十一号，留下了这样的记忆："转弯抹角地找到了周先生的寓所，是一所坐北朝南的两进的平房，正值雨后，前院积了一大汪水，我被引进去，沿着南房檐下的石阶走进南屋。地上铺着凉席。"可见当时的八道湾排水不畅，给梁实秋留下了特别深刻的印象。而对于"苦雨斋"的描述，就更费笔墨了，"里院正房三间，两间是藏书用的，大概有十个八个书架，都摆满了书，有竖立的西书，有平放的中文书，光线相当地暗。左手一间是书房，很爽亮，有一张大书桌，桌上文房四宝陈列整齐，竟不像是一个人勤于写作的所在。靠墙一几两椅，算是待客的地方。上面原来挂着一个小小的横匾，'苦雨斋'三个字是沈尹默写的。斋名苦雨，显然和前院的积水有关，也许还有屋瓦漏水的情事，总之是十分恼人的事，可见主人的一种无奈的心情"。以后的来访者大多在回忆中都会写到八道湾的书房风景以及那个小匾"苦雨斋"，大约都是对于"苦雨斋"这个名号神往已久，而对其主人的写作环境也就格外地关心了。

1935 年，梁实秋成为周作人在北大的同事，因而有机会常常光顾八道湾，"那上房是一明两暗，明间像书库，横列着一人多高的几只书架，中西书籍杂陈，但很整洁。右面一个暗间房门虚掩，不知作什么的。左面一间显然是他的书房，有一块小小的镜框，题着'苦雨斋'三字，是沈尹默先生的手笔，一张庞大的柚木书桌，上面有笔筒砚台之类，清清爽爽，一尘不染，此外便是简简单单的几把椅子了。照例有一碗清茶献客，茶具是日本式的，带盖的小小茶盅，小小的茶壶有一只藤子编的提梁，小巧而淡雅。永远是清茶，淡淡的青绿色，七分满。房子是顶普通的北平式的小房子，可是四白落地，几净窗明"。

温源宁在《周作人先生》一文中也特意写到了周作人的书房，"周先生的书房，是他工作和会客的所在，其风格，和主人公一模一样，整整齐齐，清清爽爽，处处无纤尘。墙壁和地板，有一种日本式的雅趣。陈设是考究的，而且桌椅或装饰品，不多不少，恰到好处。这里一个坐垫，那里一个靠枕，又添了舒适之感。再看那些书吧，成排的玻璃橱里，多么井井有条，由性心理学以至希腊宗教！琳琅满目，文字有中文、日文、英文，还有希腊文！洋溢在整个书房里的，是宁静的好学不倦的气氛，令人想到埋头勤读之乐和评书论人、娓娓而谈之乐"。

周作人有一个名叫康嗣群的弟子，曾与周作人过从甚密。1933年，他给《现代》杂志写过一篇《周作人先生》。这篇文章中专门有一节谈论八道湾的"苦雨斋"："苦雨斋在古都的西北，是一个低洼所在，一进门便下台阶，其低洼已可想见，对着门便是一棵很大的白杨，随时都哗哗在响，好像在调剂这古城的寂寞似的，院子里老觉得是秋天，在被称作侧座的房里，悬着平伯君所写的'锻药庐'，很娟秀的一笔字，正如其人。院子里遍种各样的树木，便是仅留着的四条甬道，也被树荫遮着，枝头的花常拂着行人的头。走进去，中间的正房便是苦雨斋。"在康嗣群的笔下，我们可以知道当时的八道湾除去梁实秋所讲的低洼易积水之外就是这里树木植被的繁盛，特别是门口的那株大白杨树给很多来访者都留下了印象。一个名叫朱杰西的人在1936年拜访了八道湾，给他第一印象的就是这株白杨树，"第一件大事可记的当然是那株'鬼拍手'（白杨树），无风自响，的确很好听"。对于"苦雨斋"的书房，康嗣群的描述虽然与其他人相仿，但也有两个细节，一是在"正中间的屋子里还保存着一个北方特有的炕，炕上除了炕几外还有一个很美丽的灯笼,正中悬着若子的像,若子是先生的爱女"。另一个是"斋中书架上放着一块砖,那便是凤凰砖,我曾写信说再去时要看看,而到那里看见它好好的躺着,却又觉得似乎不要去搬动它好了"。

三

抗日战争开始后,周作人终于没有南下,这也成为八道湾这样一个住所消没的一个转折点。历史就是这样具有戏剧性。如果周作人当时随大多数学人一起南下或者在1939年的那场被刺中死去,那么历史也许会重新书写,而我们今天参观的很可能有八道湾这样一个富有历史韵味的地方。抗战结束后,周作人曾在南京有过短暂的牢狱生涯,随后不久便被保释,这位文化老人又回到了八道湾,直到1967年去世。也可以想象,这一漫长的历史时期,周作人在八道湾这个地方是多么地寂寞。他曾经的那些同好的朋友弟子们也已经风流云散,有的亡故,有的南下、遗留海外,有的则自身难保、小心度日,只有香港的曹聚仁和鲍耀明两位曾与其有过密切的联系,而曾经陪伴周作人前后,被他钟爱有加的两万套藏书也已经被查抄,1949年后被送往北京图书馆。这一时期的八道湾已悄悄地隐没在历史的背面了,不过一位当时还很年轻的读书人来到北京工作特意拜访了此时的周作人,这位后来延续了周作人文章遗风余韵的文章高手记下了此时的八道湾的情景。

谷林先生曾先后两度到过八道湾。一次是1950年,一次是六十年代初期。在他的文章《曾在我家》中详细记叙了这两次拜访的经过,八道湾的情景也展露笔下。第一次是1950年的9月,谷林到八道湾见到门口有巡逻的军人,幸好这位军人没有为难这个仰慕前往的年轻人,因而才有了下面这样的记忆:"进院便见丁香海棠葱葱郁郁,老人不住正屋,又转入后院,有一间颇宽大的西房,是他的住处了。衣笼米柜,书案条桌,环旁四壁。条桌上竖立着几册日文书。壁上一镜框是老人五十画像,没有'苦雨斋'和'煅药炉'的斋额,却有些烟火熏染痕迹。老人从后边出来,比画像略显清癯,时年六十六,看去没有那么老，然而颜色枯黄，身穿同我一样的灰衣裤。我是从市场买来的成衣，下衣便缩，袖不及腕，裤不掩踝，他也仿佛如此。落座后我讲了已得他的著译情况，说及《药堂杂文》纸墨太差，他说初版本较好。回去一查，所得果系重印本，以后乃另买了初版本。他又说自存著作亦不全，少一册《苦口甘口》。我又说想看些讲北京乡土风俗的旧书，他介绍《北平风俗类征》。我说，读《越缦堂日记》每于典制名物，多有不了，他说，如遇徐一士笔记，可买些翻翻。我问他新用笔名'十山'的含义，他说，旧曾署'药堂'，药为入声第十韵。——这像在解释'十堂'，对于'十山'似欠圆满，但也不便再问。一会儿他忽然说道：'有一个人，死得早了，很可惜，刘复，刘半农。'言下若有黯然之色，颇为动情。不觉已过了一小时许，见他靠在椅上挪左挪右，不甚安生，想是精力惫茶，就起身告辞。"

关于周作人的那一块有名的匾和他的藏书，文洁若在《苦雨斋主人的晚年》中曾提到，"光复后，这块匾和众多的藏书一道被没收了，书则给他留了一小部分。"光复指的是抗日战争的胜利，文洁若在这篇文章还讲到1949年后的苦雨斋藏书，"1949年以后，周作人没什么钱买书了，然而有些友人以及日本岩波书店还常有书寄赠，日积月累，又有了数千册。其中，他最稀罕的还是所余无几的旧书，有空就翻看，他开玩笑地说：'这是炒冷饭。'"

四

1950年，对于周作人这样身份特殊的人物，其内心很可能是惶惶不可终日，因而，尽管此时的八道湾面貌依然如旧，虽不如过去的精致优雅但也风貌犹存，那"郁郁葱葱"的丁香海棠还盛开着，不过周作人已经没有了先前的闲适和雅趣了。明显的是，斋号已经不见了，与谷林谈书论道显然已经心不在焉没有心情了，而从屋内的装置陈设的家具以及其所穿的衣服来看，此时的周作人经济状况不佳，但缺少知音般的朋友使得其恍惚的精神愈发地孤独，否则不会突然想到他那早死的朋友刘半农。

1952年，在人民文学出版社工作的王士菁在孙伏园的介绍下拜访了八道湾，他对这时八道湾的记忆有一个细节引起了我的兴趣，"这是一排坐北朝南的相当简陋的平房，门前是一个狭长的天井，地势是西面高而东面低，阴天落雨，雨水从西往东流，流到东头两间房子门前便停蓄在那里，这曾经是鲁迅描写的《鸭的喜剧》的背景"。由此可以知道，很多人提及的八道湾的地势低洼而积雨，还有一个倾斜的坡面所造成的原因。

　　第二次谷林登门拜访八道湾已是十年之后了。此时的周作人，因为开始给香港和内地的报纸化名写文章，加上政府的政策照顾，经济状况稍有改观，香港的鲍耀明与他保持着较为密切的联系，一切似乎还比较稳定。这个从公众视野中消失了十年的文学大师，也已经习惯了这种隐居生活。谷林先生的这次拜访则是因为两册香港出版的《过去的工作》，由于没法购买因而写信给周作人，对方答应可以赠送，为避免遗失故请其来八道湾领取，因此我们也就有了对六十年代初期八道湾的记忆："再到八道湾，他已移住上房，是东边的一间，光线较暗，窗下一张方桌，靠里壁一架书橱，纤尘不沾。他仍从后面出来，初冬季节，穿一身绸质玄色薄棉袄裤，有些伛偻，神采则比十年前远胜。他拿着两册书，一个圆墨盒，用毛笔站在桌前题了款，又取出图章盖上。还示我一册没有封面却已经装订起来的校样，说：'这是天津排好的，眼下缺纸，不能付印，书名《鳞爪集》也欠妥，得改。'室内未安炉火，我没有久坐，接过书就道谢告辞。"此时的八道湾，相比十年以前似乎又增添些情趣，主人精神也比以前好多了，穿着丝绸的棉袄，给谷林的赠书上题款盖章。唯一遗憾的一点是，谷林先生特意提到的"室内未安炉火"，这很可能与当时的环境有关。1960年代正是资源紧缺的"三年自然灾害"时期，缺乏煤炭就像缺乏印书的纸张一样。

　　1950年和1960年谷林先生的两度拜访为我们留下了八道湾十一号的点滴印象，而这期间间隔了整整的十年时间，这期间的八道湾又有过怎样的风景。有一个细节引起了我的注意，那就是在阅读曹聚仁先生的《北行小语》一书时，这本书出版于1959年，恰恰是谷林先生第二次来访的时间前后，在这本书中两次具体写到生活在1949年后的八道湾十一号的周作人。1950年曹聚仁移居香港,在香港他创办出版社,出版杂志和担任报社主笔等社会职务,影响力颇大。1956年他以记者的身份回到内地,这位在中国现代历史上举足轻重的报人无疑引起了大陆高层的重视,他所写的第一篇稿件就是与新中国总理周恩来的会面,当然访问那些曾经与他颇有交往的文人则是必不可少的,这其中就有周作人、沈从文、老舍、梅兰芳等文化名人,而对于周作人他则给予了更多的关注。

在《北行小语》中,曹聚仁两次写到生活在八道湾的周作人。其中作于1957年的《北京的老文人》,开篇就写到了周作人。由于与周作人是老朋友又是记者的身份,他的观察记录则相比谷林先生更加地仔细和深入,而不是简单的印象。对于八道湾,他有这样的一段描述:"有一时期,八道湾十一号是住着一些军队的,(而今还住着一批军人的家属)知堂老人住在最后的一排两间老屋中,和户外世界,自然的隔绝着。晚上到了九点钟,就由于电总门的关闭,在黑暗中过活;他也就那么悠然自得地过了几年呢!最近不独他自己的身体成了问题,他的老伴也长期住在医院中"。由此想见,1949年后的八道湾十一号中的一部分房子已经充公为军队的房子,这很可能就是谷林先生第一次见到军人的原因,这些房子很可能就是这些负责监督的军人的宿舍。后来,部队撤走,部队的家属则顺其自然地住在了这里。此时的周作人的精神状态大约与谷林先生第二次来访时相当,对于曹聚仁来说,这一篇文章似乎还有些意犹未尽。

1958年,曹聚仁又专门写了一篇文章《八道湾十一号》,这一篇文章对于八道湾十一号则有更加详细的叙述:"目前,鲁迅住过的南房和那院落的房中,都住了解放军的家属。后院的北房,周启明先生仍住在那儿。启明夫人是日本人,周先生也惯于日本式的生活。推门而入,右边是铺着榻榻米的日本式卧室;左边是书房,曲尺式摆着两行书架;纸窗下,放一张北方的炕床。周先生盘腿坐着,让客人坐在椅子上。后院的门上,贴着启明先生的谢客条子,因为年衰老病,医嘱谈话以十分钟为度。不过,我几回访问苦雨斋,老人总让我多坐一会,半小时、三刻都说不定的。"此时的八道湾十一号也还算安静,主人的心情却比较矛盾,尽管不愿意再在这里招待客人,但对老朋友的来访却还是很热情,这个时候能够常常去他那里的人恐怕也并不会多。作为香港来的文化名人,曹聚仁多次来这里拜访一位复杂的人物,在客观上也可能会给八道湾十一号带来一些温暖的颜色,毕竟当时的政府对他还有更多的期待。

1956年,学者邓云乡也曾来访过八道湾,他对"苦雨斋"书房也有过细致的描写,其中有这样的段落:"老人引我到右首转过半段隔扇南窗前坐下,靠北墙全是高大的书架,插满了书看来好像放了两层,宽大的书架,书已插到边沿了。靠东墙则是比较低的玻璃门书柜,临窗柜中我注意到全是老人自己写的译的书,由最早《域外小说集》、《自己的园地》到《鲁迅的故家》等大概都齐备。书架前放着六七张软椅子,是接待客人的。临窗一张方桌,上铺浅色漆布,只有一方小砚,极为干净。老式窗,上面冷布、东昌纸卷窗,下面玻璃,窗台以下都是北京裱糊匠用大白纸裱的,一色雪白。竹帘、纸窗、瓦砚、绿茶……墙上未挂苦雨斋或苦茶庵的匾,却挂有双凤凰砖的拓片,或者说有晋人风度吧。"除去周作人对于自己所出书籍的收集全整让人颇感意外,再就是他的书斋一贯的简洁清爽,而无论是在什么样的环境之下。

还有一个值得我们注意的细节是,1936年朱杰西来拜访时很感兴趣的那一块双凤凰砖已经变成了一个拓片了,至于原物就不可考了。但邓云乡在另一篇文章《知堂老人座上》也有关于苦雨斋的描写,令我感兴趣的是他提到在书橱的上半截挂着两个镜框,里面就是"永和砖"拓片,并且讲到这个"永和砖"是从阿Q的原型阿桂手中买到的,砖三面有字,"平列八鱼"。这个六面都有文字图像的砖送给了俞平伯的父亲俞青阶先生。俞以拓片题字回赠老人。由此猜测,双凤凰砖也很可能送人了,因为还有那么一个拓片作为纪念,如果是没收了可能就没有任何踪影了。

五

周作人晚年常用"寿则多辱"以自嘲,不过他老人家还是很幸运的。1967年去世,"文革"才刚刚开始。对此,谷林先生曾在他的那篇文章中很忧伤地写到:"几年后,文化大革命,他在劫难逃,带着他的艺术品位,文化特色,消逝了。"1966年,"文化大革命"爆发,红卫兵自然不能放过八道湾主人这个有过历史污点的名人,叶淑穗记下了八道湾主人的最后岁月:"开始是院里的红卫兵,后来又串联外面的红卫兵,一连抄了几次家,家里的东西差不多已被洗劫一空了,就连他们的榻榻米也被砸成了许多的窟窿。"周作人的妻子羽子是日本人,因而在八道湾自然有很多日式的物品,周作人本人对于日本的生活方式也是颇为喜爱的,很多来访过这里的人都曾注意到那个已经被打成许多窟窿的榻榻米,因为这个具有明显日式风格的家具很惹眼也很能代表周作人家居的特点,不过这也是对于这种东西最后的记录,类似这些物品将永远从八道湾消失掉。

更为残酷的还是后面,"1966年8月他被抄家以后,就给撵到一个小棚里住,只有一位老保姆在照料他。当我们得知这种情况以后,曾去看过他一次。这可能是出于对周氏兄弟的同情或对周作人过去给我们工作支持的感激;也可能是想从他那里再抢救一点活材料……当我们走进他被关的小棚子里面时,眼前呈现的一切确实是惨不忍睹。昔日衣帽整齐的周作人,今日却睡在搭在地上的木板上,脸色苍白,身穿一件黑布衣,衣服上钉着一个白色的布条,上面写着他的名字。此时,他似睡非睡,痛苦地呻吟着,看上去已无力站起来了,而几个恶狠狠的红卫兵却拿着皮带用力地抽打他,叫他起来"。

1966年12月,孙旭升借着大串联到了北京并于十一日来到了八道湾,"……在我进去的时候,知堂已经从炕上起来,穿着黑色的短棉袄裤,帽子也不戴,俯着头默默地站立在炕的那边地上。我从他那样子可以看得出,他一定以为又是有什么人来找他的麻烦了,所以预先做出'挨斗'的姿势,默默地站立在那里。暖炕的脚后边有一扇玻璃窗,当然是关着的;窗下放着一张小半桌,上面搁着一棵大白菜,从小桌旁边的煤炉推测起来,此时的知堂大概已经与其子女'划清界限',一个人独自生活了"。

此时的八道湾,已经完全没有了曾经有过的宁静优雅,除了居住的萧条之外更是主人的一颗惶恐的心灵。其实,这个时候"文化大革命"才刚刚开始,周作人虽然受到红卫兵如此残忍的批斗但相比后来的风暴还只是小儿科罢了。倒是这之后的八道湾,从此以后就真正的消逝了,再没有了先前曾有过的那一道独特的风景了。这之后的八道湾,又经历了怎样的风雨,想必也没有人关心了。因为主人已经离去,而这个地方随后又有怎样的命运呢。

六

1984年,日本作家高杉一郎偶然间来到了八道湾寻访,遗憾之中写下了他对此时八道湾的印象:"……出现在我们面前的完全是另一番的景象。故居后面的空地上增建了许多小房子,如果我没记错的话,应该有四十家人住在那里。院子里吊满了绳子,到处晾晒着衣服,衣服从鲁迅的书房,鲁迅母亲的房间,周作人家人的房间,周建人夫人的房间,直到深处的爱罗先柯和吴克刚住过的房间,最后决定在爱罗先柯的房间前留影纪念。谁知住在那个房间的主人硬是叫出家人,插进我们中一起合影。"1984年,照相对于中国人来说还是一件相当珍贵的机会,但他们却没有注意到一个外国友人的内心情绪,也没有意识到他们正住在一个对中国文化深有影响的人物曾经住过的地方。

一次,我去鲁迅故居参观,向一位资深的馆员询问这样的一件事情,她告诉我现在已经全部成为老百姓的居民住所了。原本打算去探询一番的心立刻被浇上了一盆冷水。想必是"文革"开始后居民开始入住就真正成为老百姓的大杂院,而这样的地方也许再过若干年可能就会消失在一片现代化的高楼大厦之中吧。这样的心情,在我读鲁迅博物馆馆长孙郁先生在其文章《八道湾十一号》所写的一段踏访经历中,得到了共鸣,"在一个深冬里,我和一位友人造访了西城区的八道湾。那一天北京下着雪,四处是白白的。八道湾破破烂烂,已不复有当年的情景。它像一处废弃的旧宅,在雪中默默地睡着。那一刻我有了描述它的冲动。可是却有着莫名的哀凉。这哀凉一直伴着我,似乎成了一道长影。我知道,在回溯历史的时候,人都不会怎么轻松。我们今天,也常常生活在前人的背影下。有什么办法呢?"(原载青岛出版社《闲话》杂志2008年第2辑,又载《学术中国》2008年2月。补注:此文写成后曾得到止庵先生的细心指教,颇受教益。在2010年4月5日的来信中,止庵先生谈到他读毕此文之后的一个写作念头:"想从《风雨中的八道湾》入手,谈谈'苦雨斋'到底是八道湾的哪间房?似乎这个问题还没有人说过。"2011年花城出版社出版止庵《比竹小品》,收录其文章《关于苦雨斋》,谈的正是这一问题。)

新月之蚀

今天，已经很少有人知道陈梦家这个人了。对于陈梦家，闻一多曾赞叹说，他的学生中有"两个家"，一个是臧克家，一个就是陈梦家，但他似乎更为欣赏陈梦家，他是这样评价自己的这个学生的："一个有天分的人而肯用功夫，陈梦家要算是一个成功的例子。"与陈梦家生前有所交往的王世襄，后来在怀念他的文章中这样写道："一位早已成名的新诗人，一头又扎进了甲骨堆，从最现代的语言转到最古老的文字，真是够'绝'的。"而当代学者刘梦溪对他的评价，则又显得更为形象、诗意和饱满："英俊、潇洒、蕴藉得像一个害羞的王子。他的英姿像他的诗一样美，他的风度像他的学问一样好。"

陈梦家是1966年9月离开这个世界的，死后有关他的消息，破碎而零散。1978年，在他被打成右派二十一年后，中国社会科学院为他进行了平反；1998年，他生前收藏的明清家具，被上海博物馆收藏，成为上海博物馆家具馆的镇馆之宝；2000年，他的夫人赵萝蕤生前居住的美术馆后街22号的一所精致的明代四合院，在数名学者与名流的抗议下，依然未能摆脱被强制拆迁的命运；2006年，中华书局、中国社会科学院考古研究所等单位，联合为他召开了学术座谈会，并整理出版了十一卷本的《陈梦家著作集》。据说，北京的三联书店曾邀请他的夫人赵萝蕤写一本十万字的回忆著作，但被拒绝了，最终只留下了千余字的文章，而赵萝蕤也在1998年去世了。

"新月张开一片风帆"

陈梦家于 1911 年 4 月 16 日生于南京。他出身上层知识分子的小康家庭，父亲是基督教神学院的牧师。陈梦家自小天资聪颖，1927 年，年仅十六岁的陈梦家就考入了南京的"国立第四中山大学"，也就是后来的中央大学，所学专业是法律。也是在这一年，著名诗人闻一多来到中央大学担任外文系的主任，主讲英美文学，陈梦家常常去听课。闻一多讲述的英美浪漫主义诗歌和诗歌格律化的理论，使他深受影响，由此开始尝试创作新诗，而闻一多也很快就注意到这个聪慧的学生，并给予了热切的关注，由此结下了他们永久的师生情缘；1928年，闻一多离开中央大学，但次年另外一个著名诗人的到来，使得陈梦家在新诗创作的道路上，走得更远。

1929 年，诗人徐志摩应中央大学校长陈君谋的聘约，来到中央大学担任外文系教授，主讲英美诗歌。很快，陈梦家的诗歌创作，就得到了徐志摩的赏识。他的诗歌《那一夜》被徐志摩推荐，以"陈漫哉"为笔名，刊发在《新月》月刊二卷八号上，这是陈梦家首次公开发表诗作。早期陈梦家的诗作，显然受到了徐志摩的影响，甚至不少诗作都带有模仿的痕迹。1930 年，受到闻一多和徐志摩诗歌理论的影响，陈梦家在《国立中央大学半月刊》一卷七期上发表了诗论《诗的装饰和灵魂》，宣告了他的诗歌创作完整的艺术主张。

创作新诗和组织新诗活动，几乎成为陈梦家这一时期的主要内容。1931 年，陈梦家从中央大学毕业，获得了律师执照，但他从没有从事过律师工作。也就是在毕业的这一年，几乎成为他一生诗歌活动最频繁的一年。这一年，陈梦家开始担任由徐志摩主编的《诗刊》季刊的编辑工作，9 月后，徐志摩将《诗刊》的主编也交给陈梦家负责了，当时在这本刊物上发表文章的，除了徐志摩与陈梦家，还有闻一多、林徽因、卞之琳、孙毓棠、曹葆华等知名人物；也是在这一年，陈梦家在新月书店出版了他的第一部诗集《梦家诗集》，出版后很快销售一空，几个月后，诗集经增选后又再版发行；还是在这一年，陈梦家应徐志摩的邀请，在上海编选新月派的主要代表作品《新月诗选》，经过一个多月的努力，陈梦家先后编选出了新月派前后期主要代表诗人的代表作十八家八十首，并撰写了长篇序言，总结了新月诗歌流派的艺术理论主张。

1932年，徐志摩去世，陈梦家十分难过。他编辑完成了老师的遗稿《云游》，又整理编选了自己的诗集《铁马集》，同时停办了新诗刊物《诗刊》，也结束了他的学生时代与诗歌青春期。这年2月，在老师闻一多的邀请下，陈梦家赴青岛大学担任助教，并在闻一多的影响下，开始研究甲骨文。9月，闻一多担任清华大学中国文学系的教授，陈梦家也由燕京大学宗教学院刘廷芳推荐，到该院学习。在燕京大学宗教学院，陈梦家得到了院长赵紫宸的青睐，并与其爱女赵萝蕤缔结良缘，成为终生的伴侣。与陈梦家一样，赵萝蕤也是天资聪慧，是燕京大学的校花。据史学家钱穆后来回忆，赵萝蕤周围"追逐有人，而独赏梦家长衫落拓，有中国文学家气味"。赵萝蕤受到过良好的教育，是国内第一个翻译艾略特的诗歌代表诗作《荒原》的翻译家。她的眼光，果然不同凡俗。

在燕京大学攻读研究生期间，虽然陈梦家已经将自己的主要精力投入到以古文字为主的学术研究上，但他对于新诗的创作，依然不能忘情。1934年，陈梦家在上海的开明书店出版了诗集《铁马集》；1935年，他又将自己历年创作的一百余首诗歌结集出版为《梦家存诗》。1936年，陈梦家获得了硕士学位，留在燕京大学中文系任教，从此专注于中国古文字学和古史学的研究。他的这一选择，与老师闻一多的影响是分不开的。在整个三十年代的新月派诗歌运动中，陈梦家与闻一多、徐志摩、朱湘一起，被誉为新月诗派的"四大诗人"。1936年在伦敦出版的第一部英文版《中国现代诗选》，也选入了他的诗歌。陈梦家的诗歌，柔美、忧郁，带着一种唯美的感伤，最为人称道的则是这首《摇船夜歌》："今夜风静不掀起微波，/小星点亮我的桅杆，/我要撑进银河的天河，/新月张开一片风帆"。

"听,我摇起两支轻桨"

1937年,卢沟桥事变爆发,陈梦家和赵萝蕤离开北平,辗转到昆明的西南联大。在那里,陈梦家除了教书以外,开始了他对于古史和古文字的研究,并先后撰写了《老子今释》和《西周年代考》等著作。1944年秋,经美国哈佛大学费正清教授和清华大学金岳霖教授的介绍,陈梦家到美国芝加哥大学讲授中国古文字学。选读他的这门课程的美国学生,大约只有四五人,但陈梦家在回答纽约一家报纸的记者提问时说,他到美国来的主要目的就是要编选一部全美所藏的中国铜器图录。

在美国的三年中,陈梦家为了实现这个目标而积极努力。第二年,他开始遍访美国藏有青铜器的人家、博物馆和古董商,足迹遍布底特律、克利夫兰、圣路易斯、纽约、波士顿、旧金山、火奴鲁鲁和多伦多、巴黎、伦敦、剑桥等其他很多城市,然后再回到芝加哥大学的办公室,整理自己收集来的各种资料,一一打出清样。那时,陈梦家和几乎所有的美国藏家、古董商和博物馆都有通信联系,而许多私人藏家,都是富贵人家,但他为了实现自己的目标,抛开顾忌,登门搜集资料。在1947年访问了斯德哥尔摩之后,他曾写信告诉洛克菲勒基金会:"我在太子殿下的城堡里受到他本人的接见,欣赏了他的私人收藏,还有幸同他谈话了两个小时。"

在美国的三年中,陈梦家编写了庞大的流美铜器图录,这也就是后来在1962年国内所出版的没有作者署名的《美帝国主义劫掠的我国殷周铜器集》,其中收录青铜器照片八百多张,并详细注明了收藏者。除此之外,陈梦家还用英文撰写并发表了《中国铜器的艺术风格》、《周代的伟大》等文章,并和芝加哥艺术馆的凯莱合编了《白金汉所藏中国铜器图录》。陈梦家的这一努力,后来被认为是具有抢救意义的学术创举,但可惜的是,他回国前匆忙将所留的初稿交给哈佛大学的一位编辑准备出版,但因为后来战争爆发等原因,导致书稿遗失。后来编选的《美帝国主义劫掠的我国殷周铜器集》,也只是根据陈梦家回国所带的部分资料在十分仓促的情况下编撰而成的,甚至后来陈梦家试图增补欧洲和加拿大部分,出版规模更大的《中国青铜器综录》,也只能成为一个泡影了。

1947年,陈梦家拒绝了美国洛克菲勒基金会的盛情挽留,回国到清华大学中文系担任教授。他还为学校购买了许多流失海外的祖国文物,甚至专门成立了"文物陈列室"。1952年,院系调整,陈梦家转到了科学院的考古研究所工作。1956年,他用著作《殷墟卜辞总述》的稿费,在钱粮胡同买了一所房子,他们夫妻在院子里植种花木,琴瑟和谐,在特殊的时代环境下营造着短暂的温暖与平静,并各自进行着学术的研究。据赵萝蕤回忆,那时陈梦家一个人占有了一大间的寝室兼书房,在里面摆放了两张画桌,这一大一小的画桌拼在一起,成为他的书桌,那上面堆满了他的各种需要不时翻阅的图籍、稿本、文具和台灯。他每天都不知疲倦地进行工作。赵萝蕤回忆说,他在家里和研究所都配备了一套比较完备的常用书,在两处都能有效地工作。每天晚上,赵萝蕤已经睡了,但陈梦家才开始工作,有时候醒来,还能从门缝里看到一条淡黄色的灯光,以及他停顿搁笔的声音。赵萝蕤的回忆,让人想起陈梦家在《摇船夜歌》中的诗句:"让我合上我的眼睛,/听,我摇起两支轻桨,/那水声,分明是我的心,/在黑暗里轻轻地响。"

陈梦家不知疲倦,专心于研究工作,几乎每天用于研究的时间在十到十二个小时。他的肩上曾长过一个脂肪瘤,还有几个拔掉了龋齿留下的空隙没有填补上。但他还是终于把瘤子割掉了,牙也修配好了,这两件事情办完后,赵萝蕤笑着对陈梦家说:"现在你是个完人了。"这是陈梦家学术喷发的一段岁月,他先后在甲骨文、殷周铜器铭文等方面做出了巨大的贡献。1956年,他出版了代表作《殷墟卜辞总述》,全书七十万字,二十章,是甲骨学史上较早进行系统论述的研究著作;1955年到1956年,他连续在《考古学报》上分六期连载自己在青铜器研究方面的代表作《西周铜器断代》,详细记述了不同时代的各类铜器九十八件;1957年,他出版了《尚书通论》,第一次将考古研究引入到古文字的研究之中;1964年,他又出版了以汉简为主要研究对象的代表作《武威汉简》。另外,除了不少发表的零散研究文章之外,同时留下的还有二百多万字没有发表的遗稿。

除了学术研究，陈梦家另外一个兴趣，就是对于明清家具的收藏。由于家境殷实，又有稿费收入，这使他可以购买更多稀见的明清家具。与他一样有兴趣收集明清家具的王世襄后来回忆说，1949年后，因为时局变化，许多人家都将家中的珍贵家具抛售，不少家具店中摆放的，几乎都是十分罕见的文物，但常遭风吹雨淋，十分可惜。陈梦家常常和王世襄一起去搜集和购买，两人因爱好相同而结成好友，无拘无束，不讲形式。王世襄在北京鲁班馆南路的一家家具店里看到了一对明代紫檀直棖架格，摆放了一两年的时间，他常常去看，但无力购买，后来被陈梦家所购买；但王世襄说他因为不用做学问，可以骑车子四处寻访，也常有收获。一次，他以极为低廉的价格买到一对铁力官帽椅，陈梦家说："你简直是白捡，应该送给我！"端起来就要拿走，王世襄立即说："白捡也不能送给你。"又抢了回来。后来，陈梦家买到一具明代的黄花梨五足圆香几，王世襄见了后十分喜爱，便说："你多少钱买的，加十倍让给我！"抱起来就想夺门而出，陈梦家迎门拦住说："加一百倍也不行！"

对于家具，陈梦家十分爱惜，每个椅子的前栏上都挂着红头绳，不许碰，也不许坐，王世襄为此调侃说："比博物馆还要博物馆。"后来，王世襄出版《明清家具珍赏》，其中二十八幅家具照片都是从陈梦家旧藏的家具中拍摄完成的。他与拍摄照片的师傅精心擦拭、修正，然后才予以拍照，先后历时数月。王世襄说，如果陈梦家活着，这样一册著作根本轮不到自己来写，无论是在收藏方面，还是在学养与才华方面，陈梦家都会做得更好。在1985年香港出版的《明代家具珍赏》和1986年出版的英文版上，王世襄都自己设计了扉页。内容为一团浮雕牡丹纹，宛然明初剔红的风格，是他从自己的紫檀大椅的靠背上拍摄下来的，下面印上了"谨以此册纪念陈梦家先生"十一个字。王世襄说："梦家有知，我想会喜欢，因为他爱明代漆器，尤其是永乐、宣德朝的雕漆。"

"蓝的星,升起了又落下"

  1947年,陈梦家结束了在美国三年的讲学生涯。当时,他的夫人赵萝蕤正在美国芝加哥大学攻读英美文学博士学位,专心撰写关于美国作家亨利·詹姆斯(Henny James)小说的博士论文。报国心切的陈梦家拒绝了美国学术机构的邀请,决定先期回国。第二年,赵萝蕤完成了博士论文的答辩,但因为担心内战不能回国,便放弃了领取博士学位的机会,辗转数月,终于回到了祖国,那时的北平城正在围困之中,战争如箭在弦上,一触即发。回国后的陈梦家,在清华大学担任中文系教授,赵萝蕤则担任燕京大学英文系的教授。1949年,天地玄黄,很多人都劝他们夫妇俩去台湾,但他们都坚定地选择了留下,准备迎接一个崭新的时代。

  1951年,陈梦家夫妇的朋友巫宁坤在赵萝蕤的鼓动下,来不及完成他的博士论文答辩,也从美国回到了北京,担任燕京大学英文系的教授。后来,巫宁坤在他的回忆录《一滴泪》中写到,他回国前夕,同样在美国留学的朋友李政道前来送行,巫宁坤问他:"你为什么不回去为新中国工作?"李政道笑笑说:"我不愿意让人洗脑子。"让巫宁坤没想到的是,李政道后来获得了诺贝尔物理学奖,而他自己却几乎大半生都在政治运动中度过。他在一篇回忆文章中这样写道,有一天,燕京大学校园里的大喇叭广播一个通知,要求全体师生都参加集体工间操,陈梦家听说后,说:"这是1984来了。这么快。"《1984》是英国作家奥威尔(George Orwell)完成于1948年的政治讽刺小说。

  一语成谶。从1951年开始,知识分子便开始了他们的思想改造运动,也就是改造自己的资产阶级思想,改造美帝国主义的文化侵略。学校停课搞运动,教授必须在群众大会上逐个进行自我检讨,有的人还得多次检讨,才能够过关。除了检讨自己,还必须揭发别人。思想改造运动之后,又开始了"忠诚老实运动",每个人都必须交代自己历史上做过的事情。被认为态度恶劣的,要被隔离反省。"忠诚老实运动"过后,就开始了"院系调整",大学重组。赵萝蕤任教的教会大学燕京大学被关闭，清华大学文科也予以取消。陈梦家因为曾与美国有过密切的学术联系，在受到猛烈批判之后，离开清华大学，被分配到时属科学院的考古研究所。

1957年，因为在号召知识分子"鸣放"的运动中发表文章《慎重一点"改革"汉字》，陈梦家被认为是反对进行文字改革，在考古研究所被打成右派，成为当时史学界著名的五大右派之一，而他的年龄又是最小的。陈梦家的罪名是"反对文字改革"，其实他只是说过"文字'改革'应该慎重"，不希望中国的文字迅速被字母所替代，但实际上，他的大量考古学研究成果，也成为别人嫉恨的重要缘由。尽管考古与政治相隔甚远，但陈梦家遭到的批判，十分激烈。他的妻子赵萝蕤因为过度刺激，导致精神分裂。而陈梦家在被打成右派后，降级使用，虽然仍在考古研究所工作，但不得发表任何研究文章。不久，他又被下放到河南的农村去接受劳动改造。在干了两年的农活后，因为研究的需要，又被调回北京，进行青铜器资料的整理，后又于1960年被派往甘肃的武威进行汉简研究。

1966年"文革"的到来，彻底毁灭了陈梦家的学术梦想。这一年的8月，陈梦家在考古所被激烈批斗，随后被抄家，所有的书籍、文物、字画以及他所珍爱的明清家具都被疯狂抄走，而他们的房子也被别人占用，夫妇两人只能借住在一个临时的车库里。妻子赵萝蕤两次发病，但都不能被送往医院接受治疗，只能在他人的看护下大吵大叫。8月24日，他在考古所被批斗，那天毒日当头，有人甚至往他头上吐痰。晚上，他来到住所附近的一个朋友处，告诉这位朋友说："我不能再让别人把我当猴子耍了。"这时，考古所的一些人跟踪到来，在众目睽睽之下，又将陈梦家按倒，强使他跪在地上，并大声地进行斥骂。之后，又将他押回到考古所。那天晚上，陈梦家不能回家。

考古所位于北京市中心，距离王府井很近，穿过马路就是中国美术馆。那一天，是北京红卫兵暴力行动最严重的日子，满城地抄家烧毁文物和没收财产；也是在那一天，在考古文物所的东厂胡同，至少有六个居民被红卫兵活活打死。拷打从下午延续到深夜，除了用棍棒皮鞭之外，还用沸水浇烫被绑在葡萄架子上挨打的两个老年妇女。"像杀猪一样",据一位受害者的邻居后来回忆说。被折磨妇女的惨叫声不绝于耳,天亮时分,火葬场的大卡车开来,尸体被悄悄地运走。

那天夜里,陈梦家被关在考古所里,他一定听到了这死前的哀号。也是在那天夜里,他写下遗书,并服用了随身所带的安眠药,准备结束自己的生命,但因药量不足,经过抢救,他没能死去。还是那天的夜里,有人查证后说,那天正是中国农历的七月初九,应是有"新月"的时候。但不知道在那一夜,他是否也看到了天上的新月,也是否还记得在那首《摇船夜歌》中所写到的诗句:"吩咐你,天亮飞的乌鸦,/别打我的船头掠过;/蓝的星,升起了又落下,/等我唱摇船的夜歌。"

9月3日,相隔十天,陈梦家又一次自杀。这次,他选择了自缢,年仅五十五岁。他留下的遗言中,有这样一句:"士可杀,不可辱。"(原载《法治周末》2011年8月16日,收入花城出版社《2011中国随笔年选》)

日暮酒醒人已远

1986年，胡河清开始经常失眠。在不久前的一个春日，他偶然读到了一册《黄帝内经》，忽然感觉自己似乎被一只灵异的手指打开了天眼。这短暂的感受让他有机会看到了隐含在人类精神隧道中的某种秘景。那些失眠的夜晚里，胡河清常常会在他居住的一所历史久远的公寓里，面对无边的黑暗，望着花园中老槐树诡秘的黑影，憧憧而思。而阅读完那册《黄帝内经》，他感到自己仿佛回到了自己儿时神秘的夜晚。在他幼小的童年时代，胡河清就居住在这所古老的宅院里，他常常在深夜里被剥落的粉墙上的光斑所惊起，似乎在他的四周潜伏着难以计数的幽魂。

胡河清忽然发现自己沉浸在童年时代那充满亡灵气息的遐想之中了。这是一段令人感到奇妙的叙述，但也由此可以发现，在他的童年时代，一定是遭受到了某种心灵的惊吓或者创伤。读胡河清的文字，我便不时被他对自己过往经历的片段记忆所震慑。尽管他从来没有详细叙述过这种少年精神创伤的记忆，但我还是捕捉到了诸多这样的信息。在文集《灵地的缅想》的序言中，他就感慨自己在少年时代经历的一段"艰难而有意味的时光"。大约在他十五六岁的时候，胡河清从上海又回到了他出生的兰州，他说："我常常在风雨交加的夜晚骑自行车路过咆哮的黄河，远处黑黝黝的万重寸草不生的黄土高山，归路则是我的已经感情分裂缺乏温暖的家庭。所以我当时最好的归宿大概还是徘徊在离我产院不远的滨河路上，看看黄河的冬景。"

无论怎样来说，胡河清是过早地体味了人生的孤独与凄苦。少年时代的生活经历，显然给他的心灵注入了一种难以抹去的人生底色。胡河清曾经给自己的一位朋友讲述过自己在少年时代所遭遇的一件事情：在他家附近有一个和谐的三口之家，男女主人都是知识分子，他们性格开朗，关系和睦。然而，在一个冬日的早晨，少年的胡河清看见大人们神色异常，后来他才知道，那家的男主人自杀了。这使他感到十分地不解，因为他无法想象有什么理由可以促使这人去自杀。"生命对于人来说本身就是一个谜，而一个人对生与死的选择对旁人来说也是一个猜不透的谜。"由此可以感受到，胡河清有一颗非常敏感和柔软的内心。可惜的是，在他的内心世界还没有完全可以进行自我保护的时刻，他就接连不断地遭遇到了诸多来自现实的痛击。

后来，胡河清在几度的变化之后，终于选择了文学作为自己的志业。在他所阅读过的种种当代文学作品中，他对作家莫言的小说《透明的红萝卜》喜爱有加。这是因为他很敏锐地发现，自己的童年时代的际遇与小说中的黑孩有着颇多的相似之处。在他的论文中就有这样耐人寻味的描述："《透明的红萝卜》中的黑孩，幼年失母，心灵深处有着难以愈合的隐痛，而外在的生活考验对于他这样一个体质瘦弱的小男孩来说又是极其严酷的。他所承受的精神和体力的重压，完全可以压垮一个身强力壮的成年人。但黑孩却支持下来了。他的生命力坚强得简直就像入水不濡、入火难焚的小精灵。这主要是因为黑孩的内心有一个美丽的梦幻世界，这使得他超脱于恐惧、忧虑以及肉体的痛苦之上。"读他对莫言小说的评论，可以很清晰地看到，他这分明是在讲述自己的心灵遭遇，这是依靠自己的内心体验来完成的一种极为艰难的文学评论。而读这评论，也可以看出，在他的精神世界之中，来自童年和少年时代的"恐惧、忧虑以及肉体的痛苦"是多么的重要。也因此，他是如此地渴望自己能够像黑孩一样在"内心有一个美丽的梦幻世界"，可以使他获得超脱。

胡河清本打算做一名科学家的，但最终他还是选择了文学。中学毕业前夕，胡河清应一位好友的邀请到朋友祖父在无锡的故居里做客。那是一所坐落在大运河旁的古老房子,已经因为多年无人居住而荒废不用。他们在落满尘埃的会客室里望月饮酒,也是在那时,他听到了朋友祖父的故事,那是一个饱经风浪、很不平常的老人的传奇生涯。而那时,这位老人还健在,"虽年逾九十,精神却还矍铄"。也是在那个夜晚,胡河清选择了他的人生命运,"我们一起下楼,沿着水势浩淼的大运河向前走……望着在水中缓缓而行的明月,我终于作出了生平最困难的决定:将来选择文学作为自己的职业"。由此,他是这样美好地表达自己对于文学的理解:"文学对于我来说,就像这座坐落在大运河侧的古老房子,具有难以抵挡的诱惑力。我爱这座房子中散发出来的线装旧书的淡淡幽香,也为其中青花瓷器在烛光下映出的奇幻光晕所沉醉,更爱那断壁颓垣上开出的无名野花。我愿意终生关闭在这样一间屋子里,听潺潺远去的江声,遐想人生的神秘。然而,旧士大夫家族的遗传密码,也教我深知这所房子中潜藏的无常和阴影。但对这所房子的无限神往使我战胜了一切的疑惧。"

之所以最终选择了文学,正如胡河清自己所说,那是因为文学或许可以帮助他战胜一切的疑惧,而中国的文学,在他的心目中,就仿佛如那座大运河旁的老房子,也如那座房子的主人——那位老人曾经在中国共产党成立前夕潜入苏联参加过共产国际的劳工会议,见到过列宁,但回国后却与组织失去了联系,后来长时间地做一位寂寞的大学教授。无论是这位传奇的老人,还是那座古老的房子,他们都是那样历经风浪,却岿然不倒。中国的文学显然也是如此。选择文学,对于胡河清来说,就是试图寻找自己摆脱疑惧的梦幻世界。但胡河清对于自己的选择却是如此地让人感到敬畏。他以自己的生命体验来感受文学的生命,正如他以自己早年的坎坷生涯来选择文学一样。这种选择文学的研究方式,必须首先是内心的极度敏感和丰富,否则是无法以自己的生命体验来感悟文学的生命的。他就曾这样谈及自己对于文学研究的理解:"我认为最好的文艺,总是渗透着人生的感怀;如果谈文艺的理论文章一概都写得如同哲学家的著述,一点点汗臭或酒香的味儿都嗅不出来,那也未必就算顶高明的理论境界。"

但是这种对于文学的研究方式显然是一把双刃剑。一方面,他能使得研究者更深入地进入文学生命极为隐秘而难以察觉的世界，同时也就不得不以自己所遭受的创痛来时刻面对，独品伤痕。因此，从1986年开始，胡河清便被失眠困扰，或者是不断地被梦魇纠缠。也是从那个时候起，他开始阅读佛典和《周易》这样中国最深邃的传统典籍，其目的也无非是用来驱除他内心深处那难以排除的疑惧。"释迦牟尼智慧的声音，使我一颗被残酷人生揉碎的心得到无限的慰藉。我也尝试用毛笔临绘佛像。虽然笔迹还很稚拙，然而在和庄严的神像进行精神交流之后，心灵得到了甘露一般的滋养，我又能入眠了"。而随后阅读的易学著作，更使他预感到自己的人生与这部古老的圣书存在着某种宿命的缘分。读过易学的著作，胡河清仿佛看到了人生和宇宙的密码："读完李鼎祚的《周易集解》，正值一个将近除夕的纷纷扬扬的大雪天气。我稍饮了几杯温酒，登上我所住的老公寓的顶楼，好一副霰雪无垠的龙飞凤舞景象。望着站在雪中旋转的乾坤，我不觉神思大发，似乎彻悟了《周易》乾卦'天行健，君子自强不息'的伟大教谕。同时又感到，《周易》并不是一部已死的羊皮古书。《易》运行在我们生活的天地宇宙之间，无时无刻不在向我们闪烁着神光。"

可以看出，通过阅读佛典和易学著作，胡河清的内心世界获得了安妥，甚至体会到了"君子自强不息"的精神。而也正如他所说，阅读这些著作，对于聪敏的他来说，也促使他后来对于文学研究开辟新的路径，那就是他从中国的易学著作中发展出来的"中国全息现实主义"的研究方法，这也是他试图参破宇宙与人生的密码的希望之途。正因为如此，他坚定而乐观地对自己的这种发现予以宣告："产生文学大师的关键因素是具有文化传统方面的后援。中国文化的底蕴之深在世界上也是少有的。以《周易》为标志的中国本土文化隐藏着宇宙密码系统，许多欧美第一流的汉学家可以说连边都没有摸到。中国文化的独创力也是经过考验的。印度佛教传入中国之后，中国文化消化了几百年，终于创立了禅宗这一具有民族文化本位特征的新佛教。在佛藏中独树一帜，自成系统。由此出发，我可以预言，二十世纪不过是中国文学对于西方文化带来大冲击的初步回应阶段；而进入二十一世纪以后，中国文学将在弘通西方文化的精要的基础上复归本宗，开创真正具有独创性的文学流派。甚至可能形成在世界文学之林中居于领导地位的文学流派,就像本世纪拉丁美洲出了魔幻现实主义流派一样。"

正如他当初选择文学是为了消除自己的疑惧一样,后来他对易学著作的迷恋,或许也没有想到自己又深深地融化到了其中。在他的文学研究之中,可以明显读出他对于这种全息现实主义的建构与实践。在他的诸多文学作家论中,就可以清晰地看到这种研究方式的神奇与绝妙,诸如他对贾平凹的研究,就引入了测字术这样玄妙的文化;对于史铁生的研究,就发挥了对于人物面相的文化;对于汪曾祺的研究,就应用了其出生地的风水文化;如此等等。在胡河清的眼中,这些天地宇宙间的所有东西都是"全息"的,互相联系且密不可分的。但这种试图参破宇宙密码的研究又是何其困难,更重要的是这位悲观而遭受人生创伤的孤独者,却是不自觉地将这种全息文化的研究应用到了他自己的身上。

因此,一切似乎在今天看来都是具有预兆的。在对于自己的名字和出生地的分析中,他这样写道:"我的'血地'是在中国西北部的黄河之滨。我母亲是一位很有诗人气质的哲学研究者,当时看到报纸上出现了'河清有日'的豪言壮语,以为从此黄河变清有望,于是就有了我现在的名字。后来我刚刚满月,就被外祖母抱到上海来领养。在三十一岁的时候,我有幸碰到一位密宗佛教的高人,她见了我就大嚷:你怎么倒是活了下来了?你这个人要是一直呆在'血地'是很难存活的呀。"以胡河清的理解,他的名字本身就有一种死亡的气息,因为河清何曾有日啊?再如他所居住的古老的房子枕流公寓,在一位朋友的眼中,这所公寓仿佛如张爱玲笔下"阴暗的地方有古墓的阴凉",而他自己在生前就不断地诉说自己在失眠的夜晚仿佛在遭遇到众多的幽魂孤鬼,这个地方他从童年时代就开始隐没其中了。在他生前的这所居室里,有好几天的时间里,他都用一大块布蒙住了房间中唯一的一面镜子。这种可怕的宿命感牢牢地俘获着胡河清的内心,似乎他已经在接受自己大限临头的暗示。他在生前就好几次对他的好友说,他命中注定会死于非命。

在生前所编辑的论文集中,他给自己的文集命名为"灵地的缅想",灵地乃是坟地也,这样充满死亡气息的名字也或许只有他才敢于尝试;在这册书的序言中，我还读到这样一段充满意味的描述，在我看来这依然是他试图摆脱疑惧的绝望梦幻："一个风雪交加的夜晚，我收到了一位云南画家朋友寄赠的照片。这是他在西藏浪游时摄下的。他具有希腊古典时代运动员一般健美的体格，所以能一直爬到珠穆朗玛的雪线附近。看着他在高峻的冰川前璨然微笑的照片，我不由得心驰魂荡。这天晚上，我梦到自己骑上了一头漂亮的雪豹，在藏地的崇山峻岭中飞驰。一个柔和而庄严的声音在我耳边悄悄响了起来：'看！且看！'我听到召唤，将头一抬，只见前面白雪皑皑的高山之巅，幻化出了一轮七彩莲花形状的宝座。可惜那光太强大、太绚美，使我终于没有来得及看清楚宝座上还有什么别的。听说藏地常有异光出现。我不知道宝座周围的光晕是否就是佛光。然而有一点大概是不错的，我即使有缘窥见一线神光，那也肯定是在梦的旅行之中。"

终于，在1994年4月的一个闷湿而潮热的夜晚，似乎一切已经准备充分，也似乎他还在极力地抗争。在邀请的友人清谈离去之后，雷雨交加。他一个人躺在那间古老如坟墓一样的宽大房子里，没有电，使用的蜡烛也用完了，花园中老槐的树影摇曳而诡秘，在他的眼前充满了飞舞的蝙蝠，整个世界一片漆黑。他移步到公寓的窗口，跳下，坠地身亡。在他离去的房子里，还张贴着那张由好友为他书写的晚唐诗人许浑的诗句："劳歌一曲解舟行，青山红叶水急流。日暮酒醒人已远，满天风雨下西楼。"（原载《艺术广角》2010年第2期，又载《创作评谭》2010年第2期，收入花城出版社《2010中国随笔年选》）

前辈学人有遗风

蔡登山先生赠我一册谢泳在台湾出版的著作《何故乱翻书》,此书系谢泳著作《杂书过眼录》的续作。这两册书均系谢泳的阅读笔记。由此,想到一年前自己曾给北京的一家报纸写过一些学界和作家的人物印象,但唯独作谢泳的这一篇未曾通过,此时翻出来还可以看看我当时的认识,今天觉得还是没有太多的变化。文章不长,全文抄来:"山西学者谢泳先生读书很杂,但杂中又极有脉络。以研究现代历史上的知识分子而影响甚大的谢泳,其读书也不逃离这样一个范围,但他所论说之书多抛除了一些常见的东西,而以学界不大重视或者少见的资料展开,其观察问题视角之新颖独到,又使这些不引人关注的资料添色许多。谢泳的研究文字朴素平实,少做文人式的抒情与修饰,以资料和实据作支撑,颇有胡适之'有一份证据说一份话'和傅斯年'动手动脚找材料'的遗风;他的研究文字大多也以读书札记为主,篇幅短小,论题精微,但延伸话题均有风云气象,即使是研究专题也少见宏篇巨作,多是短小篇章的组合,拆开便是独立文章。谢泳多写这类读书札记的文字,此类文字并不易写,除去作者收集旧书的耐心,最重要的是要在比较之中有去伪存真的眼力,能在冷僻的旧书中发现光芒,这是需要深厚的学养的,否则难免会贻笑大方。以近来他在博客上连载的《1949—1976年间中国知识分子及其他》为例,此文以1949到1976年知识界的自杀情况切入,试图研究此一特殊年代知识分子的生存状态。

由于资料新颖,作者于史料中披沙拣金,化腐朽为神奇,又耙梳严密,科学冷静,最终指引命题,读后大有惊心动魄之感,颇可一观。记得谢泳还有个人网上空间'谢泳居',集有历年来所写就文章,其介绍引用清人孙星衍对联'莫放春秋佳日过,最难风雨故人来',让来往读文者心存温暖,也许最能代表其读书做学问的一番境界了。"

因是一年前的旧作,可知作文之时谢泳还在山西省作家协会任职,此文作完之后不久,谢泳就在朋友的引荐之下南去厦门作教授了。以大专学历出任名牌大学的教授,成了当年学界的一大话题。谢泳此去厦门,我印象中山西文人韩石山写过一篇文章颇为动情,其中有一个细节让我久久难忘,翻出这篇《送谢泳之厦门》,抄录此段如下:"太原的旧书市在南宫,周六周日开业,我去过几次再不去了(太耽搁时间),那还是多少年前。而谢泳,只要在太原,每周或六或日必去一次。常是周六或周日的早上,我散步回来,只见谢泳挎着他那个硕大的黄牛皮挎包,弓着身子迈着大步,急匆匆地朝电车站走去。见了连话也顾不上说,只用他那惯常的手势,张开五指,在脸前晃晃,算是打过招呼了。有时也会停下来,说他在南宫见到本什么好书,问我要吗,我若说要,周一早上单位的传达室里,准有一本用废旧大信封装着的书在,上面是他那几近孩童体的钢笔字,写着我的名字。更多的时候,是他知道我准喜欢,就径自买了送我。我的那本极为罕见的,"文革"期间出版的《侯马盟书》,就是这样得来的。太珍贵了,这次他没敢放在传达室,亲自送到我家。还是他一贯的政策,绝不收钱,价格太高,说好说歹,总算是收下了,看他那神色,像做了件什么不名誉的事似的。有的书,我借他的看过了,而他的书正好可以和我的配成了一套,不等你说,他就会慨然相赠。我的那套《北京大学史料》,就是这么配齐的。买的时候嫌太贵,觉得可用的也就是第二卷的三大册,待到写那本关于鲁迅与胡适的书的时候,要用第一册了却没有,懊悔不已,谢泳说他正好只有第一卷,当时是借了用,这一借就成了刘备借荆州,为我所有了。"

韩石山先生是性情中人,难怪他文章作得如此动情。由此,我才明白原来谢泳文章常有新见并非是拾人牙慧,其功底是他多年在旧书摊前搜集消磨而来的,而他惠赠书籍这样的事情在我看来,对于其他做研究的人,实在是犹如雪中送炭一样的及时和温暖。此间的重要,他自己就曾在文章《从〈东语完璧〉说起》中有过这样的论述:"关于晚清留学日本的教科书研究,现在也不鲜见。但如果从细微处观察,这些研究中还有需要注意的问题。比如对于研究中涉及到的具体史料,一要设法看到实物,转述和从二手文献中引用材料,一般要非常谨慎。我们现在的学风,对于那些小的史料钩沉和考证,一般不很重视,非专书和论文不算学术研究,其实这是不好的学风。前辈学者的许多学术研究,常常是由专著和小的学术考证共同构成的。在这些小的学术考证中,可以看出学者的学术兴趣和学养,比如像《陈垣史源学杂文》那样的书,现在很少有人能写出来。史学训练,我以为还是要先从这些小处做起,学术进步也是一个累积的过程,只要是新材料或者考证、论辩了材料的来源及准确与否,其学术贡献是不言自明的。"

谢泳的这一番感慨,我想同作现代文人研究的韩石山自然也是心有同感的。而我在翻阅这册《何故乱翻书》时,就发现谢泳正是极重视从这些细微处做起的。从文章中不难看到,他是旧书冷摊的常客,而他所搜集阅读的一些书真是难得一见的杂书和冷僻之书。对此,谢泳是有自己的一番看法的:"今天的旧书对于一般的读书人来说早已没有了研究意义,如果是为研究到旧书市场找书已是一件很奢侈的事,旧书成了收藏家的天下。老辈学者在旧书市场上找书,不是比钱,而是比眼光和兴趣,有的东西收藏有意义,但对研究意义实在有限。图书馆容易找到的东西,也没有必要再到旧书市场上去看,除非有特殊的爱好。"我看谢泳在《何故乱翻书》这册书中所提到的书籍,大多也都是图书馆里难得一见的东西。送我这册书的蔡登山先生感慨,谢泳所提及的这些书,他自己也大多未曾耳闻,可见珍贵。

作为一个学者,如此眼光实属不易,也难怪在谢泳的这些阅读笔记中总能得以鲜见,也相比一般的宏头大论的文字读来让人感到亲切实在得多。不过,我发现在这册《何故乱翻书》中,谢泳不但自己善于发掘这些第一手的难得材料,而且也常常成为一些学界朋友们发掘第一手材料的伯乐。淘书赠送给友人,也并非只赠韩石山一人,在他可谓是经常的事情。在《读〈江南实业参观记〉》中,他谈及自己淘书和分赠朋友的初衷,"我喜欢看旧书,但我不是什么旧书都要,我要的东西肯定是我过去多少知道一点与他相关的知识或者其中能保留我想象中的记忆,有收藏价值的东西,我很少要,因为我的兴趣是在研究和材料方面。有些东西我有用就留下,有些东西知道朋友有用,就找机会送给他们。老辈学者都有这样的习惯,我也是从旧书中看到这是一个研究者的素质,所以想学一学"。

淘好书赠友人,犹如宝剑赠英雄,并非只是简单地一送了事。在《两本关于云南的书》中有这样的叙述:"《花篮瑶社组织》的初版本,我过去也有,因为一个老朋友收集费孝通所有著作的单行本,我就送了他,不过后来这位朋友这方面的工作进展不大,很让我有一些失望。"他赠送这些珍稀资料,应是有宝剑赠英雄的想法的,送错了人自然有些不爽,而在《我看到了〈西方东方学报论文举要〉》中,他写道:"我在旧书市场上很注意这些东西,收集到以后一般都送给了有用的朋友。"他的这本十分欣赏的《西方东方学报论文举要》就送给了朋友,"这本书目对我的工作没有用处,但我有一个广州的朋友,虽然不在专门的研究机构里,但他的学术趣味和功力我以为都是一流的,他能以一人之力,全部笺证了陈寅恪的诗,而且完全凭学术兴趣,这非常不容易。我这本《西方东方学报论文举要》,就是要送给他的,因为他的学术工作需要这个东西"。谢泳的这位广州朋友也不难知道,在他的文章《陈寅恪诗的标题问题》中就有:"我的朋友胡文辉,去年把陈寅恪的全部诗都笺证出来,承他不弃,送我一部完整的打印稿。"后来,谢泳在北京的布衣书局淘旧书,发现了一册旧稿本,据老板说是广州中山大学罗孟韦教授家里散出来的。谢泳看了这书,感慨:"文辉兄看到原物,我想他一定不会犹豫。"可见此书的价值所在,他的这篇文章也是因此写成的,但谢泳在文章中写道:"现在这个稿本到了我的手里和到了他的手里一样。"

字里行间可见,若是好书赠对了人,对他真可谓是一件大快事。不过,谢泳却不是简单地买来就送,把书赠给最需要的人也是颇用心思的,在《〈夏承枫教授公葬纪念册〉》中，谢泳写到他见到1943年印刷的一大册线装《国立中央大学图书目录》。他的朋友徐雁先生是南京著名的藏书家，觉得此书对他可能有用，于是就买下了。"我一向认为宝剑当赠英雄，所以就把这本目录送了徐先生。"在《关于伍连德的史料》中，谢泳写到，他在书摊上购得伍连德1910年东北肺炎防治的三册《东三省疫事报告书》，后在上海见曹树基先生，闻他对此有兴趣，遂送他留念。之后，谢泳又从旧书摊购得伍连德关于1917年山西晋北肺疫流行的报告《山西疫事报告书》，共三大册，"其中两册，我也曾于旧书摊得之，后一并送曹兄"。曹树基先生是研究历史地理学的著名学者，这些资料于曹先生，可谓是真正的宝剑赠英雄了。在《王日伦的一篇论文》中还有这样的记述，"我收集到这类东西，看过就送人，而且总能送到最需要的人那里。我前年看到黄汲清的散文集《天山之麓》，最后送给了黄先生的小儿子。我还找到过中国有名的林学家傅焕光译的《改进中国农业与农业教育意见书》，这个东西很难见到，但我把它送到了傅焕光女儿的手里，这种书只有到了自己家里才显得珍贵。还有杨仲健早年自己印的《记骨室文目》，现在恐怕是很不易见到的东西，但我也想把它送出去，只是还没有找到机会"。到这里已经不仅仅是宝剑赠英雄了，还有些完璧归赵的意味，只是这完璧得来并非易事，归赵也就犹显珍贵了。

在《读〈欧美漫游日记〉》中，谢泳写自己在北京访学，于布衣书局处看到了一册《欧美漫游日记》，索价五百元，"我在书店里几乎看了一个下午，本来决定不要了，但想一想，书这个东西和其它还不一样，再贵，它最后还是在自己手里，就是送了朋友，也会知道它的落脚处，万一需要用的时候，再找也方便，最后还是要下了"。这样的代价，可见其情怀，而他赠书最令人感动的，是我读他的《〈欧特曼教授哀思录〉》，此文所提到的《欧特曼教授哀思录》是谢泳的苏州朋友黄恽所赠，1934年由南京国华印书馆印刷，因为不是正式出版的书册，所以不常见。对于这册书，谢泳打算把他赠送给北京大学研究中德文化交流的叶隽先生，但由于自己曾在一篇小文章中曾提及这册书，上海同济大学德国研究所的李乐曾先生写信给谢泳，谈到他见谢泳提及此书，但在同济大学和上海图书馆都没有找到，希望能借他复印一册使用。于是，谢泳给李先生回信一封，信不长，却很见风度，我摘抄如下："李先生：手教奉悉。感谢信任。此事这样处理：因为我前一段在北京见过叶隽，本来打算把此书送他，他是专门研究中德文化交流的后起之秀，想你们可能认识。既然贵校图书馆还没有此书，我想就把此书送给图书馆（如果贵所有资料室，我的要求是一定要让研究者方便使用），算是我无偿捐赠，然后先留您使用。同时复印一册寄叶隽即可。此书线装一册，不是公开出版物，所以少见。我5月20号左右在上海。我在同济有个朋友，在哲学系，是新到的青年，非常有学问，我和他父亲是好朋友。他住曲阳路一带，我印象中离同济很近，届时我可以把此书送您。学术是天下公器，宝剑应当赠给英雄，这是我一向的看法。希望我们能在上海见面。谢泳 4 月 29 日"。

4 月 29 日回信，5 月 20 日左右两人见面赠书，该年的 10 月 8 日谢泳就收到了同济大学颁发的捐赠证书。《何故乱翻书》中影印有此证书。我觉得跟一般的证书并不一样，所以将证书上的文字抄了下来："谢泳先生：前承相赠《欧特曼教授哀思录》助我校百年校庆盛典，助我校教育事业发展，谨向您表示衷心的感谢。特颁发此证书，以作纪念。同济大学，2006 年 10 月 8 日。"向图书馆赠书，前面提到韩石山文章，也有一段详细记述，可为对谢泳赠书的补充，"记得在某刊上发表的一篇研究《朝霞》的论文的末尾，他说，将把历年搜集到的全套《朝霞》杂志和《朝霞》丛书，捐赠给一家图书馆。我看了之后，不觉一惊。因为我知道，为搜集这两套书刊，他费了多少苦心，旧书市上淘，旧书网上搜购，还有几本系朋友辗转相赠，才凑齐的。文章写成了，说捐就捐了，也太大方了吧。随即一想，也便释然。这种事，他做过不止十次八次了。有的是给了图书馆，更多的是给了用得着的朋友。记得一次他说，在旧书市上购得多本科学史方面的书刊，很是珍贵且价格不菲。我说你怎么有这个兴趣？他笑笑说，是觉得这些书刊放在旧书市上无人问津怪可惜的，有个朋友做这方面的研究，自己翻翻，过后就送给他吧"。

韩石山把谢泳的这种看似"傻气"的行为叫做"大气"。对此，谢泳自己是有这样的议论的："中国老辈学人中，本来就有把重要史料送归国家机构的传统,只是后来这个传统为人忘记了。当年胡适把孤本《红楼梦》寄给不曾见过面的周汝昌使用,那是何等胸怀。他多次说过,这书将来是要给国家的。因为史料只有能让学者方便使用才有意义,才称得上是史料。"在另一篇文章中,他也有相似的议论,不妨一同抄来:"其实收藏是为了捐出,是为了给国家保护东西,如果发财,最后这个收藏是没有意义的,藏品只有集中在有用的地方才能显出它的意义。这也就是为什么真正的收藏家不愿意把自己毕生收集到的东西传给后代,而愿意给了国家或者给了有用的人。"

远在山西的韩石山在那篇送别谢泳的文章中有这样的一点企望:"再买下你只是看看而不愿保存的书,要随手送人的时候,记着山西还有这么个没大出息的老朋友,其人虽贱且辱,向学之心可是老而弥坚啊。我喜欢什么书,你是知道的。邮资嘛,就免了吧,这点小钱,在我是一回事,在你该不算什么。"对于韩先生这位故友的请求,我想谢泳是定会满足的。韩先生不愧是作文的高手,以这样的结尾更衬托出谢泳的大气与宽厚。而我合上这册书,那些文章中的光彩论题却有些模糊了,倒是他赠书予人的风尚让我记忆深刻。在当代以收藏珍异书籍和独占学术资源而自傲的学术界,这真是颇有前辈学人的流风遗韵。(原载《艺术广角》2010年第2期,又载《开卷》2008年第12期)

去看杨绛

客厅里的书房

陆文虎老师深夜发短信给我说，正月初六下午，我们一起去看望杨绛先生。我立即回复道，太好了。杨绛一○一岁了，先生是我最喜欢也最尊重的中国作家之一，还是文学大师钱钟书的夫人。翌日下午三点，我和陆文虎老师及师母一起出发，到北京三里河杨先生居住的小区。记得以前有文章说，这里是国家副部级干部才能享受的住房，但我看了小区的环境，才发现这里已颇显陈旧和狭窄，与想象中的那种清净与优雅，真是相差甚远。钱钟书和杨绛夫妇"文革"后便一直住在这里，让我顿时有了很多尘世之感。待到上楼，尚未到门前，防盗门便已经打开了，杨先生和保姆一起等待着，热情地迎接我们。

杨先生把我们请进了客厅，待坐定，我立刻环顾了一番，发现地面还是水泥铺地；墙壁也因年岁太久，暗淡了很多；门窗的设计还是七八十年代的风格，油漆也因时间太久而脱色不少。客厅北侧和东侧各有一个陈旧的小书架，上面陈列着大部头的外文书籍，这些或许就是钱先生生前用过的外文工具书。北侧的书架顶端是一大排商务印书馆刚刚出版的精装本《钱钟书手稿文集》，文集前则并排放着钱先生和他们的女儿钱瑗的照片。在这个书架的旁边，有一个小木凳，上面摆着不少新书和刊物，我进门时顺便浏览了一下，发现有最新的上海《收获》杂志和几册广东的《随笔》杂志，估计都是杂志社新赠的刊物；还有一册吴泰昌的著作《辛亥文谈》放在上面，想必是刚赠送的新书。书架前的一个木凳上摆放着一大盆的君子兰，正开着满枝的鲜花，整个屋子都尽显生机与春意。

沙发在西侧。对面则是一个旧书桌和一把椅子，书桌上放着一排书信，我想这便是杨绛先生工作的地方了。没想到杨先生的书房就设在客厅中，那些精彩的文学作品，也都是在这里完成的。书桌前方有一个冲向阳台的侧门，还有一个很大窗户，室外的光亮全都洒在了这个客厅之中。我记得杨绛先生在她的著作《走在人生边上》写到，她通过窗户，可以常常看到外面的大树和飞来飞去的小鸟。西侧的墙上，还挂有两幅书法，我注意到一幅是清人吴大澂的篆体字对联，上联是"二分流水三分竹"，下联是"九日春阴一日晴"；另外一幅为晚清书法家王文治的行书条幅，"快霁一天清淑气，健帆千里碧榆风，满舡书画同明月，十日陂花窈窕中"。内容是为米芾的《虹县诗》。还有一幅工笔山水画，未来得及细看款识，故不知何人所作。对面的墙上是两幅"寿"字，杨先生特意向我们介绍说，右边的一副是十字绣，一针一针绣制的，显然对此很珍重。

最好的读者

杨先生让我们坐在她两旁，沙发虽挤，却让人倍感亲切。她握着陆老师的手，问他是否还在研究钱先生的《管锥编》。陆老师忙说，还在读。杨先生立刻很高兴地说，钱先生的书，陆文虎是读得最踏实的。接着便又讲到一件旧事，大约是钱先生的手稿，大家都认不出是什么字，请周振甫看过，也请张中行看过，但杨先生觉得他们说的都不对，但究竟是什么字，她也一时搞不清。后来还是陆文虎从原来最初发表的刊物上查证出来了。有关钱钟书的学术研究，我不敢妄断，但陆文虎早年编著《管锥编谈艺录索引》，钩沉和编选钱先生的文集《写在人生边上的边上》，以及参与编辑和校订三联书店出版的《钱钟书集》，若没有扎实细致的读书功夫，这些工作是根本不可能胜任的。论钱先生的著作，正如杨先生所言，陆文虎老师可能是最熟悉的少数读者之一。

我这才明白，杨先生是最喜欢踏实做学问的人。那些沽名钓誉，依靠钱先生和杨先生而进行学术投机或抬高自己的行为，是他们两人最厌恶的事情了。这些，陆文虎老师作为他们多年的忘年之交，一直做得很好。也难怪，陆文虎虽然并非专职的学者或教授，却能够与他们夫妇两人相识相交二三十年。2010年是钱钟书先生的百岁诞辰纪念，中国社会科学院组织召开学术研讨会，会后，由北京三联书店编选出版《钱钟书先生百年诞辰纪念文集》，据说每一个作者的文章都是杨先生亲自审定和编排的；陆文虎老师的纪念文章《对钱钟书学术境界的一种理解》，被杨先生特意放在了第一篇。

杨先生接着告诉我们，德国汉学家莫宜佳博士（Professor Dr. Monika Motsch）马上要到清华大学做访问学者。这次莫宜佳来中国的主要目的，就是将钱先生留下的外文书稿全部翻译成为中文，以便能够起到普及的作用。因为钱先生留下的这些外文笔记手稿，涉及英文、德文、法文、意大利文、西班牙文和拉丁文等多种语言，而莫宜佳夫妇作为研究钱钟书的汉学家，不但精通中文和德文，而且以上这些欧洲语言，他们夫妇也都很娴熟。因此，莫宜佳夫妇自然是最好的人选。据说北京的商务印书馆专门为此拨款三百万，用于钱先生手稿的整理、翻译和出版。杨先生说莫宜佳给她打电话，非常幽默和风趣。可以想见，海外汉学家中，莫宜佳是杨先生最喜欢的一位了。陆文虎老师告诉我，杨先生听力不佳，现在所带的这副助听器，便是莫宜佳赠送的德国西门子牌的。

这位莫宜佳博士，之前我是知道的。她曾在1988年的德国法兰克福出版社出版了自己翻译的《围城》德译本，钱钟书先生曾专门给莫宜佳的这个译本写了序言。后来，莫宜佳还就钱先生的学术著作《管锥编》写出了一系列的研究文章，也得到了钱先生的专门肯定。1990年，莫宜佳还曾到北京大学做学术访问，由陆文虎老师介绍，参加了刚刚杀青的电视剧《围城》的首映观摩活动。钱钟书的外文笔记手稿，也是莫宜佳用了两个暑假的时间，帮助杨先生整理完成的。莫宜佳初学古希腊语文，后专攻英美文学，曾研究庞德与中国。庞德对中国语文一知半解、无知妄解，增强了莫宜佳探讨中国文化的兴趣和决心，她后来在台湾学习中文，并多次访问北京。最后，莫宜佳取得双料博士，并成为德国波恩大学东方语言系的教授。想来杨先生也是喜欢莫宜佳的这种对于学术的韧劲的。

作品与译文

杨先生思维清晰，言谈幽默，我们不时被她谈到的话题所逗笑，诸如谈到春晚、谈到广告、谈到美食，还有养花、书法、计算机、养生、健身，等等，范围实在是开阔，见解也令人赞叹。说起自己的健身，杨先生谈性甚浓，特意向我们介绍了"八段锦"，她说这是钱先生生前教给她的一种运动方式，现在每天都要在家里锻炼，说着便一边为我们背诵锻炼的口诀，一边在座位上示范了起来，一招一式都是非常地专业和认真。她还说现在自己身体各方面都不错，就是心脏有衰竭的情况，但一转眼，她就向我们调侃说，老年人得这种病最好了，既不痛苦，也不传染，还特别干净。如果自己快死了，便躺在床上，谁也不打搅。大家被她的幽默和开朗逗得大笑。

她还高兴地说到，意大利的一个教授给她寄了意大利文的论文集，收录了自己的作品《走在人生边上》的部分章节，可惜我们都不懂意大利文，只能翻翻作罢。而香港中文大学的英文版中国文学刊物《译丛》（*Renditions*）2011年秋季号，隆重推出了一册她的译文专号（*Special Issue：Yang Jiang*），以庆祝杨先生的百岁诞辰。其中收录了话剧《称心如意》（*Heart's Desire*）、散文《记钱钟书与〈围城〉》（*On Qian Zhongshu and Fortress Besieged*）、论文《记我的翻译》（*My Translations*）以及回忆录《我们仨》（*We Three*）和《走在人生边上》（*Arriving at the Margins of Life*）的节选等。杨先生说这些东西都是他们专门找英文专家翻译的，出版前经她同意。我接过来看了看，印刷和装帧得都很精美，其中还收录有杨先生著作作品版本的书影以及她与钱先生的照片，封面则是杨绛先生的四幅照片，有童年的，有青年的，还有老年的，也有一幅是近照。

杨先生指着其中一幅青年时的照片说,那时候自己的身材多好,哪像现在像个"团子"一样。师母马上说,您现在这样的身材才最好,既不胖也不瘦,杨先生便很高兴地笑了。她向我们赞叹说,意大利的教授真聪明,他写给杨先生的书信地址,是杨先生写给他的地址,剪下来复印后,再粘上去的,她接到信一看,很吃惊,难道这不是自己的笔迹吗。而这册英文本的译文集,她自己看过了,觉得不妥的地方,便一一改过来,但最后印出来还是原来的样子。不过,她立马解释说,自己的英文是皇后英文,连她的女儿钱瑗都曾说,尽管她的英文很地道,但许多已经落伍了。我看了看这册《译丛》,由香港的一家商业银行赞助出版,不过所罗列的学术顾问,竟然都是海内外非常知名的学者,诸如马悦然(Goran Malmqvist)、夏志清、刘绍铭、宋淇、乔志高,等等,十分神气。

陆文虎老师向我介绍,此《译丛》杂志是非常专业的英文翻译刊物,曾发表并翻译过钱钟书先生的作品。我后来在网上查到陈子善教授的一篇介绍文章,其中谈到这本刊物的情况,觉得很有价值。《译丛》继承了上世纪三十年代上海英文月刊《天下》杂志(T'ien Hsia Monthly)的传统,以向英语世界读者介绍中国历代优秀文学艺术为己任,英译作品包括从唐诗宋词到元明戏曲,从《西游记》到《红楼梦》,还有张爱玲翻译的《海上花列传》、钱钟书的《围城》和白先勇的"台北人"特辑,等等。来自世界各地的译者都是一流的高手,译文都反复推敲,力求精当,从而使《译丛》以其纯正的文学趣味和严谨的学术性在海外学界有口皆碑。难怪杨先生会如此郑重地向我们介绍这本刊物和有关她的译作。

珍贵的签名本

大约两个多小时的时间,天色渐晚,我们准备起身告辞。陆文虎老师请杨先生为我带来的著作签名,我立即拿出新买的《我们仨》。杨先生接过新书,问了我的姓名，又请陆老师为她亲自写了一遍，然后拿着书到客厅的书桌前为我签名。我站在她旁边，杨绛先生翻开书，在扉页上停了一下，说，这个地方不能签，因为担心自己写不好，又不好涂改，我当时没有听太明白，后来才发现这张纸相比其他纸张要光滑很多。于是，她便在扉页后的书名页上一笔一画地写道："朱航满小友存览 杨绛二〇一二年一月二十八日"，字迹清晰，娟秀有力，看笔力，哪里像是一百〇一岁的老人。记得我们刚来时，大家都恭贺她一百〇一岁了，她还很骄傲地向我们解释说，她已经是一百〇二岁的老太太了；《西游记》里有个不死婆婆，她真担心自己就是那个不死婆婆呢，惹得我们都笑了。杨先生是用了传统算法。按照虚岁来讲，杨先生还真是一百〇二岁了。

杨先生的著作我存有很多版本，从单行本、精装本到文集和选集，都不止有一套，而这册有先生签名的《我们仨》，自然是最珍贵的了。为了选择带什么著作请先生签名，还颇费了一番心思，但最终还是选了这册《我们仨》。在去杨先生家的路上，我突然很后悔，担心这册书会不会让先生勾起伤感的回忆，但没想到杨先生和我们谈起钱先生和她的女儿，都是轻松自如的，没有丝毫的感伤与不快。其实，杨先生的代表著作中，哪一篇和哪一部，又何尝不是渗透着对往事与记忆的伤怀和疼痛呢。而这部《我们仨》，其中写到的温暖与幸福，又是多少人所能够企及的呢。我的这册杨先生签名的《我们仨》，是2011年4月新近印刷的版本，距离2003年7月的第一次印刷，已经是第三十三次的印刷了，总计印刷达到了七十四万四千册。真没想到，杨先生会有这么多的读者和知音。陆文虎教授还曾向我讲到，去岁他去拜访杨先生，得知她刚刚完成了一部长篇小说，内容与小说《洗澡》相关。我们都很惊讶，先生真是这个时代文学的骄傲。（原载《中堂闲话》2012年第2期，又载《开卷》2012年第2期，《文化天地》2012年第4期）

先生之风

一

莫言在斯德哥尔摩发表演说《讲故事的人》，他说自己能够获得诺贝尔文学奖，要感谢他的母亲，同时也要特别感谢他的恩师徐怀中，感谢老师对他的呵护、启发与栽培。2012年中华文化促进会评选莫言为年度文化人物，我的老师陆文虎先生代莫言领奖，他说徐怀中先生身体不适，也不能参加颁奖典礼，但写来了贺词，说莫言称自己为恩师，可真是言重也不敢当的事情。学生念旧恩，老先生自然高兴。谦慎如此，是修养，也是襟怀。遥想当初，他初见这个学生，还不过是在小刊物上发表过几篇文学习作的文学青年。但读了几个短篇小说后，大为欣赏，当即决定破格录取。据说当时的招生工作已经结束了。但对于报考作品《民间音乐》，徐先生认为别具一格，显示了作家不同寻常的天赋和潜力，他甚至以为，它也毫不逊色当年的全国优秀短篇小说奖的获奖作品。1980年，徐先生曾凭借小说《西线轶事》摘得过此奖。

1984年，解放军艺术学院文学系创办，首届文学系作家班，便号称中国军事文学的"黄埔一期"，聚集了中断十年的军队文学创作骨干，包括当时已写出中篇小说《高山下的花环》而大红大紫的李存葆，也包括后来写作报告文学

《唐山大地震》扬名的作家钱钢，还有后来因写电视剧本而名气更大的王海鸰等人。徐怀中出任了文学系的首届主任，莫言有幸步入文学殿堂，重要的是他还赶上了文学的黄金时代，也赶上了那个令人羡慕的豪华文学团队。那时的文学系，不但学生都是一时英才，连教师也是风云会聚，诸如丁玲、吴祖缃、王瑶、汪曾祺、吴小如、王蒙、李泽厚、刘再复、李陀，等等，他们都纷纷受邀讲课，可谓八面来风。莫言曾在一篇文章中回忆，当时音乐指挥家李德伦来讲交响乐，他提议李对着录音机给他们演示指挥艺术，却遭到了拒绝。莫言善自嘲，又幽默，但也可见，这个小学都没毕业的文学爱好者，一下子就坐上了快速通往文学最顶峰的直通车。

文学大爆炸，自然要有文学的核能量。莫言不止一次说，他在文学系时读到了福克纳和马尔克斯，从而才找到了自己的写作方式。福克纳与马尔克斯，仿佛是莫言的两个文学导师，在遥远的彼岸，唤醒了这颗文学种子，让他发芽，生枝，结果；又似乎是催化剂，让他这块稀有金属，终于变成了闪光的钻石。后来，我在文学系读书的时候，便常常听到那一届作家的许多佳话。那真是一个绝好的文学时代。记得在学校图书馆借书时，我偶然在一个尽是二三十年旧书的书架上，找到一本1983年4月由人民文学出版社出版的《聂鲁达诗选》。更令我兴奋的是，在这本书的借阅卡上，我发现一个熟悉的名字，管谟业。圆珠笔字迹，写得天马行空式的潦草，借书日期是1985年5月18日，还书日期是1985年6月26日。管谟业是莫言的本名。而他对于西方文学的广泛汲取，由此可见一斑。还记得那天走出图书馆时，天空中正飘着那个冬天的第一场雪，我携书数册，顶着这大雪疾走。

文学需要大环境，小环境也同样重要。文学系这个小环境，颇有些华山论剑的感觉。莫言的成名作《透明的红萝卜》，就是因为他"要以一部作品来争一种东西"的自信与自负。那时，李存葆的小说《山中，那十九座坟茔》发表后，引起一片好评。徐先生为这部作品举办了研讨会，也就是在这次会上，莫言为他的这位已经成名的同学进行了毫不留情的批评。据说那评价便是"一种连队小报油墨的芳香"，真是尖锐、幽默，也深刻，甚至不得不中途休会。莫言，莫言,真可谓不言则矣,一言惊人。那时文学系的写作浪潮,真可谓是一浪高过一浪。当时文学系的宿舍,每个屋子住四个人,一到晚上都点灯熬油地比赛着写作。到了翌日早餐时,就等于是召开作品发布会,说谁谁昨晚又写了一个短篇,谁谁谁又写完了一个中篇,然后又是《收获》、《昆仑》哪里哪里又要发头条了!就是在这样的环境下,不久,小说《透明的红萝卜》诞生了。

关于《透明的红萝卜》,它最初名为《金色的红萝卜》,后经徐先生一改,可谓境界全新,真乃神来之笔。后来,徐先生把小说推荐给了《中国作家》杂志的主编冯牧。对于这一举动,作家朱伟在《我认识的莫言》中以为,对于莫言,这是影响深远的:"冯牧在'二野'时就是徐怀中的上级,五十年代在昆明军区任文化部长时,曾培养了包括白桦在内的一大批优秀作家,这些人很多后来都被打成了'右派'。也就是说,因为徐怀中,没有任何背景、本来无声无息的莫言才意外迈进了全军最高艺术学府;再因为徐怀中与冯牧,《透明的红萝卜》这样的小说,才能在当时得以顺利发表,并迅速获得一批有识之士的吹捧。而在此之前,军旅文学本是以《高山下的花环》、《山中,那十九座坟茔》这样的作品为基石的。莫言的出现,具有强烈的颠覆性。《透明的红萝卜》中隐含的那种冷酷,在当时的军队创作中,如果不是徐怀中力挺,是根本无法被弘扬的。"

朱伟当时是《人民文学》杂志的小说编辑,曾编发过莫言的中篇小说《红高粱》,对于当代中国文学的生态,见解深刻。他评价徐先生,说徐怀中在军队作家中很有威望,是一个文学修养极高的长者。上世纪五十年代,徐怀中就以长篇小说《我们播种爱情》名满天下;八十年代初,他又以短篇小说《西线轶事》重归文坛,再次引起轰动,成为新时期文学的破冰之作。而在这中间的漫长时光之中,他被划入另册,历经运动,可谓深受政治暴力的磨难。劫后重生的徐怀中,既开风气,又传薪火。他后来担任总政治部文化部部长,便曾努力促成中美战争文学研讨会,试图以文学来达到两国军队的沟通与交流。今年春节,我和老师陆文虎一起去看望徐先生,我们谈到了文学系的过去,谈到了他的文学创作,也谈到了他的学生莫言,留下了十分美好的印象。可真没想到,不久之后,整个世界都会因为他的这个学生,来重新认识中国的文学。

二

　　陆文虎先生是我的研究生导师，但我们却从来没有一起吃过一次饭，我和另一位同门师友曾经数次试图约请他，都被婉言拒绝了。以文会友，他总是这样回答我们，比我低一年级的师弟们不知道他的这个脾气，教师节当天往他办公室送了一束鲜花，适值他不在，后来我才知道他看见鲜花后，给这位送花的师弟发短信说，以后不必如此，否则大家都会难堪。这样一位看似很不懂得情理的老师，我们这些弟子还都没想到他竟会反应如此激烈，因此也都暗暗诧异这是一位与众不同的老师。但就是这样一位老师，对我们这些学生却是极负责的，要求也是十分严格的。我的研究生论文是在他的细心指导下完成的，当时论文修改了数稿，为了按时赶上学校安排的交稿日期，他一边参加总政的重要会议，一边给我们看论文，提意见，交流全部用手机短信，修改的稿子由他的司机往返取送。有时晚上我已经睡了，他给我发来短信，告诉某处有问题，让第二天上班后去办公室拿稿子，我才知道那么晚了，他还在给我看论文。

　　我每次去拿他读过的论文稿子，总会看到上面修改得密密麻麻，常常让我心里羞愧，也为自己遇到这样负责任的老师而感到高兴。我的论文在最后的答辩中尽管也有若干瑕疵，但还是获得了很高的评价，被授予优秀论文。答辩的那天，我才知道陆老师大病过一场，他给我们修改论文的时候正值刚刚出院。在论文答辩的时候，我看到老师的脸蜡黄，几乎瘦了一圈。学校为了照顾他，安排他指导的两个学生先进行答辩，但等我们两个同门弟子答辩结束并且都获得了成功后，他并未离开，而是坚持聆听完了整场的论文答辩。就是那一天，我在获得成功的时刻，才真正感受到了一位老师的魅力和本色。晚上，我因高兴喝了酒，几乎醉了，给陆老师发短信表示感谢，但他的回信却很简单，只是认为这一切都是一个老师应尽的职责。我顿时就有些酒意全消。在这之前，我曾经在论文完稿的后记中，表达了自己对老师的尊敬与感恩，他在批语中严厉地要求我重新撰写后记，并指出这文字似乎太煽情了。我后来才知道我的那位同学也遭遇了同样的待遇，但她坚持住了自己的意见，没有修改，我则按照他的要求重新写了一遍。我现在都认为，我和我的同学在面对后记的修改问题上所做出的不同举动，都有自己的道理和理由。我自认为是一个极不懂得世故的人，因此在京城求学期间，每每为很多自己看不惯的事情而愤怒，那些文人学者之间所发生的有关名利的趣闻，常常让我吃惊又感到极度失望，但我在陆文虎老师这里看到了一个为人师者和一个学者的真正风骨与品质。

我是在毕业一年前才与陆文虎老师见面的，因为我所就读学校的培养机制，严格说来陆文虎老师只是我的硕士论文指导老师。在此之前，我已经久闻他在为学上的成就和品质。他是国内很有名的研究钱钟书的学者，同时也是一名重要的文艺批评家。我因为在两年前开始承担一个国家基金课题的写作任务，其中就要写到对于陆文虎老师的学术评价。我那时年轻，热血，看了他的文学评论集《荷戈顾曲集》，在研究了一番之后并不忘记写上关于自己的一番议论，我对书中文字缺乏文采，且有公文性质的写作口吻等方面，进行了自以为是和直截了当的批评。两年后，这本书出版，恰恰就在我论文答辩的前夕，我想陆老师是应该看见这一段文字的，但他并未因此而轻慢他的这位鲁莽的学生。后来，我才逐渐了解到那些文章写作的背景，他的关于军事文学非常具有指导意义的批评文章，大都是在总政治部文化部任职时所写就的，有一定的公文体例也大都是因工作的需要，或是形势任务的要求。而如今想想，也就是那些文章，曾经拨云见日，掷地有声，对指导整个中国的军事文艺事业产生了很大影响，这应是何等潇洒宏阔的胸怀与气魄呢！

我当时幼稚，现在想，陆老师研究钱钟书多年，对"钱学"有很高的造诣，又岂能不懂文章之道？我的论文写到最后气力已尽，改来改取总不得法，他给我写评语说，要懂得用健康的汉语，写明白自己心中所想，一句句地推敲。按照他的方法，我果然一次顺利交稿。但这一不成功的写作经历，对于我，则几乎是一个很重大的打击，让凌空自负的我很快回到了地面；更重要的是，他让我懂得很多学文学人的道理，诸如关于作文，诸如什么才是真正健康的汉语。这对于我的写作几乎是一次重新的质疑，我开始重新梳理自己的阅读与写作，也是在这个时候，我在去陆老师家中拜访的时候，得到了他赠送的另一本著作，也是他的代表作《围城内外》。这本书在国内研究钱学领域影响较大，台湾曾经以《钱钟书的文学世界》为名而出版。而这本书的阅读，让我看到了另外一个陆文虎老师，一个学识渊博、思想前卫、语言典雅、扎实勤勉的学者，完全区别于我心中曾经固执的印象中的那种官僚学者或文人形象。诸如学识渊博，他对于中国古典文史与西方文论的研究，超出了我的想象；诸如思想前卫，他对西方一些很先锋的理论的阅读认识与娴熟应用，令我十分吃惊；更让我惊讶的是，他是国内最早的计算机用户和互联网用户，是最早写过关于网上钱钟书的学者，诸如像《国际互联网上的钱钟书》、《我与网上钱钟书》这样的普及文章，便是上世纪九十年代的作品；再如语言典雅，他的这些文章均典雅大方，完全区别与他的那些因为工作需要而写过的文艺批评文字，深得汉语语言的魅力，这也就是他不满意我的语言文风，要求我用健康汉语写作的缘故；还有他的扎实勤勉，他曾自言，仅就关于钱钟书的种种文字都是他在工作之余写成的，总计约二百万字，他还曾经主编《钱钟书研究》、《钱钟书研究采辑》等学术丛刊，校订国内的三联书店的《钱钟书文集》，还是国内最早向大众普及"钱学"的学者，写过不少关于钱钟书生平与著述的介绍文字，并深得大众读者的喜爱。

有很多人非常奇怪，像钱钟书这样特立独行的学术大师，为何与身为军人的陆文虎能够成为忘年交？我很早就知道钱钟书先生与陆文虎老师私交极好，在来读研究生不久，就听说一个传闻，钱先生在弥留之际，陆老师是陪床的仅有几位亲友之一。钱钟书生前不收弟子，因此很多人认为陆文虎则是其入室弟子。对于这些传闻，我没有无聊地当面向陆老师求证，但我想假使这些都是真实的，在我写下上面的那些记忆之后，我便能理解为什么他们能够成为很好的朋友的。年初，去陆文虎老师家中拜访，与他在家中海阔天空式的聊天，自然免不了谈到钱钟书，其中就提到他与钱先生的交往，他遗憾地告诉我，那些年经常到钱府上拜访，却没有想到留下什么资料。他与钱钟书先生只有唯一的一张合影照片，而我在他的书中所读到的那些文字，也从未见他炫耀与钱先生的私交，这简直就是难得了。陆文虎老师研究钱钟书，缘起是他三十年前在厦门大学师从著名学者、钱钟书的同窗郑朝宗先生，其时钱钟书的《管锥编》刚刚出版，郑先生当机立断，将他们几个学友的研究方向由文艺理论改为"钱学"研究，他至今还记得那样的难忘情景："记得开课那天，天光隐晦，而郑教授的《管锥编》选讲，却使我们如坐春风、如沐春雨，多年的积旱顿时缓解，我们初尝有知之乐，感到前路一片光明。"

但我常常感到疑惑，对于钱钟书先生，他的《管锥编》对我来说，阅读已经十分费力，何谈研究？但要知道三十年前，陆文虎也仅仅是一个未曾读过大学，只是在部队里操枪弄炮、书写公文的一个士兵而已。在士兵与学者之间，我感到差距实在太大？对此，我曾当面求教，他坦诚，起初也颇为艰难，只有凭借着自己的兴趣与毅力。我曾经对于做学问非常恐惧和失望，先天学养不足，后天补给不够，中西不能打通，何谈做学问？但陆文虎老师凭借着自己的毅力，在不断地攀爬，提升。而这些年对于学问的追求，与其他学者所不同的是，他大都不是在科研院所里度过的，而是在机关繁忙的公务和案牍劳形之后，凭借自己对于学问的热情与坚韧，一步步地走向广阔的学术天地。

明白了陆老师的学问人生，我也仿佛"感到前路一片光明"。这之前，我曾极度迷茫，希望在研究生毕业后能够进一家文化单位专职写作或者进行研究，但谈何容易？我也拿着自己的简历，请求老师给予帮助，而他也曾为我积极联系推荐，但都未有结果。我在学校主编一份系刊，他从上面知道我写了不少文章，因此鼓励我参报国家的一个比较权威奖项的评选。因为名额的问题，在他的努力下，最后终得以推荐评选，而他也当面向我说，如果这次推荐成功了，你的工作也就好落实了。我当时黯然，自己的水平，评奖的艰难，人际关系的微妙，这些我都是知道的，但老师的一番苦心，我则是感动不已的。尽管先生也是身居将军之位，但本质上还是一名书生，他是希望我能够真正通过自己的实力来证明自己的。但我因此也终于知道，只要凭借自己对于学问的爱好和努力，无论在哪里都是无法阻挡自己向更高的精神领域攀爬的。在研究生毕业前夕的那段日子，尽管工作与前途没有任何头绪，我忽然感到异常的轻松。（原载《北京青年报》2012年12月24日，又载《创作评谭》2009年第4期）

钱钟书的"No can do"

钱钟书不喜交际，但书信却写得很不少。杨绛后来回忆说："钟书每天起床后，第一件事就是到案头写信。"读来真是既形象又亲切。想来大抵因为书信不需要面对面的客套，耽误的时间也比较少，还做到了礼节上的尊重。对于这位大学者来说，写写书信应是他最好的交际方式了。钱钟书爱读书，也爱写信，写信是他读书的精神调剂，也为他安心读书赢得了宝贵时间。钱钟书一生究竟写了多少书信，至今还没有人具体统计过，杨绛说晚年钱先生几乎每天至少一两封，多则三五封，但至少也是平均要写三封的。不久前，我到陆文虎先生处小坐，谈起钱钟书文集的各种编选，陆文虎提到自己以前曾收集、整理和编选过一册《钱钟书书信集》，大约征集了钱先生所写的各类书信三百多封，本拟收于三联版的《钱钟书集》之中，但因钱先生自己反对，这册书信集最终没有出版。

陆文虎编选的《钱钟书书信集》我没有读过，但自己也陆续读过一些钱先生的书信，其中有谈论学术的，也有交际应酬的，但总的读过，还是颇觉文采与学识皆有，气象也洒脱非凡。那日因谈及此话题，我好奇钱先生书信何以不得出版的原因，猜想是否因为钱先生在书信中有很多臧否他人的尖酸文字，自然会担心引起不必要的麻烦。但陆文虎谈到原因，却是恰恰相反。他说在钱先生的书信中，有很多都是因为钱先生由于客套而写作的礼节文字，特别是一些学人给钱先生寄来自己的著作后,钱先生大多都是要给予很高评价的。不过,钱先生到底是聪明,在信中一番客套赞词之后,往往还会留下"容当细读"这样意味深长的词语。故而他的这些礼节文字,都是当不得真的。而令人汗颜的是,如今很多沽名钓誉之徒,却将钱先生的客套文字作为自己炫耀的资本。

钱钟书做文章,乃是字斟句酌,尽量做到极致,但他写书信,又显然常常是一挥而就,杨绛回忆说钱先生写信,"出手很快,呼啦呼啦几下子就是一封"。显然,他也是并不看重这些文字的。作家韩石山曾写过一篇杂文《且说"钱赞"》,谈到自己读了一篇文章,名为《钱钟书称赏最甚的人》,其中写到钱曾给广州一位学者写信,对后者的文章大加称赞,其中便有这样的"赞词":"胸中泾渭分明,笔下风雷振荡,才气之盛,少年人所不逮,极佩。"再如:"李君文章光芒万丈,有'笔尖横扫千人军'之概。李君饱经折磨,而意气仍可以辟易万丈,真可惊可佩。"如果仅看这样的"赞词",还以为是学界高人横空出世。韩石山特别评价说,连吴宓这样的大学者,钱都不曾放在眼里,何论其他,为此,他又解释说:"从学识上说,钱先生是这个是那个,从时代上还得说钱先生是个旧文化人,至少也是旧文化习染比较重些。这些人,有一套他们惯用的语码,听的人得'听话听音'。"

我断续读过的一些钱先生书信中,确有很多应酬与礼节的客套话,但也有不少有关学术研究的内容片段,既有具体学问的指导,也有关于学术研究的方法和态度,诸如钱钟书先生曾给他的好友郑朝宗写信,谈到"大抵学问是荒山野老屋中,二三素心人商量培养之事",由此才可见他对于做学术的态度与精神;再如翻译家,也是钱先生在西南联大的学生许渊冲在长文《忆钱钟书》中,收录了近二十篇钱先生的来信,除了少数关于收到赠书的应酬回信之外,多是谈论翻译之事的,其中颇有诸多精彩纷呈的真知与灼见。但关于自己的书信在文章中被公开引用和刊布,钱钟书曾致信许渊冲,一封为:"拙函示众,尤出意外;国内写稿人于此等处不甚讲究,倘在资本主义国家,便引起口舌矣。"又一封为:"现在出版法已公布,此事更非等闲。我与弟除寻常通信外,并无所谓'墨宝',通信如此之类……皆不值得'发表'。'No can do', to use the pidgin

English formula."

钱钟书给许渊冲的前一封回信，乃是许渊冲在文章《钱钟书先生及译诗》中引用了1976年3月29日对其谈论有关翻译问题的书信，结果这次"引用"遭到了钱先生的反对，对此许渊冲论述说："自从五十年代我回国后，见文章引用别人信中的话（只要不是歪曲）已是常事，所以我奇怪他怎么还在乎资本主义国家的隐私权。"而对于信中所谈内容，许渊冲认为"已经是二十世纪中国翻译界争论的一个大问题，并不是他和我之间的私事，不能算是'示众'。"由此看来，尽管有钱钟书的反对，许渊冲还是觉得钱钟书有些"小题大做"，颇有些不以为然的。但后来有学术刊物要发表钱钟书这封书信的墨迹，为了尊重起见，他先征求钱钟书的意见，上述的第二封回信便是。正如韩石山所言，钱先生乃是"旧文化习染比较重些"，但同时也如许渊冲所感慨的，钱先生又是很"在乎资本主义国家的隐私权"的，而他信中所写的洋泾浜英语"No can do"，还可见其风趣，令人莞尔。（原载《北京青年报》2012年7月23日）

舐犊情深

偶然在旧书店淘得陆文虎编著的《管锥编谈艺录索引》,厚厚一大册,精装,中华书局1990年出版,序言是郑朝宗所写。研究钱钟书的著作,陆文虎的这册《管锥编谈艺录索引》是很有必要翻一翻的。短序不长,我很快读完,深觉老一辈学人的见识与文采,都是后来者难以企及的。更令我印象深刻的是,郑朝宗作为陆文虎的老师,对于弟子开展学术研究的关爱与鼓励之情,洋溢在整篇序言之中。在文章中,郑朝宗不但谈到了编写索引对于研究钱钟书的重要意义,也谈到了陆文虎编著这册著作的艰辛与不易,还对这册著作只索引钱钟书本人的文字,而对钱钟书引文中的相关人名、书名与篇名一概从略,进行了必要的说明和辩护,读后令人颇感心热。他评价弟子陆文虎的这种做学问的特点,乃是"勤谨笃实,不走捷径,不尚空谈";而论及陆文虎做学问的精神,乃是"脚踏实地、锲而不舍",且"在这方面树立了一个榜样"。这样的评价,实在不低。

郑朝宗的这篇序言作于1985年4月4日,距离陆文虎1982年从厦门大学毕业,不过三年时间。看到学生早出成果,作为老师,自然也是特别高兴的。1979年,陆文虎考入厦门大学中文系,师从郑朝宗攻读文艺理论的研究生。其时,钱钟书的论著《管锥编》刚刚由中华书局出版不久,郑朝宗读后,立即决定将陆文虎、陈子谦、何开四等四位学生的专业,从文艺理论改为《管锥编》研究,由此开创了海内外"钱学"研究的先路。其时,郑朝宗也已是人到古稀的年龄,但对于培养后学,可谓激情不减。他带领这些弟子认真攻读钱钟书的《管锥编》,也悉心指导他们撰写毕业论文,并于1984年由福建人民出版社出版了他们的研究成果《〈管锥编〉研究论文集》,成为"钱学"研究的第一本论著。后来,郑朝宗的这几位弟子都与钱钟书建立了亦师亦友的良好关系,在"钱学"研究中也各有不同成就,这些都与郑朝宗的引领、支持与呵护是分不开的。

然而,如今若不是专门研究"钱学"这个艰深僻冷的学问,估计"郑朝宗"这个名字是少为人知的。我读过几册关于当代学人治学与师承的书籍,郑朝宗皆没有提及,这是十分遗憾的事情。实际上,郑朝宗中西学问造诣皆佳,他早年毕业于清华大学外文系,与钱钟书乃是同窗,1949年他曾前往剑桥大学研究英国文学,归国后一直在厦门大学任教。而郑朝宗与钱钟书交好,乃是钱钟书的小说《围城》在李健吾主编的《文艺复兴》杂志发表后,引起了很大的争议,郑朝宗以笔名"林海"在储安平主编的《观察》杂志发表评论《"围城"与"Tom Jones"》,对钱钟书的创作进行了公允且充分的评价。后来,钱钟书知道这篇评论是自己的同窗好友所作,心情十分愉快,称赞郑朝宗为这部小说的"赏音最早者"。按说,以郑朝宗的背景和资历,在此世道,应该也是著述等身、名满天下才对的。但由于1957年的"反右运动",他的学术生涯即遭停顿,一直到1978年才被平反。整整二十多年的黄金时间,郑朝宗只留下一部翻译著作《德莱登戏剧论文选》。

来日无多的晚年,郑朝宗倾心于培养后学。而劫后重生的遭遇,让他更多了几分的清醒与坚韧。刘再复去年在北京三联书店出版了一册《师友纪事》,我读到一篇关于郑朝宗的回忆文章《璞玉》,印象也是极为深刻。这篇作于海外的回忆文章,感情饱满炙热,写到郑朝宗对于他当年的器重与栽培,可谓字字含情,句句沾泪。刘再复说,当年他在厦门大学读中文系时,郑朝宗还是"摘帽右派",但他已暗暗觉得这位老师的学问实在是非同一般。后来,他到北京的中国社会科学院文学研究所任职,与郑先生的书信往来才渐至频繁。他特别写到1988年,郑先生已是古稀年迈的高龄,虽说出行不便,但还要坚持到北京去开

"文代会"。在给刘再复的信中,他说自己本来是不想去开会的,但想"到北京看一老一少",所以就动身了。这"一老",便是他的好友钱钟书;"一少",便是当时已在学界叱咤风云的刘再复。刘再复在文章中这样回忆,"到了北京,一进我家,第一句话说的就是要见一老一少。我看到老师稀疏的白发,看到他挤在我的书房(兼卧室)的小角落里说着这句话,我马上转过身去偷偷抹掉眼泪"。

钱钟书说,"他传即自传"。想来刘再复如此动情,多少还是有些借他人酒杯,浇自己胸中块垒的意味。他说那日因为来人太多,改日先生又登门看望。这一次,他们单独交谈,说了许多"私话"与"知心话"。刘再复感慨,先生的每一句话都是"语重心长"。其中的一句,刘再复说他印象最为深刻,他教导这位学生要懂得"壕堑战",并说:"你生性率真,敢于直言,不留余地,这是好的,但屡屡赤膊上阵,一旦中箭倒下。反倒可惜。"当时,刘再复心中还想有所反驳,但几十年后,他才体会到郑先生的良苦用心:"郑先生劝我注意'壕堑战',并非让我回避真理,而是教我如何更好地'为维护真理'去作'死生以之'的奋斗。"郑朝宗作为经历过历史风浪中的过来人,深深懂得保护自己与不做无谓牺牲的重要。对于少经世事的后辈,郑朝宗难免会想到自己早年的教训。如今历经了人世沧桑的刘再复,想到郑先生对当年风口浪尖中的他的教诲,才真正明白这其中的一片情深。由此想来,1988 年郑朝宗的北京之行,应是大有深意的。(原载《北京青年报》2012 年 6 月 9 日)

孙犁的魅力

连日读1982年百花文艺出版社的《孙犁文集》。此文集第五卷收有孙犁致冉淮舟信八封,后附录有冉淮舟1981年9月所辑录的《孙犁著作年表》,1982年春节前所辑录的《孙犁作品单行、结集、版本沿革年表》,这些对于了解研究孙犁和他的作品都有很大的价值。再细读孙犁致冉淮舟的书信,不难看出孙犁与冉淮舟交往很密切。诸如1962年孙犁出版《津门小集》,一切编务都是由冉淮舟完成的。在1962年2月13日的信中,孙犁嘱咐冉淮舟:"一切事物你费心去弄吧,和出版社采取商量的态度,不必条件太高,也得看到目前条件的困难,另外这么一本小书,也不要过于张扬。"1964年1月22日,孙犁又写信请冉淮舟帮助从上海文艺出版社购书;1961年11月14日孙犁还曾致信给冉淮舟,从信的内容看是孙犁给冉淮舟所写文章提出的具体修改意见,达九条;除此,孙犁与冉淮舟的书信还有谈论书法,议论读书心得和生活现状等具体内容。另外还可知的是,上个世纪六十年代初,冉淮舟是天津《新港》杂志的文艺编辑。《新港》杂志后来改为《天津文学》,现在名为《青春阅读》。前几日,读报,知道又将恢复为《天津文学》。

之所以独独对《孙犁文集》中的这个细节很感兴趣,是因为我在北京解放军艺术学院读研究生时,知道文学系曾有一位名为冉淮舟的退休教授。1984年文学系创办,在著名作家徐怀中的主持下,第一次向全军录取和培养文学创作人才,这也就是后来在中国文坛名号十分响亮的"军旅作家黄埔一期"。1985年,由冉淮舟和刘毅然一起编选了一册《三十五个文学的梦》。这册书我在文学系的资料室借阅过,薄薄的一个小册子,收录了文学系第一批学生的创作谈。这些人现在看来不少都是文学界声名显赫的人物,比如莫言、李存葆、钱纲、王海鸰等等。因为这册书我记住了冉淮舟,但这个人在北京身在军界的文学教授,难道与《孙犁文集》中不断提到的那个与孙犁交往密切的天津文艺编辑同为一人?

再读《孙犁文集》,不难发现孙犁在1980年12月12日所作的《读冉淮舟近作散文》一文中就有:"淮舟从地方调到部队工作,不久,他就出差到东北和西北,并把旅行所见,写为散文,陆续在各地报刊发表。淮舟工作勤奋,文笔敏捷,当我看到他这些文章时,心里是很高兴的。以为,他在编辑部工作多年,生活圈子很小,现在有工作的方便,能接触广大的天地,这对他从事创作来说,当然是一个很好的转机。"原来,冉淮舟1980年从地方参军入伍,携笔从戎,从天津的《天津文学》杂志社调到了当时的铁道兵部队的文化部门工作。孙犁这篇文章肯定了冉淮舟的创作,但也在文中提了不少中肯和尖锐的意见,显然是作为诤友之所谈。现在终于是可以将这两个身份重叠到一起了。1983年铁道部队撤销,机关人员全部分流或者转业。当时在创办文学系的著名作家徐怀中正在招兵买马,对孙犁和抗战文学十分有研究的作家冉淮舟自然就很顺利地成为文学系最早的教师。

而让我更感兴趣的到此还没有结束。1984年4月孙犁在《天津日报》发表文章《读小说札记》,第一段就写到了当时才刚刚开始创作的莫言:"去年的一期《莲池》,登了莫言作的一篇小说,题为《民间音乐》。我读过后,觉得写得不错。他写一个小瞎子,好乐器,天黑到达一个小镇,为一女店主收留。女店主想利用他的音乐天才,作为店堂一种生财之道。小瞎子不愿意,很悲哀,一个人又向远方走去了。事情虽不甚典型,但也反映当前农村集镇的一些生活风貌,以及从事商业的人们的一些心理变化。小说的写法,有些欧化,基本上还是现实主义的。主题有些艺术至上的味道,小说的气氛,还是不同一般的,小瞎子的形象，有些飘飘欲仙的空灵之感。"在这段札记的后面，孙犁才逐个提到了当时文坛上已经很有些动静的李杭育、张贤亮、铁凝、肖关鸿，甚至是复出不久的汪曾祺。由此可见，孙犁对莫言的这篇短篇小说是十分重视的。

发表莫言小说的《莲池》是河北保定的一家市级文学刊物，孙犁作为从保定走出来的文学前辈，是可以定期收到这份小刊物的。莫言当时正在保定郊区当兵，从而成为这家现在已经消失的文学刊物的作者之一。莫言后来在文章《我是〈莲池〉扑腾出来的》写到自己与这家文学刊物的深厚感情，他强调自己正是"带着孙犁先生的文章和《民间音乐》敲开了解放军艺术学院的大门"。去解放军艺术学院读书是莫言人生的一个转折点，但当时莫言带着孙犁先生的推荐文章到艺术学院时，招生已经结束了。斜挎着个黄挎包的莫言在文学系的走廊里只见到了作为参谋的作家刘毅然，刘毅然收下了莫言的作品以及刊有孙犁文章的报纸，并告诉这个看着呆头愣脑的年轻人，徐怀中先生很忙。后来，莫言顺利成为这一中国军旅作家的"黄埔一期"学生，他曾多次在文章中表达过自己对刘毅然和徐怀中两位慧眼识珠的感激。但在读了孙犁与冉淮舟的交往后，我立刻感觉到，当时作为文学系教师的冉淮舟，很可能对这个受到孙犁称赞的莫言予以别样的关注，甚至是可能大力的推举。

尽管现在还没有这方面的任何资料可以证明，但我做出这样推断，除了孙犁先生的评点文章外，还有我偶读《天津日报》2002年10月24日的一篇怀念孙犁的文章。这篇名为《大师的手》的作者宋安娜，在文中有这样一段回忆："我十九岁在《天津日报·尽朝晖》发表处女作《麦花香》，谈稿，见作者，都是达生编辑，在一楼右边那间小小的会客室里，待进入报社才认识孙犁。《麦花香》一发表，当时负责编辑《天津文艺》的刘怀章、冉淮舟同志就向我约稿，冉淮舟还一个人跑到我插队的村子里去找我。我那时正在麦场上干活儿，大队部的高音喇叭叫着我的名字，说天津来了人，吓得我七魂出窍，以为家里出了事，披一身麦糠便往大队部跑。见了面才知道素不相识，好几百里地专程赶来，就为了让我写一篇小说。我始终搞不懂刘、冉两位何以对我这样关注。2002年春天看到怀章老师，他已经退休，谈起往事，他才告诉我当年是孙犁看了《麦花香》,高兴地向他们介绍,说有个女孩子如何如何,他俩兴奋得一夜没睡,才做出了远赴保定约稿的决定。"

因为孙犁先生私下里的推举,冉淮舟便热心地从天津几百里跑到保定农村去见这位默默无闻的青年作者。现在,又一个被孙犁先生写文章推荐的人自报家门,而第一次进行招生的文学系又岂能错过这个送上门的作家苗子。作为孙犁研究者和追随者的冉淮舟,心情不难想象。由此,我可以大胆推测的是,作为文学系教师的冉淮舟,对这个从保定赶来的毛头小伙子,一定会认为在文学上大有潜力的。冉淮舟对莫言的重视,还有一个细节是可以推断的,1985年由他和刘毅然共同编辑《三十五个文学的梦》时,在封面上特意注明的是"李存葆、莫言等著"。要知道,那个时候李存葆因为小说《高山下的花环》在全国已经大红大紫,而获得过全国各类奖项的同班中的文学高手也比比皆是,但莫言除了《莲池》上的那几篇小说之外,短篇小说《透明的红萝卜》在这一年的4月份刚刚发表,成名作《红高粱》则要等到1986年了。所以,假如我没有猜错的话,如果没有孙犁的那篇巴掌大的评论文字,即使莫言在《莲池》上的小说还要更精彩,但估计最多也要等到1986年了。而若到1986年,弄不好莫言早就卷铺盖从部队走人了。

假如我的这些推断都准确的话,我相信莫言也会像那位宋安娜女士一样"热泪盈眶"的。等下次有机会回母校,我倒要找到冉淮舟先生,问问清楚是否真如我所猜测的这样?但后来想想,其实也没必要,因为这么多偶然的背后,都源于一颗颗对文学虔敬的心灵。也因为有了大师孙犁的眼光与魅力,才让文学系为莫言破了一次格。对于莫言,以后的天空,自然广阔。好风凭借力,这个青年文学爱好者很快在文坛上整出了一次次的地震,这些都是孙犁所没有想到,也从未去有意关注过的。这或许就是真正文学大师的魅力,他的眼光、品格、经历、地位和成就,决定了他会潜在的影响着文坛日夕变化。时至今日,当我读到这些细碎的文字时,刹那间被这些并非遥远的人与事深深地温暖和感动,却有些恍然若梦。(原载《开卷》2008年第8期,又载《西南军事文学》2008年第4期。此文在《开卷》刊发后,北京的冉淮舟先生曾辗转致电于我,告之此文中的有关推断均是准确和妥当的,并将此文收录到了他在香港天马出版公司出版的《平原文稿》之中。此文引用天津日报社宋安娜女士的文章《大师的手》,后有幸受教于宋女士,得其帮助,倍感难忘。)

小识林文月

年初，在书店购得林文月的《京都一年》。我个人对游记文章大多不感兴趣，购买此书，大致是因为这书封面设计十分优雅，又有许多精美图片赏心悦目，看看价格也不算太贵，于是就拿下了。书买回来后，只躺在床上随意翻阅了一下就混杂到书架上了。没多久，我又读台湾学者汪荣祖先生的《书窗梦笔》，其中有一篇文章《永远的傅教授》，写的是著名学者傅伟勋，其中写到傅先生那一代台大学生对于林文月十分迷恋，特别提到不久前老先生又重会林文月，竟然是紧张得双手直发抖。这个细节令我诧异，想来此时傅先生与林先生都已是古稀老人了，而林文月先生的魅力竟然还是如此具有杀伤力。这个林文月，对于我这个少见多怪又比较八卦的读书人来说，简直就是一阵惊叹，难道她就是那位被我冷淡在一旁的《京都一年》的作者吗？

于是我赶忙从书架上翻出此书，才在此书的插页中细细地浏览了林文月的几幅照片。尽管此时到日本京都的林文月已近不惑了，但一副在京都东方学会举办的学术会议的照片上，林文月侧目倾听，双目有神，气质高雅，在众人中显得极为脱俗不凡，难怪傅教授那一代台大学子对于林文月，竟然是如此的痴迷。据传，大陆研究《诗经》而出名的扬之水女士曾笑谈："我要是男的，一定去追她！"而林文月的魅力还不只在于她的气质容貌，我查阅了她的相关资料，简直惊叹，她是当今难得的集才女、美女、出身名门与名师等为一身的奇女子。

我熟悉的现当代文坛上，与林文月可媲美的，大约只有一个林徽因吧。

读研究生时，我的一位颇有名士风范的老师常向我感慨民国旧文人怀有三支笔：创作、学术研究和翻译，样样精通，如鲁迅、周作人、林语堂、张爱玲、钱钟书，等等。可到如今，能有两支笔的已属稀有金属了，何谈三支笔同时开弓。而我惊讶地发现，林文月不但三支笔同时开弓，而且每样均非常有特色，又都做得相当精彩。她的创作以散文作品著称，先后有《京都一年》、《读中文系的人》、《午后书房》、《交谈》、《作品》、《饮膳札记》等，这些散文作品在台湾影响很大，多次获奖，部分篇章还被编入语文教材之中。我手头的这本《京都一年》系林文月在大陆出版的第二部散文作品，之前，还曾出版过一册《林文月散文精选》，现书店早已不能觅其踪迹了。我在网上找到这本散文精选集的目录，一篇篇地搜索，然后下载阅读，如此也才寻觅了其中的一少半，由此可见，大陆对于林文月的淡漠和无视。而仅我所读的这些文字，可以看出林文月的散文大多扎实优美，扎实是有做学问的功底，优美是有古典文学的底蕴。除了散文创作，林文月还先后创作了两本传记文学，一本为《连雅堂传》，一本为《谢灵运传》，这两册传记文学与林文月自身又有着紧密的联系。先说这后一本，其实，林文月的主要身份是台湾大学的教授，1996年她退休后又被授予荣誉教授，林文月在台大执教近四十载，主要研究领域在魏晋南北朝文学，出版有《山水与古典》、《谢灵运及其诗》、《澄辉集》等著作，这样便不难理解为何林文月会选择谢灵运作为传记的对象了，但其中因缘也并非仅仅如此。

林文月在京都游学十个月，写下了后来的游记文字《京都一年》。这次游学是1969年她因被遴选到日本京都研读比较文学。此之后，林文月先后着手翻译了多部日本古典文学名著，如《枕草子》、《源氏物语》、《和泉式部日记》等，大陆我所熟悉版本如《枕草子》的汉译是知堂老人的译本，而《源氏物语》则是丰子恺先生的译本。有趣的是，这两册日本古典文学名著均为女性所著，但大陆流布最广的译本却是出自两位文学造诣极高的男性手笔。知堂老人的《枕草子》译本我购有一册，林文月的译本尚未见到，只在网上读到若干片段，惊叹其女性身份和古典文学修养之深厚，其细腻、典雅与知堂老人的散淡、闲适形成两种完全不同的风格。不妨抄录如下：

  秋则黄昏。夕日照耀，近映山际，乌鸦返巢，三只，四只，两只地飞过，平添伤感。又有时间雁影小小，列队飞过远空，尤饶风情。而况，日久以后，尚有风声虫鸣。（林文月）

  秋天是傍晚最好。夕阳辉煌地照着，到了很接近了山边的时候，乌鸦都要归巢去了，便三只一起，四只或两只一起的飞着，这也是很有意思的。而且更有大雁排成行列的飞去，随后变得看去很小了，也是有趣。到了日没以后，风的声响以及虫类的鸣声，也都是有意思的。（周作人）

  林文月与周作人均是对日本文化和古典文学有极高造诣的。对于不懂得日语的我，很难判断优劣，只是感觉林文月更有女性与古典味道，而周作人的译文更让我联想到他本人的气味，于是阅读的感觉就颇为不同了。林文月的日语造诣极好，这与她出生于上海的日租界有关。她的启蒙教育为日本语文，十岁后抗战结束才开始读国语，因此以后她在国文和日文上的造诣，都可以堪称为奇迹。

  台湾国民党主席连战2005年来大陆访问，坊间相继出版了许多与连战相关的著作，诸如《连战档案》、《雅堂笔记》、《台湾通史》等，其中在一册《连战档案》的书中有这样一句记述："连战的表姐林文月第一次看到连战是他已满十岁时。"若读此段，那些只熟悉林先生文字的读者会极为惊讶，原来林文月还与曾做过主席的连战为表亲，要放在古代，林文月怎么也是个地位特殊的贵人吧。林文月的外祖父连横是连战的祖父，连横乃是台湾著名学者，曾出版颇具影响的《台湾通史》，林文月的另一册传记文学《青山青史——连雅堂传》就是写其外祖父连横的。由此可见，林文月是典型的名门出身，但我在她的人生履历甚至是文字中没有读到一丝名门之后的骄纵，这一点她与外祖父连横气质相同。

  连横作为一介书生，曾写下"他日移家湖上住，青山青史各千年"这样的诗句,而林文月也曾写她在台大读书的时候,最大的心愿就是能够"安安静静过一种与书香为伍的单纯生活",后来她的这个心愿果然得以实现。与表弟连战所不同的是,林文月对政治没有表现出任何的兴趣,这让人想起她笔下的诗人谢灵运,寄情人生于山水之间,我不知道林文月选择谢灵运作研究,究竟是心有戚戚焉,还是谢灵运让她早早看透了人间风云?而这些只有去待到她的更多著作在内地出版后再去慢慢破解了,或者这永远都可能是一个难以说清的谜语。林文月在台大多年执教,这一点与她在台大执掌中文系长达二十年的老师台静农相似,台静农为现代著名文人,曾颇受鲁迅的欣赏。林文月在台大很受台静农的影响和器重,后来她曾写过数篇文字回忆台先生,均是情深意浓的怀人文字。1991年,她还编选了《台静农纪念论文集》。

　　林文月出生于1933年,于今已是古人所言的古稀之龄,但我读她的文字,读她的书,读她的人,感觉她并未曾年华逝去。她的一生与书斋为伴,生活幸福安逸,成就斐然。而我所知道现代文坛上的才女,像张爱玲、萧红、苏青、丁玲等,大多命运坎坷,诸如林徽因这样的才女加美女,又出身名门,一生遭际也颇为让人寻味,林徽因相比林文月更为传奇,从文学到建筑,几乎是两个不可跨越的领域,她都做到了杰出,但她的一生之所以坎坷,我以为是与她入世的心态相关的。林文月则不同,她超然洒脱得多,更注重出世,传统文人的浪漫感浓厚,很容易在自己的人生中寻找到安身立命的位置。我大胆地猜测,如果林文月就是林徽因,她也许会选择徐志摩,吟风弄月,白头偕老;而林徽因如果是林文月,大约会好风凭借力,在人生舞台上激荡起更精彩的浪花。但毕竟这都是我的一己猜测,而她们所经受的人生环境与时代变迁,又是多么的不同。(原载《新京报》2007年10月26日,又载《开卷》2008年第2期、《SOHO小报》2008年第6期)

她从民国走来

张充和的书法清秀健雅,我最喜欢。香港文人董桥自称旧派人物,见多识广,他坦言自己独迷张充和的书法作品多年,有幸藏有数幅张先生的墨迹。我无缘收获张先生的真迹,但若有印刷品出版,却也是从不放过。记得两年前,湖北人民出版社的一位年轻女编辑为出版我的一册文集,费劲心思,最终却无下文。为了表达歉意,她从武汉给我寄来了由美国波士顿大学艺术史教授白谦慎所编选的《张充和小楷》,令我高兴了许久。这册著作2002年6月由重庆出版社出版,我早就四处寻觅,但因出版既久,书坊里已无了踪影,本打算在网上的旧书店里寻购,没想到这位编辑竟懂得我的这点雅好,让此书悄然飞抵我的书桌,令心中的许多不快全都烟消云散了。

我总认为纯粹的书法家,字里行间多有匠气和俗气,而文人的书法作品又常常差强人意,所以最好的书法作品便是如张先生这样的,既要有清贵之气,又要有笔墨的神韵,还要有文化积淀的深厚,所以读其书法,其实更是读人。张充和一生传奇,她出身苏州名门,在安徽合肥长大,她们姐妹四人个个蕙质兰心、才艺双绝,其中大姐元和嫁给了昆曲家顾传玠,二姐允和嫁给了语言学家周有光,三姐兆和嫁给了作家沈从文,而充和则嫁给了美国汉学家傅汉思(Hans H. Frankei)。充和早年跟随民国书法家沈尹默学习书法,技艺精进,又业余练习昆曲,还撰写古典诗词,均有惊艳之处。1949年后,她跟随丈夫傅汉思到美国定居。随后在耶鲁大学教学书法和古典诗词，又组建海外昆曲社，为中国传统文化在海外的传播作出了自己很大的贡献。

关于张家四姊妹，传为佳话的便有沈从文在北京大学当老师时，不断给自己的学生张兆和写情书，虽曾被后者拒绝，但后经北大校长胡适的撮合，才让这个来自湘西的乡下人终于"喝上了一杯甜酒"。张家四姐妹个个聪慧美丽，气质不凡，著名诗人卞之琳便曾苦苦地追求过张充和，也为其痴情地等候多年，即使到了晚年，还曾专程到张充和的美国府上登门看望。不过，如今的张家四姐妹，只有充和还尚健在，却也是九十八岁的高龄了。但即使如此，据说她还依然坚持每日书法练习，精神也还矍铄，今年北京的三联书店出版张充和为其出版的《话题》丛书七周年纪念版所题写的书名，便是她九十八岁高龄所写的墨迹。我拿在手边简直爱不释手，这哪里像是近百岁老人的手笔，刚健清秀，落落大方，丝毫没有笔力不逮的痕迹。

说起书法题签，美国耶鲁大学的孙康宜教授曾在香港牛津大学出版社编选出版《张充和题字选集》，后来内地的广西师范大学出版社引进出版，改名为《古色今香》。我读了张充和先生的诸多题字，真是羡慕，觉得那些能够得到先生墨迹的团体和个人，均是很有福气的。而其中也有张先生为我的画家朋友许宏泉所题写的著作书名《听雪集》，不久我就得到许宏泉寄来的这册随笔集，感慨有张先生的书法增色，真是既清雅又别致。后来，我又得到许宏泉相赠的画集《分绿》，乃是他近年来专心画竹的作品结集，也是张先生特意题写的书名。虽然这两册著作至今都未曾公开出版，但却一点也不令人感到可惜，反而更添了几分的清贵与神秘。许宏泉在《听雪集》的序言中感慨说，张充和先生的闺秀小楷，几乎已成为当代学人书法中的绝响了。

许宏泉是安徽人，十年前移居京城，是知名的画家，才华卓异，却颇有些特立独行的气质。那日我在许宏泉的画室谈起张先生的题字，他说自己还有一册尚未出版的关于晚明以来文人书法的随笔集《管领风骚三百年》，也是张先生的题签，谈论的都是自己收藏的闺秀书法作品。我惊讶张先生对其偏爱，许宏泉说自己之前与张先生也并未认识，只是因为先生也是安徽人，所以早就予以了关注。恰巧 2004 年张先生从美国归来，在现代文学馆举办书法作品展，他与画家黄永厚一起到现场祝贺。开幕那日，邀请前来出席活动的都是文化界的学者和作家，书画界反而少有，也没有什么剪彩、讲话之类的俗套，大家在一起安静地回顾往事，也讨论张先生的书法艺术，气氛热烈又美好。

  令许宏泉感慨的是，张先生选择在现代文学馆举办这次展览，似乎真是恰切也绝妙的选择，那气氛感觉一下子就似乎回到了民国时代。而最让他难忘的是那日张先生的出场，先生与画家郁风一起走来，而令他颇感奇妙的是，两位既是好友也同为艺术家的老人，却呈现出完全不同的气质。许宏泉说，张先生那日身穿旗袍，而郁风则显然还遗留着革命干部的气息，两人一起走来，可谓风格各异，一位是民国闺秀的优雅高贵，一位则是颇为庄重的洒脱大方。郁风曾任中国美术家协会书记处书记、中国美术馆展览部主任等职，早在上世纪三十年代就参加革命工作，与张先生显然走了相反的艺术道路。这个独特的画面被许宏泉用相机定格了下来，后来他专门寄给了张先生，也由此开始了他们持续数年的通信。许宏泉回忆往事，感慨张先生从门外走来时的情景，他说那仿佛是刚从民国走来一样。（原载《北京青年报》2012 年 8 月 25 日）

优雅的书事

一

许宏泉的优雅与情趣真令我羡慕。农历春节的前夕，他用快件为我寄来一册自印的随笔著作《听雪集》，之前我在《张充和题字集》和《古色今香》中，均看到由耶鲁大学孙康宜教授所撰写注解文字中，曾有介绍张充和所题写的这册许宏泉著作。室外空气冷冽，爆竹炸裂的声响此起彼伏，看到张充和先生题字的著作，又读到许宏泉精心策划和设计的随笔集子，真是既羡慕又高兴，那清秀健雅的小楷书法，被印刷在墨绿色的小三十二开本的精装书封上，虽然没有其他的任何图案的装饰与衬托，却更显得分外的别致与风流。许宏泉说老辈学者的书法，他最喜欢张充和的墨迹，并感慨那样完美的闺秀小楷，几乎已经成为当代绝响了。

他自忖的这册著作"姗姗来迟"，因为一年前便请张先生题写了书名，然而著作尚未面世，张先生的"广告"便先打了出来。可以说，这册著作还未出版，便已声名在外，而且还多了几分人间风流。许宏泉说，因为觉得个人的集子应如知堂老人的《瓜豆集》那样精巧的"小书"，印出来才有趣，拿起来也轻松，因而便将早已编好的书稿，又删去了半数，这可看作是他的情趣使然，也应有他对文字要求的苛刻与精致在其中的。更让我没有意料到的是，这册随笔著作以边缘－艺术杂志社的名义印刷，且只有三百六十五册，而我手边的这一册在书后被标注为第四十七册，可见他用心的细密与别致。我虽不是藏书家，但许宏泉的这册《听雪集》，却是我藏书中最为独特也最为珍贵的一本了。而在这册著作的扉页上，还另有他亲笔题画的小幅画作"春风第一枝"，乃是几笔淡雅水墨点染的一枝冬日寒梅，几朵盛开，几朵含苞，让我惊喜，也倍感温暖。

我早知道许宏泉是知名书画家，他笔下多草木山石，花鸟禽蔬，很让我想起齐白石的水墨丹青，但细看他的画作，又少匠气，多风骨，应是文人绘画的路数。我喜欢他笔下的墨竹，那副《淇园清影》显然受到板桥的影响，清秀刚健，满身的傲骨与神气。我曾作文称赞他左手写文章，右手绘丹青。他的随笔文字优雅、干净，文白相间，我早就爱读。我还知道他是一位颇有成就的收藏家，安徽的黄山书社正在陆续出版他的著作《管领风骚三百年》，共计八册，我也是追着去读的，他以自己用心收藏的文人墨迹，来书写三百年来中国文人书法的流变与神韵。我赞叹他的雄心与清雅，也羡慕他能够坐拥那些前辈文人苦心修炼而来的纸上墨迹。

如今这册《听雪集》，有他怀古、漫游、序跋、读书、记人、评点等方面的诸多篇章，读来很是羡慕他作为文人的浪漫与洒脱，又佩服他在精神世界上的独立与自由，诸如那篇《林昭：压伤的芦苇》，记他与友人去江苏苏州的灵岩山祭奠林昭的笔记与思考，信笔写来，却笔意惊人；再如《五个书法家》乃是对于王羲之、怀素、苏东坡等书法家的艺术评点，诙谐有趣，却毫不流俗；还有那些他与之交往的文人往事，诸如关于张中行、包遵信等数篇，记录他们交往的片段点滴，几笔闲话，却形神兼备。

许宏泉说他佩服也喜欢文人吴藕汀。这个才艺卓越的南方文人其实少为人知，他说走过九十三个春秋风雨的老人，正因为"安于现状"，隐于文艺，才能够终循脱尘世之苦难。"文革"大炽时，吴藕汀陆续撰写了大量的"诗话"，共计三千条之多，许宏泉读这些写在当年大量印刷的政治宣传单背后的诗话，感慨"其间以平民的情怀，蕴藉'贵族'的品格"。"非典"那年，他在友人的协助下,着手整理这些文字,终成《药窗诗话》一册。在《听雪集》中,收有《〈药窗诗话〉跋》一篇,其中有他对吴藕汀及其诗文的介绍与评论,其中一句,如今读来却觉得很有些夫子自道,"作为一个'旧时代'过来的文人,藕公身上葆守着传统文人的气质风骨却没有旧时代文人的保守僵化,他喜欢同年轻人交往、思想活跃。坚持'独立思想、自由精神'"。

二

在网上读到施康强的随笔《最后的名士》,十分喜欢,他写嘉兴文人吴藕汀,才华卓异,傲然默存,堪称是"最后的名士"。施康强说他读了吴藕汀的《十年鸿迹》,感慨良多,此书乃是其在1981年到1990年之间,写给他的几位好友的往来信札,以及相关按语。按照施康强的说法,这册著作多记载嘉兴以及杭嘉湖地区的"老派文人"、国画家和诗词书画爱好者的活动,以及对中国画坛的议论。施康强文笔老到,又不失趣味,无论是写命运沉浮,还是写文人雅兴,均令我动心。恰巧中华书局两年前集中出版了"吴藕汀作品集"系列五种,包括《戏文内外》、《药窗杂谈》、《十年鸿迹》、《鸳湖烟雨》和《药窗诗话》,我在网上找到了前四种,最后一册则是买了中国人民大学出版社的旧版本。

新书很快送来。我粗粗翻阅,很觉清新可爱,也十分的博杂和有趣。其中《十年鸿迹》上下两册,六十余万字,生前由其子吴小汀输入电脑,并经他亲自校对后,在2005年2月和4月,由嘉兴的秀州书局以白皮书的形式,印行了其中的壬戌、辛酉两卷,均各一百册;而《药窗诗话》则是在2003年"非典"肆虐期间,由画家许宏泉等人整理而成,也曾由秀州书局以"三人丛书"形式复印过一百册;再有《药窗杂谈》整理于2005年9月,秀州书局也印行了一百册的白皮本。《鸳湖烟雨》、《戏文内外》等著作,也只在内部少量印刷过,还有诸如《书楼遗咏》、《和鸳鸯湖棹歌》等多种稿本,均尚未公开印行。这些著作,除去其中少的内容曾发表过,在吴藕汀2005年去世前,均没有正式面世。

如此看来,吴藕汀真是颇有几分"新出文物"的意味了。吴藕汀生于1913

年,晚号"药窗",在诗词、绘画、版本目录等方面,造诣极深,他曾戏称自己说:"我的一生十八个字:读史、填词、看戏、学画、玩印、吃酒、打牌、养猫、猜谜。前四项是主要生活,后五项是多头。"虽涉猎广泛,学养深厚,但吴藕汀却毫无世俗功利之心。我印象十分深刻的是许宏泉在《药窗诗话》的后记中,写到了吴藕汀的这些"诗话"的创作,乃是在"文革"期间陆续撰写了大量的"诗话",竟多达三千余条。因无笺纸,大多被写在当时"九大"的宣传单背后,涉及有乡邦掌故、风土人情、史事、人物、戏剧、诗词,等等。真是令人难以想象,一边是喧嚣坚硬的政治词语,一边却是沉静自得的文化体味。

让我更为惊讶的是稿本《和鸳鸯湖棹歌》的写作,乃是1951年吴藕汀作为嘉兴图书馆整理古籍小组组长,被派往南浔嘉业堂藏书楼整理接收来的十余万册藏书,从此留在湖州,但也与故乡友人失去了联络。1973年9月,吴藕汀回到嘉兴,寻访他的好友沈侗庼与庄一拂。久不见面,三人兴致颇高,诗酒酬唱,好不快乐。当时正是江南秋雨连绵之际,两位友人均"冒雨来访",并有"握手无言,此事铜琶又再谈"的感慨。因为次年便是嘉兴历史名人朱彝尊客居京华,并写作怀念故乡风物《鸳鸯湖棹歌》的两百周年纪念,三人雅兴深致,分别以旧史、抗战史和新史为内容,各赋《和鸳鸯湖棹歌》两百首。沈侗庼与庄一拂,前者擅长诗书画篆,后者在诗词与昆曲上均有才气。

让吴藕汀没有想到的是,1975年他再度返里,却得知两位好友皆因这次所谓"老年人的游戏"而"进去"了。曾参与其事的其他人,也都被传唤、训斥,这些均让吴藕汀感到极为震惊,乃至"终日栖栖皇皇,了无兴味可言。"吴藕汀回到南浔后,竟也遭到追寻而至的相关人员进行了两个多小时的"约谈"。之后不久,幸好两位友人也都被释放了出来。由此看来,这三位旧派文人均很有些"不识时务",施康强则在文章中调侃说他们是"积习难改,一时'轻骨头',又起了唱和的兴致。"但如果因此要说吴藕汀是纯粹的遗老遗少,只懂得吟风弄月,不问世事,却也是绝对的误解。嘉兴的范笑我和北京的许宏泉在编选吴藕汀的遗稿时,均赞叹其能够坚持自由思想,有着独立的人格魅力。

我读吴藕汀的文字,最有感受的,也正在这里。记得在《十年鸿迹》中,他写到1981年5月26日，因去南京拜会著名学者唐圭璋先生，得知李一氓委托南大程千帆先生编辑《全清词》，并要求1985年完成。在日记中，吴藕汀写到："此书工程浩大，编集不易，尤其嘉庆、道光间词集，当时不为学者所重，散失易多。国家图书馆亦未必有藏，私家藏书又不肯出。"在日记的按语中，他又很尖锐地批评说："当政的人认为只要一声令下，就可以大功告成，诚'看得天来箬帽大。'"这番关于"学术大跃进"的批评言论，即使放在今天，也是很令人惊叹的。对于经历过"棹歌案"风波的吴藕汀，在"文革"过后不久，又写出这等不合时宜的率性言论，不免让人深觉其可爱而又可敬。

三

偶读邵燕祥先生2010年9月在商务印书馆出版的著作《画蔷》，其中收有他的一篇《报周有光先生书》，此乃他写给知名学者周有光先生的一封书信，时间是2008年11月5日。之所以专谈此文，乃是其中的一段话引起了我与邵先生交往的一点记忆。在邵先生这封信的末尾，他给周先生谈到自己的近况："我因心脏'搭桥'遵医嘱休养，住在乡下时多，回城始见来示，迟复为歉。从我的治病保健来看，手术靠的是西医，术后调理则以中医为主。"我查了一下自己的邮箱，2008年10月15日，我也曾收到邵先生的来信，其中也有关于他自己近况的一小段叙述："日前进城取药，得见9月27日来信。我大约10月20日前后再从养病地方回城，那时我们通过电邮或电话再约日一叙，好吗？你在参加研讨班，在非周末周日出来方便吗？"

读了邵先生写给周有光的回信，我心里十分惭愧。这之前，我也曾收到邵先生的回信，但那时自己并未知道先生刚刚做完了心脏"搭桥"手术，需要静心调养，因此还是冒昧地登门拜访了。事情的起因是四年前，我在位于北京朝阳区十里堡的鲁迅文学院参加中国作家协会组织的中青年作家高级研讨班学习，因为学业清闲，那时恰巧读了邵先生的杂文著作《旧时船票》，又在北京的《书脉》杂志上刊发了一篇关于先生著作的读后随感，曾得到诸多师友的好评，因此便通过朋友的介绍，给邵先生写了一封求见信。邵先生的回信便如上所录。我是11月20日联系的邵先生，但因为第二天上午有课，邵先生特意改了外出就诊的计划，约我第二天下午见面。

  那天下午，我早早就乘车到了邵先生的小区楼下，但因为距约见的时间还早，我便在楼道中等候。大约一个小时后，我按门铃，但未见有人开门。记得那个楼道非常狭窄和阴暗，我等在门前感到既尴尬又压抑，便又下楼去，想再等等看。大约半个小时后，我再上楼，才顺利见到了邵先生。后来我返回鲁院时，遇见小区楼下的一位电梯工作人员，告诉我之前邵先生曾下楼，寻找我这个登门拜访者。我想先生一定是在午休，被我的门铃声吵醒，可惜我没有等到先生及时开门的耐心。那天下午的谈话，十分愉快，具体所谈的内容大约都与写作和时事相关，我印象中的邵先生，和气、平静，但话语却十分有力量，对很多问题的看法也很清醒和深刻，令我颇受教益。我还记得邵先生的客厅，极朴素，也很狭小，沙发后面放置着一个很大的旧书柜，很想看看其中都有些什么书籍，但只是粗粗浏览了一下便作罢了，因为初次到访而不敢太冒昧。

  我们的谈话大约进行了两个多小时，在结束谈话前，我有意询问了邵先生刚刚在香港牛津大学出版社出版的一册著作的情况，我知道那册书由章诒和女士作序，内容涉及对于当代中国历史与个人往事的反思，大陆的出版社一时是绝不会出版的，因此潜意识是希望邵先生能送我一册作为纪念的。邵先生简单介绍了这册书的写作过程和主要内容，然后向我抱歉此书自己手边已无样书，但幸好自己刚刚收到出版社寄达的另一册样书，可赠送我一册。于是他便拿来花城出版社刚刚出版的杂文著作《教科书外谈历史》，并用笔题写了签名和款识，倒是在我的名字后面使用什么样的称谓，让他感到有些犹豫，最后以商量的语气询问我使用"同志"这两个字如何。我当然是欣然接受了。

  记得那天邵先生坚持将我送出门外，尽管在我的一直劝阻下，又执意将我送上电梯。我从邵先生的小区出来，手握着那册新出版的杂文集，外面刚刚下过一场秋雨，还有细细的雨丝，虽有一层凉意，却感觉分外清新和温暖。走在北京大街喧闹的车流与人流之中，觉得这世界尽管令人常常感到烦躁和不满，但那种高远与清澈心灵的存在，才让我们如此美好和宁静。那一刻的心情，我至今还记忆犹新。

四

离京回家，看到一张去年的《文汇报》，恰好展开的那面是该报的"笔会"副刊，其中刊有散文家黄裳的文章《永玉的来访》，翻译家陆谷孙的文章《"本人属二流"》，还有学者郑培凯的文章《失落的墨宝》，都是好文章。或许是去岁在家看完这张报纸，便随手放在了一旁。于是，又将这几篇文章重新读了一遍，依然感觉甚佳，特别是黄裳追记老友黄永玉的来访，真有宝刀未老，神采依旧的感觉，其中他写两个老友见面的情景，颇为传神。那是巴金故居开放后的第二天，黄永玉带着女儿黑妮来访，一行四众，让黄裳家的客厅顿时热闹了起来，"几只相机，噼啪响成一片，就在这喧闹中，两个老头见面，紧紧握手，没有拥抱，彼此端详。"黄裳说那天他看黄永玉比七八年前见面时，行动有些迟缓，有闲庭信步意味；而黄永玉对他的评价则是，"除了耳聋之外，一切和往常一样，精神好极！"他知道这两句话里掺了不少水分，但还是很高兴。

黄裳的文章作于2011年12月5日，《文汇报》2011年12月12日便刊发了，我查阅了巴金故居开放的时间，推算黄永玉来访的时间是2011年12月2日，由此可见当时的笔健与神旺。那日他们还谈到了汪曾祺，他请黄永玉也写写这个他们共同的朋友。说来也巧，我在书房里整理杂物，恰好看到去年安徽作家苏北寄来的一册散文集《那年秋夜》，因为久未回家，所以寄赠文集的包装还没有拆封。恰巧无事，便拿来翻阅，于是发现其中有一篇文章为《沪上访黄裳记》，便先读了一遍。苏北是散文作家，也是不折不扣的"汪迷"，2009年在上海出版了关于汪曾祺的著作《一汪情深》，序言乃是黄裳所写。苏北的这篇文章便是他的这本著作出版后，曾在《文汇读书周报》一位编辑朋友的引荐下，前往上海陕西南路陕南村的黄裳家中拜访的经过。因为汪曾祺，让苏北有了一个下午的时间能够与黄裳肩并肩的谈话机会。黄裳很念旧。

作为旧派文人，有好友来访，有好书相伴，也有好文章发表，黄裳暮年自娱，不算寂寞。或许是看望自己心仪的作家，苏北将他拜访黄裳的整个过程都如实记录了下来。我印象很深的是他写到黄裳晚年的居所，他说老人的住所是陕西南路陕南村的一个院子里的小洋楼，透露着一股老上海的陈旧气息。而门前的一棵老榆树，枝繁叶茂，浓荫婆娑，院中的蔷薇和月季，开着大大小小的花儿。黄裳家的客厅大约有三十多平方米，正对着沙发是一只老式的书橱，里面高高低低放满了书，其中有《鲁迅全集》、《郁达夫全集》、《钱钟书散文》、《沈从文小说选》等著作，书橱的上面则是黄裳自己的一些著作。而书橱的顶端则是明代画家沈周的一幅绘画，大约是一枝枇杷，六七瓣深绿色的枝叶，四五枚杏黄的果实。客厅的墙上还挂着一副沈尹默的条幅，所书内容乃是宋代诗人陈与义的《中牟道中》两首。沙发的后面，则是一溜明窗，窗台上摆放着几盆兰草和美人蕉。

  偶然读了这两篇与黄裳有关的文章，其实也并非偶然，原因乃是我对黄裳文章的关注和喜爱，以至于爱屋及乌，也关心起与他相关的事情来了。我自己虽然谈不上是资深的"黄迷"，但黄裳的著作，能够搜集到的也都曾买来阅读，舍下所藏，也可以排上半个书橱了。而我对黄裳的关注，由此也渐渐的多了起来，知道先生是1919年生人，原名容鼎昌，早年在天津南开中学读书，1940年考入上海交通大学机电系，为的是实现父亲"实业救国"的宿愿。但黄裳喜好写作，后来作了大半生的报馆记者，又以散文家成名。他平生所写大多是杂文、游记、书话、题跋，以及有关怀人叙旧的文章，而且愈到晚岁，也愈显老辣。我也特别羡慕先生的雅趣，尤其是他对旧书古籍与版本的喜爱和熟稔，多年持之以恒的搜集、购买、珍藏，可谓蔚为大观，而他又利用这些书籍，写成了许多识见与文采皆佳的好文章，尤其是在不少旧藉上题写的题跋，文短情长，秀雅迷人。

  由此，我对黄裳从心底有了敬慕之感，心想有机会能够向先生登门请教，也领略一下那榆树下不变的读书风景。但没想到，自己刚回到北京，一接触信息，便得知了先生9月6日在上海瑞金医院去世的消息，真有些愕然。纪念一个写作者,在我看来,最好的办法莫过于重温那些曾经读过的著作,但由于手边一时没有先生的著作,倒也想起不久前自己刚从孔夫子旧书网上买到的一册由中华书局1980年出版的《学林漫录》初集,其中刊有黄裳的旧文《关于柳如是》。《关于柳如是》也是黄裳的名文,我早就粗读过,此文作于1977年,文末注明是"丁巳小雪前四日写毕",读来颇有苍茫之感。此时乃是"文革"灾祸刚息,黄裳也是劫后重生,他利用自己"劫余丛杂中捡得手抄数叶",写成此文。据说此文一出,颇得好评,而黄裳自己也在来年所写的后记中与陈寅恪的《柳如是别传》相通款曲。黄裳笔下的文字,泼辣大胆,爱憎分明。

起初我购买这小薄册子,全因封面题签乃是钱钟书先生。但令我大感意外的是,这册网上买来的旧书,曾被人用铅笔写下了许多细密又别致的批注。看笔迹,颇为苍劲有力。目录上的周振甫、黄裳、金性尧和舒芜几人的文章名前,各有一个三角符号,想来大约是值得阅读的意思,而在黄裳的文章《关于柳如是》之后,还写了"极好!"这样的批注。在《关于柳如是》这篇文章的内文题目旁,又有这样的批注:"老一辈学问丰富,虽一文,才何逮也。2001.8.27."看得出来,这位书友对于黄裳的文章,乃是发自内心的赞叹的。此文的内文还有详细笔记,我重读此文,仿佛多了一个细心又博学的向导,诸如写钱牧斋死后的"钱氏家变",柳如是以死明志,黄裳写到:"她最后扫了这帮吃得酒臭喷人的家伙们一眼,上了楼,关好门,一根绳子吊死了。"这位书友在"扫"字下面画了一个重重的三角符号,又在旁边批注两句话,其一为"女儿看轻家财",另一句为"应有一出戏专讲此事"。真是美好。要是先生能看到这批注,该会是多么的高兴。(原载《开卷》2012年第1期,《北京青年报》2012年6月22日)

辑三
小风景

旧派人的风雅

一

董桥的书名起的真好。广西师范大学出版社出版"董桥文存",最先推出了他的两册文集,分别是《青玉案》和《记得》。"青玉案"是宋代词人贺铸的一首词牌名,他在《〈青玉案〉散记》中写到这册书名的来历,也是那么的优雅和浪漫,"那几天春雨连绵,春寒不散,我深霄悠悠忽忽读了一些宋词元曲,雨声越听越密,怀旧越怀越深,这本新书的书名索性借用贺铸名作词牌《青玉案》"。而"记得"则来自于亨利·米勒的那本 Remember to Remember,也是在整理书稿的时候,"是圣诞前后的一个清晨,我睡醒忽然想起亨利·米勒,想起《北回归线》,想起 Leonora 骂我读米勒的书,想起那本 Remember to Remember"。董桥的这两册文集的书名,一古一今,一中一外,可见他在细节上的用心,总是那么精益求精、费劲思量,也见他博览群书,雅趣十足,总也能够顺手拈来,皆是十分的漂亮和妥帖。

董桥爱书成痴,既喜谈文采、思想与内容,也津津乐道版本、形式和装帧,而他自己的著作出版,更是十分地讲究。在这套"董桥文存"的总序中,他开篇就谈自己对于藏书的形式、版本与装帧的偏好,"上星期英国朋友替我找到丁尼生三本诗集，1827、1830和1833的初版，著名书籍装帧家利维耶旧皮装帧，深绿烫金色花纹，三本合装在黑皮金字书盒中。"近些年，董桥的新作几乎都是由香港的牛津大学出版社出版的。每一册著作也都堪称藏书中的精品，赏心悦目至极，备受爱书人的青睐。在《〈青玉案〉散记》中，他写自己在电子时代来临，依然对纸本书籍的顽固坚持和用心，"我每年出文集总抱着做一本是一本的心情，总想着装帧得考究些，好让几十年后的知识人像收藏古董似的珍而藏之"。而在这套新出版的"董桥文存"的序言中，他甚至调侃起自己的纸本情结了，"都说老头子都倔，电子狂风都吹斜了我的老房子了，书香不书香挑起的事端我倔到底"。

这套"董桥文存"出版社请了知名设计家陆智昌亲自操刀。小开本，精装，布面，书名和作者名都是烫印的细圆黑体字，整个设计极简洁，极雅致，也极纯粹，据说董桥自己也是很满意的。这样美好的装帧与董桥精致优雅的文字配合，才是恰到好处的优雅书事。都说董桥的文字精致，其实我早也爱读，但只是喜欢偶然读读他的文章，不必要正襟危坐，也不必用功钻研。他的文章太适合随手翻阅，读完一篇即可，其他的应回头再慢慢消受，不必一口气统统读完的。这缘故也大约是他的文字太过雕琢，往往千余字的短文，便处处可见匠心。编辑家辜健说董桥的文章，每每都要改上六七遍方可的，而董桥自己说他的文章往往是临近发表，甚至是出版前夕，还是一改再改的。我估计如此用心，六七遍也是远远不够的。因此，读董桥的文集，一个明显的特点便是篇篇皆佳，布置整齐，几乎很少有参差不齐的败笔，也难怪他曾说不后悔自己所写下的每个文字。

董桥的文字雅致，既有明清小品的余韵，又深得英国随笔的精髓，但也还有几许新闻通讯的气味。不妨细读他的小品文字，大多都是开门见山，甚至先是提纲挈领，一语中的，还有他的文章也常常言之有物，绝少故弄玄虚，这或许都是新闻通讯的基本特征。想来董桥先后在数家香港的新闻媒体负责编辑工作，难免也会沾染上几许媒体人的笔法，针对性、时效性、可读性都很强，但也有模式化、类型化甚至是快餐化的倾向。好在董桥的功底扎实，底蕴也厚，视野更是开阔,他还能够熟练操持中英文的语言技巧,融汇了中西文化在文字表达上的许多优长,特别是将英文表达的特点融入汉语写作之中,多少也弥补了不少的文章短处。为此,我读董桥的散文,便常常会想到英国学府式文章,学者王佐良对此便有过精彩的议论:"他们心中的好的散文风格是言之有物而又有文采。他们也一般的支持平易,但又必须是文雅的平易。"

真是有些矛盾的意味。他本是江湖有名的新闻人,但却总是自称为旧派之人。董桥在序言中说,旧派人应该做些旧派事才合适。或许新闻只能是历史的草稿,对于董桥总是有些不甘的,不过他的旧派做法我倒是很羡慕的,诸如读书论人,那些现代以来的经典作家和学者,特别是"五四"一代文人的身影,真是被他写得令人心魂荡漾。那些或远或近的背影中,都有被他触摸到心灵深处的沧桑与浪漫,诸如在《青玉案》中,他所叙述的人物便有林语堂、陆小曼、徐志摩、王云五、周绍良,等等,个个都是风流人物;而《记得》一书中,也有梁启超、任伯年、周作人、沈从文、张充和、董其昌、余英时,最年轻的一位,还是请他写序的香港明星林青霞,但即使这样的新派人物,他也不忘记那其中优雅与怀旧,"纵然不是同一辈的人,她字里行间的执著和操持我不再陌生,偶尔灵光乍现的感悟甚至给过我绵绵的慰藉:我们毕竟都是惜福的旧派人"。

旧派人自然迷恋那些浑身旧派韵味的人物,但也迷恋那些沾满了历史沧桑的旧物与旧事。在这两册著作中,董桥写他收藏的书房文玩,并非都是价值连城的奇珍异玩,但几乎每一个的后面都掩藏着岁月的刻痕,也弥漫着历史光阴的陈旧情调。在《青玉案》中,他谈清代的紫檀嵌百宝笔筒,明代象牙浅雕雅集图笔筒、清代紫檀书函式文具匣、宋代青铜卧狮、汉代错金银博兽铜镇、战国方形管状玉器、六朝青铜辟邪砚滴,等等;而在《记得》中,所谈论的又有清代紫芝水丞、清代黄花梨嵌百宝花鸟笔筒、明代牛衔灵芝铜镇、董其昌绢本张籍《梅溪》诗、周作人《儿童杂事诗》立轴,等等。董桥将这些文玩的图片插录书中,与这些文字搭配来读,也是相得益彰和让人赏心悦目的优雅之事。在这些文章中,他写自己多年收藏这些清玩的往事,也记它们辗转人间的命运,几乎每篇文章都涉及旧物与旧事,似乎它们都是能够穿越历史迷雾的凭证,不只把它们光华的风流与美丽流落在人间，更待后来者去赏析、慨叹、追寻和纪念的。

二

香港牛津大学出版社出版董桥的《绝色》我期盼已久。如今广西师范大学出版社引进出版，我买来一读，果然爱不释手，好几天放在手边，自己都觉得清雅了很多。不过，牛津大学出版社的版本采用烫金花纹的精装皮面来装饰，内容也是文图并茂，既有古色古香的绘画插图，也有他收藏的珍稀旧藉的绝色剪影，可谓赏心悦目至极。广西师范大学的版本虽也是小开本的精装，内附彩图插页，但硬纸壳式的封套相比牛津大学的版本来，还是逊色了许多。我总觉得牛津的版本是照着董桥喜欢的英伦旧藉制作的，又精致气派，又优雅别致，正如他所喜好和收藏的那样精妙绝伦："我书房里那些漂亮的皮装老书倒是我永远依恋的绝色，那本1910年出版的《鲁拜集》手抄影印本算是莫里斯手工艺术的承袭，描金七彩花饰描花起首字母再配上彩图十分考究，堪可止渴。"

"绝色"是董桥的一个文章名，谈他收藏的英国画家Mark Severin的春画藏书票，非常漂亮，流传极少，堪称是"绝色"。后来董桥陆续写了一批集藏英伦旧书的文章，索性便给文集也取名为"绝色"。我总觉得"绝色"形容美人才合适，但爱书人见到又精美又稀少的好书，用"绝色"来称赞，也是恰到好处的。好书似美人，不但装帧要好，内容要好，文字要好，见识要好，当然连书名也要起得好，就像绝色的美人一样，处处都要有风韵，让人一见便有浮想联翩的感受。董桥不愧是文字的高手，也不愧是精致老到的旧派文人，处处都可见他的用心，处处都有他的情趣，即使略有瑕疵也不怕。电子时代是快消费，不怕简单朴素甚至是寒碜，怕的是没有耐心和缺乏精致的追求。

都说董桥的文字有清气，也有绅士气，想来清气是他爱读民国文人的文字，与传统文化的气息连接上了厚实的底气；而绅士气则是他曾在英伦岛上浸润文化多年，深受英国诸多文学大师的影响，连文章的气味也沾染上了英国文人的个性与风度。写文章有这样历练和水准的人，实在不多，周作人、林语堂、钱钟书、梁遇春、梁实秋、朱自清，哪一个不是文章的大家。要不董桥写起文章来还是那么的挑剔，他在文章《沃尔顿的幽魂》中批评大陆将 *The Compleat Angler* 多译为《高明的垂钓者》，连复旦大学教授陆谷孙这样的名家编撰的《英汉大词典》，在"沃尔顿"条也译为《高明的垂钓者》，而在"Compleat"条却又译为《垂钓大全》。董桥批评说，"沃尔顿似乎不会怀抱'高明'那样浮夸的志向，《大词典》新版也许应该统一《大全》的译名。"

沃尔顿的 *The Compleat Angler* 是名著，我恰巧也读过。董桥批评得很对，翻译成《高明的垂钓者》实在是不妥，但翻译成《垂钓大全》也令人感到不佳，毕竟沃尔顿的这册著作不是关于垂钓的工具用书。再说，连董桥自己介绍这本书的内容，也是颇为有趣的，与我初读时的感受十分相似："这部书分二十一章，记三两人物漫谈垂钓之技与垂钓之乐，历代文评家都说全书弥漫古典田园诗的氛围，说沃尔顿的散文恍如一片空气一片露水一片阳光。我读这本书倒读不出那么飘缈的美感。初读专挑钓到大鱼又吃又喝又唱歌的段落大感滑稽；再读读出老祖母的智慧絮语，絮语中又穿插沃尔顿零星的渊博，仿佛河流上的落英那么轻灵那么萧疏，毫不矫情，毫不炫耀，甚至毫不文学，无怪乎他的朋友大诗人华兹华斯说此书传世传的是其人其文之仁心妙手。"

董桥收藏的这部 *The Compleat Angler*，系"a beautifully printed Nonesuch edition of 1929"，也就是既古旧，又漂亮，印数还十分有限，一千一百部在英国发售，五百部在美国发售，手写编号，他的这册是一千二百〇六部。太难得了，这册《绝色》里写到的都是这样的"绝色"好书，诸如1828年出版的 Adam Smith《原富》、英国插图大师赖格姆（A rhur Rackham）画插图的《安徒生童话集》、英国1923年初版且仅印四百六十本的艾略特诗集《荒原》、1910年伦敦出版的描金七彩图版《鲁拜集》，如此等等。董桥真幸运，见识也很不凡，否则那么珍贵的好书，未必都有缘分带回家。（原载《文艺报》2011年8月23日，《北京青年报》2012年3月12日）

译书的勾当

一

缪哲的写作，在我看来，总有些引而不发的意味。之前，我虽只读过他的零篇碎章，但已深佩其文章之妙。而我颇感他在文字操练上的绝好技艺，其实更多源自于用心搜求而来的几册由他翻译的英人文集，分别计有T·布朗所著的《瓮葬》、爱德蒙·柏克所著的《美洲三书》、艾萨克·沃尔顿所著的《钓客清话》，以及吉尔伯特·怀特所著的《塞耳彭自然史》。这四册著作均为英国十七和十八世纪经典的散文随笔集，而在缪哲的笔下，这些异域的陈旧文字乃是极其的典雅与清爽，读来活泼跳荡，生气十足，成为我爱不释手的舍下珍藏。但让我曾倍感遗憾的是，坊间竟无用心搜集缪哲文字予以流布者，如我这样获知缪哲文章之妙的，也竟是朋友间极为原始的口耳相传。而待到我终能读到由他编成的薄册子《祸枣集》时，才发觉原来他真是写得太少了。据说这些屈指可数的十多万字，竟也是前后二十年煮字生涯的回顾与总结，还大多是在诸位深知其文章之妙的友朋催促下的遵命之作，真是极大地可惜了这副难得的精致笔墨。

要说缪哲的惜墨，其一是他在《祸枣集》的序言中所坦言的："人间的事，我偶有感兴，但胆小，逡巡避席。"说是"胆小"，未免有自嘲的意味，不过文字毕竟还有思想罪证的功能，也是招惹灾祸与是非的凭证。他这一代曾朝气蓬勃的文弱书生，当值年轻，便经历了时世的几番冷暖与无常，想来多少对文字是有些失望和冷淡了。其二是他在文集中收有一篇《着读书十年，再来开笔》，其中有句话可为参照，乃是"背书宜早，开笔宜迟"。此文也可见他对于笔下文字的态度，可谓极谨慎也极谦逊的，而这表达的另一面，也似乎有着对当下文字的不屑与傲慢，更有一些冷眼旁观的闲散和无趣。正因如此，我以为他对于文字的修炼，几乎都体现在那几册已享盛誉的译作之中了。对于翻译，虽然他自称是份苦差事，但却做的颇为出色，要说文人写作，难免都会技痒的，我以为缪哲是把自己的全副心血都曾费在这些译作上了。也因此，《祸枣集》中谈及翻译的几篇文字，我以为在全书中就很是醒目，也可见他对于文字的态度与胸襟，更能探求出他在思想上的一些痕迹来的。

那么先说缪哲所翻译的对象，几乎全是英国十七和十八世纪的著作，在《好书无秘密》一文中，他提及自己受北大外文系杨周翰教授的著作《十七世纪英国文学》的影响，此书原为研究生授课所用的讲义，"读此书不读彼书，多是偶然的，故读这书的因由我忘了。然而这一本书，却激起我对十七世纪英国的好奇，后又波连于十八世纪。先是文学性的书，后及于历史"。再说他翻译的动机，则可见他专谈译事的文章《谁实为之？》，其中有谈及翻译的初衷："译书的人，不为名，不为利，不过见了好书，情不能禁。必欲他人一读而后喜。"其三该谈他对于翻译的态度了，也是在文章《谁实为之？》中，便有他权衡四流的学问与三流的译书的结果，"比如我译书的当年，就颇以'传经'自诩，深感有益于人、有益于世"。而让他颇为不屑的是，如今四流的"鸡毛蒜皮"学问被很当回事，但三流的译作却从来就不算什么"成果"。最后再说他之所以操弄翻译的现实起因，在忆旧文章《骆驼》中，便有谈及上世纪八十年代末期，朋友们有出洋的，有下海的，也有躲进小楼成一统的，总之是"四散而去"，而他自己的选择，乃是"心灰气冷，便学起译书的勾当"。

难怪这些翻译文字会如此出色，说来也曾有些安身立命的意思。有批评家朋友极欣赏缪哲的随笔文字,赞其"文体意识与精神气质"皆十分醒目,她为出版社编选随笔年选,尽管没有搜罗到新作,但也在序言中依然郑重地推荐了缪哲的文章,"随笔只是他学术研究的余墨,却无一篇不精,其语言雅涩佻达,充满灵智,味近周作人,而有周氏所无的冷衅、炽情与傲慢,若寻这味道的来源,或可溯至他的反愚谬与求平等的道德意识,这使他的小品亦透辟辽阔"。朋友的艺术感觉犀利确切,但对于缪哲思想与文风的源头,似乎还是应追究十七与十八世纪的英国文章,也还是那篇《好书无秘密》,他这样论及自己思想所受到的深刻影响:"英国人谈政治,总'利'字当头,不大'修辞以立其伪'。故政治与社会的运转之逻辑,往往不着一丝地裸在你眼前,不是白痴就能看懂。我智不过泥瓦匠,故这一段历史,恰可作我政治观、社会观的启蒙书。我用我读书的心得,去想我见于或闻于现实中的事,以前不懂的,如今大体上懂了,或自以为懂了。"如此,再读这册集子中的议论文字,便清楚和明白了许多。只是很可惜,他翻译的四册英人文集,均有洞见透彻和文辞雅驯的序跋文字,而这册《祸枣集》竟都遗漏了。

二

前些日子,读书界谈论缪哲的《祸枣集》,大都称赞其文章言之有物,说理清通,文字也是妙趣横生,其实缪哲在文章中便曾透露自己文字的渊源所在,他因读了北大外文系杨周翰教授的著作《十七世纪英国文学》,颇受影响,开始着手翻译了他后来所为人称道的英国散文作品。不过,杨周翰先生的那册《十七世纪英国文学》我尚未见识,但近读王佐良先生的这册《英国散文的流变》,也实在不失为认识英伦散文的上佳之作。这册著作从英国文艺复兴时期的散文作家汤玛斯·莫尔(Thomas More)写起,此人开始使用本土语言来撰写论著《查理三世史》,以致被认为是英国散文写作的开端,进而又梳理和论述了培根、德莱顿、班扬、笛福、摩尔、斯维夫特、吉朋、兰姆、约翰逊、罗素等诸多代表人物的散文创作,也具体谈论了英文体《圣经》、巴洛克风格创作、浪漫派散文、布卢姆斯伯里知识圈写作、学府散文以及报刊文体等各类流派的创作情况，几乎个个都是英语文章中的圣手，由此也可一览无余，真是颇开了我等眼界。

英伦散文的妙处何在，王佐良以为，在英国散文史上一直延续着一条平易的散文传统，并具有平易而不平淡，以及言之有物，又有文采的独特风格。之所以平易，乃源自英国散文的适用领域十分广大，包括宣告、叙事、说明、争论，以及游记、抒情、剧本、信件、便条、日记，等等，使得散文在英国成为一种精确有力又伸缩自如的文体，也使得英国的散文写作成为社会各界都为关注和擅长的一种文体。另外，英国散文的代表人物，诸如莫尔、德莱顿、班扬、笛福、斯威夫特、科贝特、萧伯纳、奥威尔，等等，都是英国皇家学会的科学家，他们在推进科学知识的普及中，尽量要使得笔下的文体保持一种犹如"数学一般的平易"，否则很可能会误了社会大事的。因此，英国散文的风格不仅仅是一种返璞归真式的平易，同时也是一种文明的品质。而为了使散文尽量做到平易而不平淡，他们更是尽力使自己所要表达的内容具有炽热的情感、道德感或新思想与新现实，因为这样的文章即使写得极为简朴，也是很能吸引读者的。关于这一点，缪哲便说他也是读了英国人十七世纪和十八世纪的文章，思想受到了很深切的影响的，几部散文著作竟几乎都成了他的启蒙书，可见这英伦文字的另一层魅力之所在："英国人谈政治，总'利'字当头，不大'修辞以立其伪'。故政治与社会的运转之逻辑，往往不着一丝地裸在你眼前，不是白痴就能看懂。我智不过泥瓦匠，故这一段历史，恰可作我政治观、社会观的启蒙书。"

王佐良的《英国散文的流变》可谓用心良苦。在这册论著中，他不但将散文史与名篇选读相结合，而且还将中英文的翻译转换予以详加对比，其中大多数便是他亲自译出的妙文，这些均可显示出论者精深不凡的学术与文化底蕴，也可以使我们更好地领略英国散文的语言之美，结构之美，乃至是思想之美。记得董桥在他的文章中多有称赞英国的散文家兰姆，谈他在伦敦熟读兰姆，也收藏兰姆著作的各类版本，但大多读者实际上对于兰姆虽有所耳闻，而具体文字的妙处何在，却也不见得有所知晓。在这册著作中，便有"浪漫派散文诸家"一节，王佐良谈及查理士·兰姆（Charles Lamb），就有他对于作家的介绍及其文章的相关分析:"他本是伦敦东印度公司的一个普通职员,并不富裕,有一个常要发疯的姐姐,家庭多忧患,但却嗜书如命,喜欢同文人来往,其生活情趣则是伦敦市民的,因此他的随笔谈的也大多是城里的人、事、市声、街景、回忆、幻想,包括扫烟囱的小孩、乞丐、老演员、老律师、穷亲戚、靠养老金过活的人等等,写法则是力求亲切、幽默中有伤感,嘲弄别人,更嘲弄自己,对不幸者则充满了同情,深通人情世故,但不怕说出自己的不受欢迎的独特见解,常有奇思妙想,常作文字游戏,爱好双关语、引语、典故,故意用些古词僻语,有时还效法十七世纪汤玛斯·勃朗等人的巴洛克笔调,而把这些融合为一的则是一个十九世纪初年的英国文人的敏感和个性。"

此外,王佐良还在书中翻译了兰姆的数段文字,并予以逐一评点,其中他翻译兰姆的散文《穷亲戚》中的一段,随后分析并赞叹作家文字的妙处所在,乃是能够把世态炎凉中的穷亲戚的窘态,写得入木三分。诸如其中一段为:"He is known by his knock. Your heart telleth you "That is Mr. —." A rap, between familiarity and respect, demands, and, at the same time, seems to despair of, entertainment. He enterth smiling, and draweth it back again. He casually looketh in about dinner—time—when the table is full. He offereth to go away, seeing you have company, but is induced to stay."王佐良翻译为:"一听敲门,就知是他。你的心告诉你:'那是某某先生'。一声轻敲,介乎亲昵与尊敬之间,似乎有权要求招待,但又——怕遭到拒绝。进门脸带微笑,但又——局促不安。伸手让你来握,但又——收了回去。说是偶然趁饭前来看看——不想已经满桌上菜。看见你有客人,他表示要走,但一劝也就留下……"仅读这一小段,便可知兰姆的传神之笔,也知王佐良的译笔精妙。

在这册著作的结束语中,王佐良强调,兰姆的文章虽平易可读,但却充满文采,尽管他的文章很难被模仿,甚至是其后无人能继,但他对于英国语言以及散文写作的艺术性,却着实有了深入的创新和拓展,诸如以兰姆为为代表的诸多英国散文作家的艺术实验,能够"使语言变得更敏感,更能表达新的事物和深层的感觉"。诸如此书中所录兰姆散文《领养老金的人》中的一段,王佐良说它为近乎诗歌的抒情散文,连语言的节奏都有着很美妙的音乐感的,"Where is Fenchurch Street? Stones of old Mincing Lane, Which I have worn with my daily pilgrimage for six—and—thirty years, to the footsteps of what toil—worn clerk are your everlasting flints now vocal?"王佐良的翻译为:"哪儿是芬立奇街?老明申巷的路石啊,我曾经每天来回走了三十六年之久,现在是哪个劳累的小职员在你那永恒的石板上响着脚步?"由此也可见,在英伦散文的写作中,以兰姆为代表的散文家所进行的艺术实验,极大地加强了英伦散文写作的表达力。(原载《北京日报》2011年4月7日,《南方都市报》2011年1月20日)

丹青引

我读书不喜欢追赶风潮，坊间热卖的书自己往往是不买也不读的，但因此也错过不少的好书。曾旅美的画家陈丹青的著作就是其中一种，彼时，陈丹青的《纽约琐记》、《多余的素材》和《陈丹青音乐笔记》等著作热卖，正逢陈痛批中国高等教育，并欲从清华大学辞职，引得媒体纷纷注目。对此，我以为不妨是有心人的善于炒作，心想，一个知青画家的文字，不看也罢。但后来，陈的文字阅读过几篇，越来越感觉到其间的好，而此时坊间里陈丹青早先出版的著作却难觅踪迹了。这不，等出版社再版了陈丹青亲自修订的《纽约琐记》，赶快从书店里购得一册。但因此，却由这阅读而引起了一番的遐想。

陈丹青早年为上海知青，1978年考入中央美院，毕业后不久到美国研习绘画。此时的陈丹青，已经因为那些幅《西藏组画》而闻名，如果在国内继续发展下去，教授、著名画家或者画界领导等头衔应该是虚位以待的，但陈却主动放弃了这一可能的康庄大道，而选择了到异域去做一个自由画家，寻找艺术追求升腾的微渺希望，试想，在另外一个陌生的国度里，又有几人会识得陈丹青？也许，徐悲鸿、吴冠中这些能融贯中西的画界前辈正是陈的楷模，因此这一义无反顾的举动多少具有一些理想主义者的气质。我在阅读这册《纽约琐记》的时候，看陈丹青记录自己在纽约时生活的琐碎记录，其间不读学位，不卖画作，不搞商业活动，依靠申请美术基金清淡度日，专心研习绘画，以能在画展和博物馆里欣赏传世名画为乐趣，试图在中西文化的碰撞中寻找升华。因此，就不难理解，能在异国亲眼目睹画展中的中外名作就自然成为画家最为兴奋的节日，而我印象最为深刻的则是画家从好友那里合租到一处画室，由此第一次拥有了自己独立的个人画室，当他走进这间位于纽约曼哈顿的小画室，闻到弥漫其中的松节油味道时的那份陶醉，却也是整本书最让人读来感慨的。这些都让我想起了国学大师陈寅恪在美国留学时，专心游学读书而不轻取学位，我无意将两人作以比较，只是为这种专心学艺而不问功名的内心理想所感动。

陈丹青的几册著作多有侧重，《纽约琐记》谈绘画，《多余的素材》为文艺杂记，《陈丹青音乐笔记》自然谈音乐，而后来陆续出版的《退步集》和《退步集续编》则是回国之后的人文杂谈。这册《纽约琐记》初看是一个中国画家在美国纽约生活将近二十年的流年碎影，但细读就不难发现是关于绘画事宜的诸多记忆。书中收录篇幅最长的一篇文字是《回顾展的回顾》，正是画家记录自己在美国众多回顾画展中与绝世名画相遇的回忆文字，虽然大多具体涉及每一画展的文字篇幅不大，但都可以看做是画家对于这些著名画家与传世画作的个人体悟，文字也自然是很好的美术评论。诸如关于凡高、毕加索、董其昌、朱耷、马奈、米勒、塞尚、怀斯这些画家的名画，我以为亲眼目睹与经过印刷品来品评是决然不同的。一个画家的评论文字和一个文艺理论家的评论文字，我则宁愿相信前者，因为画家具有对绘画本身的亲身体悟，则自然能够感受到画作中的好处与难处以及绘画中极为微妙精彩的地方，而这体悟不是通过那些晦涩的理论进行强行套用的。因此这册《纽约琐记》我以为还是很好的美术评论文字，是值得那些学习艺术评论的读者赏玩的。

画家懂画自在情理之中，但能同时将中国文字操练到精湛境界的却是少见。我为自己起初对陈丹青文字的鲁莽而感到惭愧，所谓英雄不问出处，尽管陈是知青出身，但他自称是将木心作为老师的，陈的著作在国内大热后，他又曾不遗余力地将其恩师的文字引进出版。读另一位我喜欢的美术评论家和散文作家段炼的散文《寻师天涯》，其中有对《纽约琐记》诞生的点滴记录，"多年前有次去纽约，住在画家朋友陈丹青家里。入睡前，画家拿出一叠打印稿相示，是他即将出版的文集《纽约琐记》。打开文稿，一读就入了迷，竟一气读完，很难相信一位画家能写出这么好的文章。次晨起来，同画家谈起文稿，说他的文笔浑然天成，没有斧凿的痕迹。画家先是一愣，再微微一笑，说还是认真修改过的。后来才知道，陈丹青在纽约拜师为文，遍读古今中外的文学大师，不仅涉猎中国古代的诗文策论，也涉猎欧洲当代的哲学与批评。我没问过谁是陈丹青所拜之师，直到今年国内热炒，才知道是集画家与作家于一身的木心，其散文集《哥伦比亚的倒影》已在国内出版"。

  木心的散文我因陈丹青的努力推荐，也曾买来一读，但毕竟是不太喜欢，因为对文字过于雕琢和用心，又因为缺少国内生活的地气，总感觉自己与这文字多少有些隔膜。而陈丹青的文字我则认为有青出于蓝而胜于蓝的气象，其文字能化将开来，字里行间风神潇洒，用字造句颇为干净利索，拒绝了文人的滥情和酸腐，最令我佩服的是陈丹青文字之中所升腾起的那股英武不俗的理想主义和英雄主义气质。气骨高洁，文如其人。我曾误解过陈丹青先生，如今，在这里，我再一次为他的文字叫好，也作为一个拒绝浮华的阅读者，为他在回国后所做出的种种看似愤世嫉俗的举动同样叫一声好。

  这册《纽约琐记》因为是修订本，相比初版本考究了许多，无论是版式设计还是封面的装帧都是精益求精，而加进书中的众多精致的画作插图与陈丹青的文字相得益彰，让人爱不释手。另一个修订是，作者删除了初版本中的诸多与美术无关的对话和访谈，将初版本的上下两册压缩为一册。对此一点，可能是仁者见仁，智者见智的事情了，我一向是很乐意购买修订本的，但这一次我又有些动心那两册朴素的初版本了，毕竟它更为完整，犹如邻家少女，不施粉黛，楚楚动人。

二

  陈丹青称木心为自己的师尊，但我读陈丹青，却感觉他从胡兰成处偷学来不少东西，且看这一段："中国古典音乐另有一种大好，我不知以什么词语形容。听过今人演奏不知哪里的古民乐,蓬勃阳刚,不掺半点伤感与矫情,声音里姿态变化多极了。那年在纽约看连续剧《唐明皇》,有一段玄宗出巡,单是成排的大鼓敲了又敲,一路臣民跪倒,我听得神旺,它却是毫不煽情,镇静而猛烈,又极喜庆宽大,真是朝廷的恩威。后来我录下来连在一起听,听过了,好久不晓得该去做什么事情。这种内心的振动,好像听西乐没有过。西乐也是意气风发,但好像听过了要你非得去怎样:爱,革命,奋斗,或者死掉算了。那段唐的鼓乐的意气风发,就只是意气风发。"列位要是读过胡兰成的《山河岁月》,是不是会怀疑这是出自胡兰成的手笔吧。若没有读过,不妨有兴趣去细细对比一番。

上面我抄录的那段话出自《陈丹青音乐笔记》。读这书,本以为陈丹青会谈论音乐,信任他的眼光和笔法,窃以为音乐是最难用文字表达的,你见过一篇文字表达的乐曲胜过现场用耳朵聆听的吗?看来,我要失望了,因为翻遍全书,陈丹青直接谈论音乐感受的只有寥寥的几处,而我印象最深的也就只有这么一个地方,不妨再当一次文抄公:"美国的音乐电影,倒有几部值得看,最近看了 FANTASIA2000,是以一组古典名曲配置动画画面的影片,其中第二阕,作者忘了是谁,乐曲真是'崇高伟大',画面主角却是几条海豚。到了乐曲奏向'崇高'之际,几百上千只海豚伴随音乐升腾上天,竞相飞越,如庞大的轰炸机群,掠过崇山峻岭,更高,更高,在音乐高亢激昂之际,海豚们穿越云层翱翔奔蹿,呈弥天之势,看得我目瞪口呆。"这一段关于音乐的描述十分形象,但并非陈氏自己的想象,否则真可以和《老残游记》中那段在济南听音乐的描述比较一下了。但且慢,陈丹青音乐修养虽然很高,但毕竟聪明,直接论音乐,可能并非明智之举,而他谈音乐、谈建筑、谈绘画、谈教育,其实都是醉翁之意不在酒呀。

因此,陈丹青十分地佩服鲁迅,当然是写作杂文和以笔为匕首的鲁迅。陈丹青谈论音乐,也只是以音乐为由头,用杂文的笔法谈论他自己对于现实的不满罢了。陈丹青出生在上海弄堂里的知识分子家庭,青年时代响应号召下乡插队,后来到中央美院读书,画出《西藏组画》轰动全国,接着到美国纽约,这一呆就是将近二十年。沉默，修炼，完全浸透在艺术当中。然后，操笔为文。为什么要写作？这是一个问题。对于陈丹青来说，我以为这就是二十年美国生活给予他的回报。大多数在海外生活过的人，再回观自己曾经生活过的地方，就会发现一切全坏，于是就愤怒，激情澎湃。可是陈丹青却不，作为一个知识分子，他并非对于中国的传统文化予以否定，更不会去做那些可笑的东西文明比较，我读这册《陈丹青音乐笔记》，才发现他只是对于中国现有的文化生态、机制和创造模式表达自己的意见，同样是关于音乐，他甚至对中国民间的乡间小调也是痴迷不已的，但却对我们无视这种文化，且压抑和毫无保护表达自己的不满。而这不满正是自己在异域获得的经验，是从美国生活获得参照，看看别人，想想自己，或许就明白了。

陈丹青说他喜欢谈论"音乐的周围"，的确，他的《外国音乐在外国》就是谈论外国音乐的生存状态的，流行音乐、古典音乐、歌剧演出，等等，再如《音响、唱碟、听音乐》是谈论外国音乐出版的，《浮光掠影百老汇》是关于美国流行音乐文化的，《赴死的演出》是谈论音乐精神的，《阶级与钢琴》是谈论音乐修养的，《贝多芬故居》是谈论对音乐家故居的，《瓦格纳问题》是谈论音乐家的，《灵台琴声》干脆是谈论音乐家之死的，《告别交响曲》是谈论古典音乐电台的，等等，没有一篇是直接谈论音乐本身的，全部是在"音乐的周围"，或者是对于美国音乐文化的理解。但是，不全是这些，你读这些文字，发现他处处不忘记与自己的母土文化进行比较，进行参照，让你读出问题，发现症状，从而得知我们自己也有很好的音乐，但我们没有音乐精神，没有音乐文化，更没有完好的音乐生态。再扩大到我们的文化，或者是文明。

我说陈丹青从胡兰成处偷学到不少的东西，这不光是文字上的摇曳多姿，光彩迷人，更有他在写作中能够轻松处理，将百炼纲化为绕指揉。诸如对比中国文化和美国音乐文化的生态，陈丹青不是生硬地进行比较，而是往往从纽约的音乐文化联想到自身，谈谈自己的童年时代在上海弄堂里的生活，谈谈上山下乡时代的青春经历，谈谈回国后的所见所闻，这些似乎看来是闲笔的轻轻点染，但却是形成极为分明的对比，明暗之间，由你读后做出裁夺，因而许多议论就难怪分外的到位、尖锐甚至是刻薄。

  杂文要写得好，其实是非常艰难的，既要学识驳杂，视野开阔，又得文笔老到，还得生活积累丰富，更关键的是要头脑时刻清晰、智慧。我以为陈丹青的杂文之所以写得极好，除了文笔奇佳之外，他的生活阅历带给自己的精神资源更是取之不尽，许多东西其实不需要太多思考，你只要前后左右比较一番就可以了，诸如上面关于《东方红》的那段论述，陈丹青从美国百老汇的流行音乐文化谈到自己青年时代熟悉的《东方红》，接着再谈到八十年代开始的春节联欢晚会以及日益流行的港台文化，一番比较，就可以见出问题的核心所在了，这是生活阅历和思想的丰厚所带来的财富。中国当代的杂文作家中，我以为可以和陈丹青相媲美的，就只有一个王小波，而他们的经历实在是太相似了。不知道诸位怎么看，如果有兴趣，不妨也去细细比较一番，这里我暂且按下不表。（原载《北京日报》2008年2月20日，《都市快报》2008年12月3日。补注：对木心的认识，笔者后来发生了较大改变，但甚觉此文情趣可爱，故保留原状。）

书话与佳话

一

2001年4月24日，止庵在给谷林先生的书简中抄录了《万象》杂志中有关自己的一段书缘："1992年春天，我到北京去查资料，在'三味书屋'遇到了一位张迷，三十出头，在一家外国商社的驻京办事处工作。他对五十年代以后在台湾和香港出版的张爱玲的著作和相关研究资料都很熟悉，我们谈得很投机，从书店出来，意犹未尽，又一起去民族饭店的咖啡馆。走在路上，他向我提了一个问题：'你能给张爱玲的这两篇作品系上年吗？'他说的是《鸿鸾嬉》和《存稿》。"止庵在信中说，这位"张迷"就是他自己。无独有偶，止庵在他的文章《最后一幅画像》中也曾谈及此事，读来可为互补，甚是有趣，"我想起几年前在书店碰见一位据说是来自日本的张爱玲研究者，要买《李鸿章传》，因为张的祖父是李的女婿，所以想从哪儿寻觅一点资料"。

止庵所提的这篇文章是邵迎建先生在《万象》杂志所发表的《张爱玲和〈新东方〉》，从止庵给谷林的信来看，他是颇为看中这段书缘的。此信之前，止庵在五天前给谷林的信中曾略有提及："不知先生看过《万象》最新一期否。其中有《张爱玲和〈新东方〉》一文，倘看了此文开头一段，再阅拙作《如面谈》

之《最后一幅画像》之第五段，或者将会心一笑。"一周之内，连写两次书信给自己颇为尊敬的前辈谈及此事，可见其重视程度。偶读此段，颇感有趣，想来对于书生止庵来说，这比学者专写一文还要舒服，因为这里写的是一段彼此珍惜的书缘，加之又同为张迷。除此，这段还颇为传神地写了止庵先生的情况，一是非专业研究者，乃是一民间读书人罢了；二是赞其读书精深广博，让专家侧目；三是讲其有书生本色，引同道为知己，马路上谈学问，风神潇洒，可为佳话。

在止庵的书信集《远书》中收录了他给谷林先生的这两封书信，我读后颇想知道谷林先生对此的反应，于是在书架中翻出由其整理编选的谷林书信集《书简三叠》，但令我遗憾的是，此书并无收录这一封回信，我想大约是在编选时因故放弃了。原本打算将《远书》与《书简三叠》两书中的信函对比着阅读，但现在看来大约是不太现实了。《远书》收录止庵给谷林先生的书信二十八通，而《书简三叠》却收录了谷林致止庵的书信四十九通，其中又有许多不能互相对应，能彼此参照阅读的也为数尚少。但能依次对比着阅读也是颇为让人感兴趣的事情，两相对比，谷林先生的书简大多绵密，止庵先生的书简大多简洁。刚读时，我颇为纳闷，后来读其信才有所明白："正因为敬重，自己也就多所拘束，不敢造次，所以九年来与先生见面、通信，每每不敢多言，结果就失去了许多与先生倘开心扉交谈的机会，这是我的性格使然，亦即过于拘礼的结果罢。"（2004年6月12日致谷林）由此看来，止庵先生编选这本书信集重在所谈内容，并非只是为文苑增添几许趣闻。

邵迎建夸赞止庵对张爱玲的著作颇为熟悉，其实，止庵的读书领域远非此一处。在他写给江苏陈学勇教授的信中，这样写道："我稍下过一点功夫的，只有先秦《庄子》、《论语》两家，前者写过一部《樗下读庄》，后者亦拟写一本书，算是有些心得。还写过一部《老子演义》，虽则我对《老子》的看法，多半是负面的。此外稍有了解的就是周氏兄弟、废名、张爱玲等几人而已。"在他给黄福群的信中，也有如此谈："今人文章，若鲁迅、周作人、废名、张爱玲四位，我敢说'熟悉'二字，其余则浏览而已。"止庵系近年来有名的书话家，他的书评和书话文章时常见著报刊,以我触目所及,涉及范围颇为广博,而他写书评书话文字是最认真的一位,"所写多是书评,此亦促使自己读书之方,盖因写书评至少须得先将那书看一遍也。前些时写一篇关于福楼拜的,不过四千字,却把他的小说全集三册通读一过,不然怕是要置诸书柜俟之来日了。近来有杂志约写纳博科夫,则家藏十数种又可通看一遍了"。(2003年1月5日致考萍萍)

由此看来,止庵所言自己只是"熟悉"的几位现代作家的作品,其实只是自谦之语,而因此也可推测他对于这几位作家的阅读已达深透了,同时也可见他研究的方向与趣味。更令我感到佩服的是,他所写的都是书话书评的小文章,但用的都是宰牛的大劲,可见其为文之认真谨慎,"我看世间之人,一知半解者多矣,一知半解而有所言说者又复多矣"。对此,他对自己的读书作文是这样谈的:"我大学没有学过文科的课,小学、中学逢'文革',根本没有好好念书,所以一点功底也没有,只靠自己读书,有所体会。由此便生出一番害怕之心,觉得世间自有明眼人,看得出我的破绽。对付的办法有二:一曰藏拙,即少说乃至不说,尤其是一知半解或根本不懂者,不要自找麻烦;一曰补拙,即多下一点工夫,争取比一知半解稍强一点儿,然后再说。"(2002年2月3日致王志宏)

止庵的著作我大都买来读过,他的著作多为书评书话文字的集结,不过有几本是特殊而又为我所偏爱的,一册是《樗下读庄》,一册是《插花地册子》,一册就是这本《远书》,其中后两册书可以互相比照着阅读。《插花地册子》谈自己的阅读史,从散文、小说、诗歌一路谈来,对于我们这些晚辈来说,很受教益。而《远书》相比他的那些书话集子,则更随便一些,谈论的话题也更为开放,因为书信、日记这些私密也随性的东西最能暴露作者的真实水准,这并非我喜窥隐私,只是这些暴露的秘诀不该不收啊。因此在读这册《远书》的时候,就能常常收获许多读书为文和研究的诀窍来,这其中自然也蕴涵着作为一个读书人的情趣与趋向。

书话文字向来被人认为是小道,在报刊上发表,也常常有些补白或点缀的意味。但在止庵的著作之中,这样的文字几乎可以占据三分之二地位,如此热衷于写读后随感,止庵是最有水准也最有代表的。这次读他的书信,才深切体会到个中渊源，也明白他为何接连不断地写那些看似零散的书话文字，大家读这段文字自会明白："周氏最好的文章，即是文抄公之作，可以说周氏之为周氏即在此，舍此则其价值不说尽失，也是大打折扣。周氏最高成就，乃是《夜读抄》至《过去的工作》这十五种著作，……周氏著作也前后通读过多遍，编《周作人晚期散文选》时，还曾动手抄过十几万字，得以揣摩此老行文特色。"（2002年2月3日致卞琪斌）

二

止庵的《周作人传》资料翔实绵密，读之大为惊叹。他在其著序言中有这番夫子自道："传记属于非虚构作品，所写须是事实，须有出处；援引他人记载，要经过一番核实，这一底线不可移易。"关于所说的须有出处，在此书中就极为出色，几乎句句皆有来历，诸如他写到周氏兄弟失和之后，"他们以后很可能在公开场合见过几面，彼此的文章亦偶有呼应之处"。对于两人断绝关系后很可能见过几面的叙述，止庵在注释中从两人日记的记述进行了一番详细考辨，——指出周氏兄弟在断交之后交往应酬的相同时间与地点，并根据当时的具体环境进行了谨慎地推断；而对于断绝关系后，周氏兄弟在文章中偶有呼应之处，止庵则通过两人在诗文中数处对同一话题，在相同时间内所作出的一致反应予以判断。想来这思想上的暗合之处，决不都是偶然的巧合。

由此可见，止庵写作这册《周作人传》所费的扎实功夫。在此书的序言中，他就有这样的叙述："我最早接触周作人的作品是在1986年，起初只是一点兴趣使然，后来着手校订整理，于是读了又读。先后出版《周作人自编文集》、《苦雨斋译丛》、《周氏兄弟合译文集》等，一总有七八百万字，连带着把相关资料也看了不少。"读了这段话，就不难明白为何关于周氏的资料，止庵均能得心应手，而他写作传记时对于援引他人记载必须经过核实这一原则，我印象最深刻的则是与我有关的一篇文章。

去岁我因偶读《邓云乡文集》，发现邓云乡提到顾随曾为周作人在南京审判的法庭提供呈文辩护，但查阅《顾随全集》、《顾随年谱》和他的女儿顾之京撰写的《女儿眼中的父亲：大师顾随》等数种资料，都没有收录和提及此文，觉得其中颇有些因缘，于是一挥而就，写成了一篇杂文《顾随与周氏兄弟》，投给北京的一家读书刊物。大约这家刊物的编辑一时无法判断，便隐去姓名请止庵审读，其回信我偶然读到，不妨抄录相关文字如下："《顾随为周作人出具之证明》即如作者文章所引，顾随还曾列名《沈兼士等为周案出具证明致首都高等法院呈》，同载《审讯汪伪汉奸笔录》一书中，作者似亦未见也。至于程堂发《周作人受审始末》所云顾随'出庭辩护'，实无此事，作者进而演义为'当庭辩护'，更属无稽。"尽管系批评文字，但我着实佩服止庵眼光的毒辣，因那册《审讯汪伪汉奸笔录》确实未见全书，当时因读书不便，我请好友代抄而成。更令我尴尬的是，对于程堂发文章未经核实，便抄来作证，并由此引申为顾随前往南京法庭为周作人当庭辩护，十分惭愧。在这册《周作人传》中，止庵也曾写到顾随给周作人呈文辩护的细节，所抄录的文字也是与我所引那段一致，但他却如实道来，并无更多枝叶蔓延。后来面见止庵，谈及此文，他提到自己在《沽酌集》一书中有其对于写作的一个原则，当学而时习之："一件事情发生了，先看事实究竟如何；事实或者不能明了，可依常识加以估量；常识或者不尽够用，可据逻辑加以推断。"

其实，只需粗翻这册传记，就不难发现全书如若能够借用原始资料的一定抄录原始资料的原文，绝无废话，不进行"合理想象"与"合理虚构"。这一方面是他在序文中所强调的"容有空白，却无造作"，另一方面也恰恰是他在书中极为欣赏的也是周作人生前所竭力实践的"文抄公"笔法。对此，读止庵的这册传记，就不难发现他恰恰也是浸染了周氏美文，笔触所及处，尽量简单，"文抄公"笔法采用得极为出色。这样一来，避免了横加想象，重要的是止庵在不自觉以周氏笔法来写作周氏，以他多年学习揣摩周氏美文的笔法写就，可谓是相得益彰，气味相投。由于止庵在趣味上与周氏靠近，使得其在作传时的笔法、情趣、行文、结构等都很有些周氏的味道，特别是在对周氏的人生起落的叙事时，就能很体贴的写就，资料与运笔也都多了几份的理解与宽容，这是此册传记写作的一个显著的特点。曾有书评人将止庵的这册传记与钱理群先生的《周作人传》作比较,仅就两书开篇文字的对比,就判断出孰优孰劣来,我读后就很不以为然,因为钱先生与止庵的性情大为不同,钱先生是以鲁迅的精神趣味来衡量周作人的,而止庵则是以周作人的趣味精神来衡量周氏本人的,自然差异很大,笔法也更难相提并论了。书评论者同样作为周氏文章的爱慕者,难怪会如此看不上钱理群先生的传记著作,但即使进行比较,也请以详细的论证来进行判断,而不该如此轻率就作结吧?

关于这册《周作人传》,止庵在序言中强调这册传记只是自己的一些读后感,与自己平日写成的小文章相仿佛。这个实在不假,我读完全书,就不难发现,此书虽然由周作人一生线索纵贯全书,但书中各个部分也都自有重点,若拆散读来,大都是首尾呼应的好文章,诸如写周作人的思想变化,读遍全书,不难发现止庵在这册书中重点探讨了促使周作人一生变化轨迹的主要因缘,那就是周作人在《两个鬼》中所写到的"绅士鬼"和"流氓鬼"的此消彼长,这也无疑成为写作这册传记的核心所在。止庵以为这是周作人对自己最为深刻的一次剖析,他引用周氏的原文:"我对于两者都有点舍不得,我爱绅士的态度与流氓的精神。"关于"绅士鬼"和"流氓鬼",周作人后来又概括成"隐士"与"叛徒"。在这册传记中,止庵对于周氏思想的分析时,就紧紧抓住了这个核心,诸如对于周作人落水的叙述,他从此一思想出发,颇能理解周作人这一阶段的精神状态。(原载《青岛日报》2008年3月15日,《出版广角》2009年第5期)

草木知己

一

偶然读了何频的随笔文集《看草》，非常喜欢，但没想到我与何频竟因此而有了忘年之交。说来也是一段书缘，之前曾在报章上写文章评论《看草》一书，后经朋友引介，给何频供职的刊物写稿子，于是辗转结识，但其实，我们本就神交已久了；我后来才发觉，之所以有这样的缘分，还因为与他在读书方面有着几近相同的精神感受。我本以近现代中国革命史为专业，但大学毕业后不久，就自甘堕落，掉头去读闲书了，而何频本也早年在武汉的华中师范大学研读历史，毕业后又专注多年，曾有《中国青年运动史》、《中共河南党史》等数册史学著作问世，但近年来他亦以读闲书自娱，并尝试作书话与草木为主题的随笔文章，《看草》便是他的代表作品之一。我丢弃原本的所学，有年轻率意的因故，也有性情散漫的自知，但那时总觉得史学研究不能自由表达，无法更直接地触摸人心的真实与丰富，也觉得越是距离较近的历史问题，越有被空洞与坚硬的外表所遮掩的可能，若没有特别的学术环境与研究条件，则不免常有"云深不知处"的奈何之叹。

或许是有这样相似的读书经历，让我与何频竟能相知如故。但我总是疑惑，他为何从历史研究这样宏大的研究视野中，忽然转入花草写作的狭小世界，且原本的专业研究也已颇为可观了，再从如此小径行走，未免有些可惜了。直到最近我读了他的新作《杂花生树》，才真正地明白了许多。在这册书中，他有这样一段不经意的个人感慨，我觉得对于理解他的读书选择，很是重要，"本来我学的专业与写作，和植物学根本就不搭界，但应了前人所说的'人生实难，大道多歧'一语，不知不觉竟喜欢起了树木花草。我觉得历史研究因真相的破解不易，盲人摸象似的寻找和还原历史，常常还是不得要领。于是，在宏大和细微、空洞和实在的选择中，我开始留心发现身边的草木，被其鲜活而引人入胜的细节所吸引"。之前我初读他有关草木的写作，尽管分外喜欢，但总觉得中国传统文化的魅力过于强大，大凡文人到了一定的人生阶段，都要回归到这个世界里去安身立命的，但如今看来，这样的想法也未免太过偏颇，而我对他中年变法的因由，也终于是坐实了。

《看草》系何频对中原地区三年时间里的草木枯荣的精心记录，他以笔记的手法和日记的形式，坚持书写了自己对草木风物变化的观察与思考；我很喜欢他的这些文字，因为这些记录绵密、细致、扎实，也优雅，还丝丝透露出一个当代文人精神世界的清洁与高贵，特别是他由草木的生存与变化，写到现实世界中的人的处境，字里行间常有几分现代性的忧患与清醒，若能静心细读，那其中明显不光是风雅与趣味。我后来常返身去读他的这些关于草木的笔记文字，也总有新的发现和惊喜。而他的新作《杂花生树》，副题乃是"寻找中国古代草木圣贤"，钩沉了历史上有名的四位与草木写作有关的古人，无论是贵为皇子的明朝朱橚，还是身为布衣的晚明李时珍，或者是命运坎坷的晋代文人嵇含，以及半生仕途劳顿的清末状元吴其濬，在他们的笔下，那些平凡的人间草木，不但可食，可作药，也可寄情和赏玩，而且还有他们在人生极为困顿、失意、烦劳、煎熬乃至身不由己的环境中，依然去用草木来建构精神家园的希冀。为此，他在书中记中原地区的花草树木、自然风物，也记乡俗民情、历史人文，甚至还有他作为现代文人的沉思与遐想，均细致生动，清朗优美，可以说，既有植物研究学上的价值，也有社会现实参照上的意义。

与《看草》中的碎篇散章所不同的是，何频的这册《杂花生树》，显然周全和深入了许多，对于草木的研究既有他对史料的探索与挖掘，又有对现实世界的体察与观照，可见他对草木的写作与研究已经颇为可观了。但让我又感到疑惑的是，尽管草木的世界是如此地丰富、优美与奥妙，自己却并非专职于研究工作，且日常的公务又端正繁杂，何以独对草木如此痴情？在《杂花生树》中，他言及自己平日以读书自娱，所涉闲书甚多，后来逐渐发觉几册有关草木的古代著述，文笔清雅，颇为可爱，除了在书中详细介绍的晋代嵇含的《南方草木状》，明初朱橚的《救荒本草》、晚明李时珍的《本草纲目》以及清末吴其濬的《植物名实图考》等，他所喜爱的作品，还有明末清初屈大均的《广东新语》，现代作家叶灵凤的《香港方物志》，以及周作人、周瘦鹃、贾祖璋、汪曾祺等现当代文人的笔记小品文章，其中有关草木虫鱼的小品文，却在一代又一代的读书人中魅力长存。这些也均令何频喜爱，故用心搜集，细心揣摩，渐入草木文字写作之佳境。

似乎是冥冥中所注定的。人到中年之际，本应一切早已定型，且忙于世俗的奔走和周旋，但不想因为工作的原因，何频在远离闹市的大别山中，一呆就是两年的光阴。那里地处偏僻，远离喧嚣，却也青山绿水，植被繁茂，颇有些世外桃源的人间景象。在那段山居的岁月中，他得以静心读书与思考，而另外的一个重要收获，便是引发了自己对于草木研究的极大兴趣。第二年，与他一起比邻而居的，竟是林业研究出身的科技副县长，更令他意外的是，他还有机会与河南农业大学负责编写《河南植物志》的一位教授结识，他们一同到山中林场，辨树识草，从而解决了许多僵硬与枯燥的理论问题，眼界为之一开。为此，他感慨这段人生的际遇，对于他的读书写作，却有了全新的启示和改变，"本来人到中年，由于生活和思维的定式，通常会和社会与自然产生视而不见的麻木的隔膜，如虫结茧。但是，这异地的生活经历来得及时，中年的从容，反使我用一种谦虚和安静的世界观来面对现实，从此出发，我觉得自己获得了重新打量自然与人生的宝贵机会"。

我想起与何频有过同样经历的学者李书磊，在后来他的一篇散文中这样写到这种人生的偶然遭遇:"每一种社会角色都有它的善和美,每一种角色都是人洞见世界不可替代的窗口,一个新的角色就是一个机会。"我为何频的这一中年之变,感到由衷的高兴,我觉得这些优雅又不失关怀的草木笔记,相比他之前的史学研究,或许时间的意味会更久远,价值也可能会更大一些。记得在《看草》一书的序言中,作家李明性讲到何频的一个故事,非常传神,他说何频逐年逐天地看草,成了生活里的一个特殊的习惯,一接触到绿色就产生一种奇妙的感应,看人看书时也都变成绿色的了;有段时间,何频读《二十四史》,有字书变成了无字书,读着读着就发现字里行间全是草,上面的历史人物竟全成了草木。也真是难怪,《看草》中的何频,身居繁闹的城市之中,依然可以处处见草木,时时知冷暖;而在《杂花生树》中,他与古代圣贤的时空对接,也是处处有感应,甚至我还发现,他笔下的四位草木圣贤,其中有三位都是在中原河南完成他们的草木著述的,只有终老湖北蕲春县的李时珍,与何频的家乡,竟也是近在咫尺。想来何频的这种有关草木的写作,多少也有些夫子自道的意味,甚至还有托物寄情的良苦用心吧。

二

何频的《看草》以笔记的形式成书,详细记录了他在河南两年来观察草木的日记,其间在观察草木之余有他的游记、出行、怀古、读书、问学、考辨,等等。他围绕草木这个主题,以笔记的形式来进行谈论自己对草木的认识与体察,正因为以笔记的这种形式,使得这册关于草木的文字形式活泼大方、自然生动,而笔记文字的另一个特点则是作者会将自己的点滴心得一一谈来,却往往是醉翁之意不在酒,闲话文字也常是另有一番情趣与天地的,因此我读这册《看草》,却似乎看到一个观察草木精神的作家对世相风云与往来历史的个人判断,他们隐匿在"看草"这样的文字背后,但细细品味,却是让人咀嚼再三的。2002年5月25日,他这样写道:"黎明听雨打树叶引人入胜。"由此,作家想到苏东坡有题跋《读文宗诗句》:"'人皆苦炎热,我爱夏日长。熏风自南来,殿阁生微凉.'世末有续之者。予亦有诗云:卧闻疏响梧桐雨,独咏微凉殿阁风。"作家进一步引申到:"这时候想起苏东坡,环境颇契合。另外还有一层意思,我觉得历来人们误解梧桐,总说一叶知秋是梧桐先老。其实不对,梧桐在杂树中并非最先生黄叶。坡仙察天地造化细致入微,他这里写夏雨打梧桐,并非翻案文章有所针对,但为我的思想和观察提供了文献支持。"短短数百字,由草木入手,其实是考辨历史掌故的文字。

再如2002年5月26日,何频在日记中写自家花园里的牵牛花开,由此写到自己读叶圣陶和俞平伯两位的通信,发现其中有不少的关于牵牛花开并互相道喜的细节。由此而引发了作者对于"人的命运和风骨"的一番拷问,而作者也最终以这样独语作结:"面对草木枯荣简洁明了的真相,受草木变化的启迪,我不仅思想得以安静而趋向深刻,而且逐渐发现事物的内在逻辑,并敢于说出心里话。"由这两则笔记,不难读出一个中国文人的精神尺度。起初,我读这册《看草》,还在疑惑,难道何频先生只是隐居闹市而又不关窗外风云的雅士闲人,而这两则关于梧桐和牵牛花的笔记则显露出作者本真的精神视野了。以花草读出世态人情,并在这人间寻找自己心灵与肉身的安身立命的道理来,这或许是作者在这红尘滚滚的俗流中的一次个人精神的超越。因此,我读这册《看草》,感觉它是一个内心丰富的个人对世界万象的耐心体察,更是对自我精神私史的不断反省。

手边有一册1983年12月由北京出版社编辑的《历代笔记选注》,其中选录了中国笔记文章二百五十多篇,而根据编选者所言,这些文字仅仅只是中国古代文人笔记写作的冰山一角,中国古代笔记文体的发达由此可见一斑,其中我们最熟悉莫过于刘义庆的《世说新语》和苏东坡的《东坡志林》。这两册可列入中国文学经典的笔记体文章的另一个特点就是作者记录了当时社会的独特风貌,刘义庆笔下的魏晋人物和东坡笔下的宋代风物,都在向我们立体地传达着一个时代的精神风貌,成为今天我们研究历史的一个参照,而我也更关注作为这些笔记文字背后的写作者本身,他们对其生活时代现实所保持的精神姿态。由此,再来看这册《看草》,就不仅仅是简单的草木枯荣,而是作家在极力地传达着自己对于这个时代的思考，以及在这个时代与花草同为生命的人的生存状态的质询。

我印象深刻的是作家在由观察、研究和种植草木之余，对于草木与人的现实处境的诸多的私人独语，诸如："郑州虽然在砍树，连合欢树也不能幸免，但一面又在种树，种包括合欢在内的新的绿化树。西开发区就有一条长长的'合欢街'。种树又砍树，折射的也是生生不息的人类命运。"（2002年6月10日日记）、"今日杨君刘村边很热闹，我老远就看到数台推土机在东奔西突，像装甲车在运行操练，原本就不算高的地堰先被堆成慢坡状，还来不及掉叶的野构和杞的丛枝被冲断撕碎，被泛青的麦苗轧烂了又一道道被新土埋没。……这样，在两个工地的夹峙之下，马李庄和桑园村后的果园就变成一片片孤岛了。"（2002年11月4日日记）看似闲文片语，但却实在的写出了当代人在现实生活中毫无诗意的精神处境，其越来越逼仄、粗糙、拥挤的生存环境，何来"人诗意的茜居在大地上"这样的幻想。在这册《看草》中，有太多对现实的个人感怀，但我以为只是曲笔太多，春秋大义也都融含在草木的日夕变化之中，我不知道自己为这种写作该是赞叹还是遗憾的惋惜，在此只能引其一则作以介绍，2003年5月12日作者记："理书时发现加缪的《鼠疫》。人性无古今，而且中外一律。人在大难当头时，心理、行为如出一辙。"

何频先生坦言，自己的这册《看草》颇受叶灵凤的《香港方物志》、贾祖璋的《花与文学》以及施蛰存的《云间语小录》等书影响，但他并没有刻意地模仿几位前人的文字，他的这册《看草》，我以为其独特一在其笔记的心态，其二则是以日记的形式。前面我谈笔记的心态，闲中其实不闲，而日记的形式则体现了作者执著耐心的记录精神，我印象中当代人中这样写观察日记的人实在不多，竺可桢先生曾多年在公园里记录他对于气候的日夕变化，留下了宝贵的气象资料，可惜我未曾读过；当代作家中，我很尊敬的散文作家苇岸在他去世前曾写过散文《二十四节气》，这是他坚持在北京郊区的昌平坚持观察自然风物和进行写作的记录，很可惜他没有最终完成。而《看草》这册书则坚持了整整两年的时间，以细微和耐心的精神来记录北方中原地区的草木变化，若以科学家竺可桢为参照，这无疑是为中原地区留下了极为珍贵的科学资料，有很大的价值；而用散文作家苇岸来进行参照，我感受到了作为一个文学作家的内在意义，他将自己对自然草木点滴变化与人联系起来。

我起初惊叹这些含蓄与绵密的文字对于草木的细微记录，从春天草木的发芽到冬天的枯败，日夕变化，波澜不惊，一一读来，两相对比，却感慨万千。人如草木，匆匆一世，诸如2002年1月3日，如此记："上午收拾过新搬的办公室，凭窗东望，正和两棵大白杨打个对过儿。我和白杨树多缘，近年来屡为其善变称奇。五层楼上与十余米开外的杨树遥遥相对，谁看谁都清楚无比。这时它的树枝上满是鳞芽，下身柔枝虬曲纷披，芽苞集中，树梢呈飞梭状；上身枝干的芽蕾精致如唐装的葡萄纽。"2003年12月21日，又如此记："大地收腹，气沉丹田，吐纳平稳舒缓。森林公园地静霜白，横亘在眼前的沙丘上，西白杨东青杨，枯瘦如柴，头上的喜鹊窝突出彰显；中间大片刺槐树，似叉手相对的一地莽汉，干如黑铁，枝曲欲折。林下杞叶稀而冻黄，栾树籽荚开裂落地，籽粒圆滚，荚片散碎如撒纸钱。"很难得作家能将草木等自然景物变化写得如此传神劲道，是颇有大家气象的手笔。（原载《出版商务周报》2008年11月20日，又载《北京青年报》2012年2月20日，《文汇报》2012年3月18日）

新鲜的陈旧人物

一

沪上才子陆灏策划出版了一套小开本的读书随笔文丛,其中一册叶兆言的《陈旧人物》封面设计最为用心。原因是这位装帧设计家大约认真阅读了这本书,在封面上使用了俞平伯先生的手札《牡丹亭杂咏》,俞平伯先生的小楷毛笔字实在优雅,放在书衣上简直是古香古色,让人爱不释手。《陈旧人物》这册书中就收有《俞平伯》一文,其中有对俞平伯书法的一段议论:"祖父非常喜欢俞先生的字,来信总是读了又读,有时候还给小辈讲解他的书法好在什么地方。"这里的祖父就是作家叶兆言的祖父叶圣陶先生,一代才子巨匠,想来文人常常相轻,能得到叶圣陶先生背后的真诚称赞,也可见俞平伯的字果真是不一般。俞先生是一代名士,红学专家,用他的字作书封真是很美好的事情。

《陈旧人物》用作书名,在叶兆言来说是有两重含义,一是陈旧的人物,二是陈说旧人物;这里的"陈"字一个是形容词,一个则是动词,但二者中的旧字却都是一个含义,也就是上个世纪晚清到民国的那段旧光阴。由作家叶兆言来谈这些中国现代文化史上的旧人物,实在是一个绝妙的人选,原因是写这些陈旧人物一是要有好文笔,这个不用说,叶兆言是知名的江南才子,著述甚多,他的小说作品自成一家；第二是要有学识，这个叶兆言也不薄弱，他曾在南京大学专修现代文学史，上个世纪八十年代初就曾专心于民国文学历史的研究，在南京大学的前身，也就是当年在民国首府的中央大学的遗风流韵中研究这段历史，可谓是得天独厚，难怪他一写起文章来就颇有旧文人的气派；三是写陈旧人物的掌故文字最好莫过于世家子弟，这样写文章相比较那些仅仅只是在旧纸堆里搜罗资料的文人要幸福很多，因为那些耳闻目睹的掌故几乎就是顺手可得，哪里需要从别人的文字中东抄西摘，且更多了一些他人难以拥有的亲近与妥帖。

要说叶兆言先生是世家子弟，这在当今有所成就的文人当中实在是少见的事情。这里可就大有话说，正如我在前文所写得那样，叶兆言的祖父就是在现代文学史上很有影响的叶圣陶先生，真所谓的一世门风、当代佳话，就我知道的，像陈寅恪、梁启超、鲁迅、俞平伯、钱钟书这样的大文人，均是家学影响深远的，但到了孙辈这里就大打了折扣。叶兆言对于叶氏家族来说显然就是读书薪火有传人，最典型的议论莫过于学者蒋寅在《金陵生小言》卷一《儒林外传》中所记的一段话："俗语云：'大树底下好乘凉。'然人傍大树亦或有受其累者。作家叶至诚自言，少时人介绍必称'圣陶老小公子'，成婚后人介绍必曰'锡剧皇后姚澄夫君'，及其子长成，人介绍必曰'作家叶兆言之父'。"这段记录叶兆言父亲叶至诚的话语看似牢骚满腹，实则是酸溜溜的骄傲与自豪，而由此也不难看出作家叶兆言的家学背景，有如此资源不写写这些陈旧人物才着实是一种遗憾呢。

叶兆言笔下的陈旧人物二十七人，但我最喜欢的莫过于写俞平伯、顾颉刚、王伯祥、吕淑相等几位人物，因为这些今天看来似乎有些遥远与陈旧的学术文化大师们，当年就正是叶圣陶的知己好友，因此写起他们来简直就是惟妙惟肖，入骨传神。还是关于俞平伯先生，写俞先生有名士派头，才子气极浓，而这名士的才子气有时则不免就是孩子气，不妨看叶兆言下面的这一段记忆："记得'文化大革命'后期，有一次请他吃饭，来几位老先生，都是会吟诗的，吃着喝着便诗兴大发，抑扬顿挫朗诵起来。做小辈的轮不到上正桌，俞先生吃着吃着，突然童心大发，离桌来到我们这帮孙子辈面前，红光满面吟了一首古诗。我只记得怪腔怪调，一句也没懂。"再如写与叶圣陶先生一生交好的著名文学家王伯祥先生，也极为传神，"祖父常用一个人在书店里的表现，来说明他的性格。郑振铎进了书店，立刻丢魂失魄，把带去的朋友忘得一干二净。王伯祥进书店就要发牢骚，红着脸说'根本就没有书'。郑到处都是书，王只知道找他需要的书。祖父说自己最乐意与王抬杠，逼他发急，说'怎么没有书，这书架上是什么'"。读这些文章中的逸闻趣事，常常都是作家寥寥几笔，但这些所描画的对象就神形毕现了，这恐怕是那些仅靠故纸堆来写文章的人所不及的。

由此，尽管叶兆言写吴宓、陈寅恪、刘半农、钱玄同、章太炎等数位旧人物也是十分精彩，但也不过显示了一个作家很好的文采与学识，甚至是聪明。诸如这本书中没有专门写到关于鲁迅的文字，但在关于钱玄同的文字里，叶兆言就写鲁迅后来与钱玄同的分道扬镳，抄录了鲁迅给许广平信中的一段话："途此往孔德学校，去看旧书，遇金立因，胖滑有加，唠叨如故，时光可惜，默不与谈；少倾，则朱山根叩门而入，见我即踟蹰不前，目光如鼠，终即退去，状极可笑也。"这里的金立因就是钱玄同，而朱山根则指的是与鲁迅早有过节的顾颉刚。当年钱玄同与鲁迅在日本随章太炎同门学《尔雅义疏》，钱玄同喜欢在席上爬，鲁迅曾给钱起了个绰号叫"爬来爬去"，后来他曾给周作人写信，就有："见上海告白，《新青年》二号已出，但我尚未取得，已函托爬翁矣。"这里的"爬翁"就指的是钱玄同。钱玄同曾请鲁迅为《新青年》写稿，在新文化运动中又一起联手作战，因而鲁迅的这些言论常让人感到刻薄多疑和易怒，但说实在话，我读鲁迅的这些话，感觉他老人家实在可爱得很，甚至是好玩，你读他讽刺别人的那些文字简直就是非常形象幽默的相声段子。

叶兆言的这些关于陈旧人物的文字大都能够别出心裁，读来很有味道，甚至不少老生常谈的人物在叶兆言的笔下都能弹出新调来，读来非常新鲜，这显示出作家在运用材料和文字上聪明甚至是机巧来。但实际上，整个二十世纪上半页，由于特殊的历史环境所造就的一大批陈旧人物都是各有特点，各有风格，有写不尽的沧桑与风流，因此，叶兆言的这二十七个人物也只是他所能写就的极小的一部分。也因此,我还是看中他写得那些曾经耳闻目睹过的陈旧人物,写来得心应手,又见地深刻,形象传神,所以真希望能见到他写出更多这样的好文章来,比如他是可以写写自己的祖父叶圣陶先生,那一定是一个我们都很喜欢的话题,也一定是一个区别于其他人又别有味道的新鲜的陈旧人物。

二

贾植芳先生去世时,作家李辉十分悲痛。在他的悼念文章中,我读到这样一个让人动容的细节:1982年,李辉从复旦大学毕业到京城的《北京晚报》担任记者,他怀揣着贾植芳先生的几封引介之信,敲开了很多现代文人的大门。在拜访了胡风、梅志、黎丁这些贾植芳的故友后,李辉收到了贾先生从上海写来的一封信,情意极浓,"北京是我年轻时代的旧游之地,我很怀念那个朴实的北方大城。现在虽然有许多变化,但它的基本性格却仍与上海有别;再加上那里如今是人文荟萃之地,又是全国的神经中枢,你会慢慢习惯和爱上这个城市的。你已去过的那几个与我有关的地方,也总可以给你一些帮助和温暖"。李辉当时在报社担任文化新闻的记者,正是这些信件,让他结识了很多的京城文人。他们仿佛是一连串的迷宫钥匙,打开一个,又通往了另外一个,最终成为我现在手边的这两册《沧桑看云》中让人艳羡的人物名单。他们几乎都是李辉所接触过或者采访过的文化名人,从胡风、夏衍、沈从文、萧乾,到黄裳、范用、王世襄、冯亦代,等等,这些因为有过直接接触的记述文字,相比仅仅依靠史料来完成的写作要更具备历史的现场感,仿佛在触摸历史动荡的脉搏,读来让人能感受到时光流逝的沧桑。而即使写郭沫若、吴晗、瞿秋白、老舍、邓拓、赵树理等这些早已逝去的历史人物,我注意到李辉也特别注意营造出一种历史的氛围,诸如与他们相关的亲人、故居、友人、书信、日记、器物,等等,仿佛是接通历史的导体,均可让人在细微之中寻味到历史的鲜活一面。当下,关于历史文化主题的作品很多,之所以李辉的文字能够别具一格,这与他能够在感性上连接到这些历史文化人物,具备和使用了这些第一手的资料有很大的关系,也是吸引我们阅读的兴趣所在。

李辉在复旦大学的图书资料室认识贾植芳时，他还不知道这位有过三次牢狱生涯的文化老人的人生传奇，后来渐渐地结识走近乃至深入到更多文化老人的内心世界之中，也才发觉自己正在看到这些文化的风景正在悄然的落幕。贾植芳的去世，只是这些风景消逝中的一次，但可以让人体味的却是再一次回首沧桑旧事，也足可以来从这一处处的风景去见证一个世纪中国文化的变化起伏。而最为典型者，当是胡风。李辉第一次见到胡风的时候，胡风还没有完全脱离政治囹圄，报章上对胡风的报道和研究还是很有禁忌的，但作为新闻记者的李辉已经意识到胡风研究在现代文化与政治意义上的价值。从1984年开始，在贾植芳这个曾经因胡风冤案而身陷牢狱的老师的帮助下，李辉一边收集关于胡风反革命集团的资料一边进行研究，到1988年，终于写成了轰动一时的著作《文坛悲歌——胡风集团冤案始末》。这是李辉著作的代表，也是他个人学术研究和进行创作的发轫之作。这本著作以对胡风冤案进行了第一次系统而严肃的梳理，成为现代文学研究的一册很著名的作品。李辉在文章《风雨中的雕像》中写到："从第一次见到胡风后，我便开始了对他的观察、理解、认识。不能说我有能力准确地把握他，我只能说，随着自己学识和人生体验的逐日增加，我愿意一天天更为深入地走进他的内心，走进他所处的时代和世界。"胡风仿佛是一个切口，从这里看到了太多不同的文化风景。

读李辉的诸多关于现代文人的写作，看到他的这些文化写作不仅仅有他对这些文化名人的感性认识，还有他结合了大量从旧史料中得来的新鲜资料所进行的论证，这两者结合，才给他的写作带来了既轻灵活泼又厚重大气的写作风格。《沧桑看云》一书中，就分明可以看到他对史料的融化与利用，许多文人被他放置到了二十世纪的大背景下来进行打量。诸如写到梁思成，他注意到沈从文与梁思成在晚年的交往，注意到梁思成晚年的精神困惑，注意到梁思成前后半生的对比。这样拥有大气魄的文化审视的文字，在李辉的这本《沧桑看云》中，几乎篇篇皆是，不必多叙。值得一述的当是李辉对杜高档案的发现和整理，最后写成文章《一纸苍凉》。此文通过二十世纪一个文人的政治档案的解读，来展示他们作为个体在历史动荡之中的遭遇与煎熬。对这些政治运动中的检讨、揭发、交代、自我批评等等原始材料的揭示，稍加整理，就是读来沧桑的文化见证，也是很有分量的文化研究资料，更是填补历史空白的重要细节。在《沧桑看云》的题记中，李辉曾写到："我乐意把笔浸透到历史的沧桑之中，眼睛却时时注视着今天，也眺望着明天。"这可以看做他写作与研究的初衷所在，因为有了这种严肃负责的学术研究态度和功底，才使李辉的写作可以读来耐人寻味，而不是浅薄地打捞一些人所未知的逸闻趣事来博得读者好奇的眼球。

但由此，想要给李辉的这种文化写作进行一个明确的规定，似乎是一件颇为困难的事情。记得我读他的专著《封面中国》，既感觉是文学范畴的散文写作，又是新颖别致的现代史研究；如今，读这两大册的《沧桑看云》就有同样类似的感觉，既像是对现代文学的研究文字，又像是精彩的文学传记写作，而鲁迅文学奖在评奖时，却将他的写作定位在散文的范畴。《秋白茫茫》曾获得首届鲁迅文学奖，这部作品也是《沧桑看云》的其中一部分文章。同样，华语传媒文学大奖将 2006 年度的散文家奖颁发给李辉，也是因为他在《封面中国》中的文学造诣。李辉对于文体的追求是以一贯之的，因此，我很赞成评论家谢有顺对李辉文学写作和追求的一番评价，可以看作是对他近三十年写作的一次总结与回顾："李辉的写作坚韧沉实、端庄耐心。他的文字，不求绚丽的文采或尖锐的发现，而是以责任和诚意，为历史留存记忆，为记忆补上血肉和肌理。他在史料上辨明真实，在人物中寻求对话。他的一系列著作，作为文化史研究的生动个案，为理解二十世纪的中国增加了丰富的注释。他在历史的缝隙里忠直的解析人心和政治的风云。这些旧闻旧事、陈迹残影的当代回声，融入了讲述者的感情，也敞开了历史的可能性和复杂性。李辉的写作告诉我们，真正的历史就在每一个人身上，热爱现实者理应背着历史生活。"（原载《书人》2009 年第 5、6 期，又载《藏书报》2008 年 11 月 1 日，《出版商务周报》2008 年 7 月 13 日）

故纸堆与热心肠

一

学者谢泳近来在台湾出版著作《何故乱翻书》，此书系他在大陆出版的《杂书过眼录》的姊妹篇，原本题名为《杂书过眼录二集》的，无奈大陆书商大多不看好此书，幸有台湾出版人很感兴趣，于是改为现名得以出版。在这册书的后记中，谢泳特意向这位名为蔡登山的出版人致谢，他说真感谢蔡先生的厚爱，使自己的这些短文章能够终得面世。恰巧，近日读刚刚收到的《开卷》杂志，刊载有北京师范大学朱金顺先生的文章《〈打开尘封的书箱〉后记》，也提到了这位蔡登山先生。从未在台湾出版过著作的朱先生在蔡登山的帮助下，出版了他的新著《打开尘封的书箱——新文学版本杂话》。在此文中，朱先生也不免有如此一番真诚的感慨与致谢："海峡那边的蔡登山先生，他不仅愿意出版这册杂谈新文学版本的小书，还不止一次地用电话催促我，叫我快编书、快交稿。"

这两个关于出版的小细节，引起了我对蔡登山先生的兴趣。在《开卷》杂志朱先生的文章之后，附录了这册著作的出版信息，也才知道蔡先生所经营的出版机构，名为台北市秀威资讯科技股份有限公司。让我还感兴趣的是，蔡先生热情引介出版的两位大陆学者谢泳和朱金顺，都是对于旧版藏书颇有研究心得,也还是钩沉旧籍史料的学界高手,由此忽然想到近来在《万象》、《书城》、《温故》、《老照片》等刊物中,依稀有蔡先生的文字印象。于是立刻翻箱倒柜,果然搜罗到若干蔡先生的文字,也大都是关于现代文人研究的随笔文字。这些文章以前大都匆匆读过,这次重读,方才觉得蔡先生的文章功底颇深,几乎都是建立在对史料的笆梳的基础上的,许多文章皆能够从细微中剥去历史的尘埃,焕发出新鲜的色彩。恰巧最近在报刊上读到蔡先生的文章《遗落的明珠:寻访三十年代的女诗人徐芳》,得知在海峡彼岸,还隐居着一位曾受到过胡适器重的现代女诗人。在此之前,蔡先生就曾将徐芳老人尘封了近七十年的著作《中国新诗史》和《徐芳诗文集》,全部在他所经营的公司出版了。也难怪,蔡先生能够热情出版谢泳和朱金顺两位学者的著作,大约还是文人相惜的缘故吧。因为以我的猜测,这种著作即使在台湾,大约也是缺乏商业价值的。

我颇为喜欢阅读具有第一手资料的文章,因为作者常常能够剥隐发微,如侦探高手断案,曲曲折折,环环相扣,最后还原历史的真实面貌,读来十分痛快。但这些的文章的写就,却常常是颇为困难的,诸如每一个论断大约都是要有可靠的材料支撑的,否则一个环节断裂,则所有的推断和论断都没有意义了。因此,这不但是一项辛苦的劳动,也是需要耐心和智慧的精神付出的。我将散落在杂志上的蔡先生文章逐个阅读之后,真有些的相见恨晚的感觉。于是,在书店购来蔡先生于去年六月份在大陆出版的著作《张爱玲与〈色,戒〉》。这册书我以前在书店里见过,但也以为不过是李安电影《色,戒》的跟风炒作之书,其实此书的出版乃是在电影的公映之前,且在我一口气读完全书之后,才发觉自己之前的判断是非常偏颇的。《张爱玲与〈色,戒〉》通过对小说《色,戒》的研究,层层剥离出小说虚构的人物原型,蔡登山说张爱玲用小说《色,戒》写易先生与王佳芝,其实是了断她与汉奸文人胡兰成一段失败的情缘,而为了剥离自己的身影,居然将小说在胸中酝酿修改几达三十年之久。蔡登山此间的书写也颇含情感,读来让人内心澄澈。

读完此书,可以发现,蔡登山对于张爱玲和她的著作的熟捻,特别是其中对张爱玲的喜爱之情,洋溢字里行间。蔡先生是台湾最早研究张爱玲的学者,在此书出版之前还曾有著作《传奇未完——张爱玲》。为了写作张爱玲的研究著作，他在进行史料的钩沉发微之外，还亲自到张爱玲生活过的地方去寻访与体验，这些都使得他的研究推断更多几份的烟火气息和历史的质感，这些都是难能可贵的。我在读他的《张爱玲与〈色，戒〉》时，一下子就被他开篇时对张爱玲生活环境的细致描述所吸引，由此也更深地理解了张爱玲和她笔下的作品。他的这本著作在大陆出版不久，李安的电影就立刻风靡全球，其中关于道德与情色、情感与民族大义之间的分歧，成为社会关注和争论的焦点，这些暂且在此不谈。不过，我通过对蔡先生的了解，也才知道他竟然是李安选择这部电影的幕后推手之一，难怪有了如蔡先生这样的学者在幕后做支撑，《色，戒》也才会有如此巨大的成功，但从一个侧面也反映出蔡先生对张爱玲的真正喜爱。

　　十多年前，蔡登山就曾是台湾一家名为春晖电影公司进行电影企化和制作的经理人，他曾制作了《作家身影》的系列纪录片，其中就包含有作家张爱玲。我在网上查阅了蔡先生制作的这十三位作家的名单，其中还包括有鲁迅、陈独秀、胡适、曹禺、吴宓、钱钟书、徐志摩等现代文人。这些纪录片据说后来又被他改写成著作出版，均受到很大的欢迎。如此一来，蔡登山先生在我心目中的形象逐渐地清晰起来，诸如出版人、学者、电影制作人等身份。但我以为，无论是从事怎样一种职业或者工作，蔡先生都是一个不折不扣的中国文人。需要我多余的一句话是，这位蔡登山，出生于1954年，曾任高职教师、电视台编剧，年代及春晖电影公司企划经理和行销部总经理；沉迷于电影及现代文学史料之间达三十余年，代表著作还有《鲁迅的爱人们》、《往事已苍老》、《百年记忆》、《另眼看作家》等等，而这些著作，我也都是很有兴趣继续搜集和阅读的。

二

　　在春末的北京鲁迅博物馆，我终于看到了台湾学者蔡登山在上个世纪九十年代初拍摄的纪录片《鲁迅》，这部纪录片系台湾春晖电影公司制作的《作家身影》系列之一。到纪录片的最后，我被其中的一句解说词所击中，大意是塑成雕像的鲁迅,被人们供立在上海的虹口公园里,而他生前是最不喜欢去公园的。其实,鲁迅也是最不喜欢被人塑造成雕像作为瞻仰的对象的,他在自己的文章中曾有"埋掉,拉倒"这样的遗言。一生以"立人"为追求的鲁迅,要是知道这些身后之事,大约会感到这对于他的追求真是莫大的荒唐和讽刺。在观看完毕的恳谈会上,我提到这句台词,却遭到与会的一位学者的误解。但由此,我更深切地感到,鲁迅是常读常新的,也是需要我们用来反思的一个巨大参照。这些思考,均源于一位台湾学者眼中的鲁迅对我的启发,因为他的这许多的视角与见解,与我们这些从小就被鲁迅话语所包围的学人相比,终是有些另类之感。

那日会毕,我与蔡先生在茶馆里聊天,才从他那里了解到,在台湾除非是专业的文史学者,对于鲁迅一般人是闻所未闻的,而在台湾解禁之前,曾为学生的蔡登山就曾偷偷设法阅读鲁迅的著作,从而喜爱上了这个中国的现代文人。因此,无论是他所拍摄的纪录片,还是后来写出的许多有关鲁迅的文字,都可以看作他对于台湾读者绍介鲁迅的一种方式。新近内地出版蔡登山的著作《鲁迅爱过的人》,就曾先在台湾出版过,阅读的对象也是台湾的读者。我阅读这册著作,感觉这些文章既生动有趣,又颇有学问家的功底,而我更注意到这册书的两个小细节,一是此书的正文书眉和尾花图案均采用了鲁迅与郑振铎所编选的《北平笺谱》,二是这本书所采用的图片均经过了所议论对象或其后代的授权,两个细节在这册书中也均有文字说明。这些都让我实在的感动,它既表明了蔡先生做事情的认真细心,也同时表达了他对鲁迅真正的尊敬与喜爱。

这册《鲁迅爱过的人》正是一个台湾学者对于自己心目中的鲁迅的一种独特的解读,其中许多论题都是至今学界争论不休的,但蔡登山恰恰正是针对这些论题,给出了自己独到的认识。诸如鲁迅的婚姻,鲁迅的兄弟失和,鲁迅的死亡,鲁迅与萧红的关系,鲁迅与日本商人内山完造的交往,等等。很难得的是,为破解这些谜团,蔡登山做了不少的实物考证工作,诸如鲁迅死后,周建人曾怀疑鲁迅被日本医生误诊,但后来由于诸多因素而被搁置了。在此书中,蔡登山通过对医治鲁迅的须藤医生的病历报告的阅读,比对鲁迅的日记,发现了须藤延误病情及篡改病历的事实。他的这一推断也与作为鲁迅之子周海婴在

《我与鲁迅七十年》中的疑问相同。由此,也可理解蔡登山对鲁迅之子周海婴的《鲁迅与我七十年》以及鲁迅的朋友曹聚仁所撰写的《鲁迅评传》,在此书中都给予了很高的评价,究其原因,大约是因为这两册书都能够以作为亲友的视角,在切身有所感受和认识的基础上写作,即使许多事件要借助材料,也有这些感性的认识作为研究的起点,能极自然地接近到事物的可能真相。而蔡登山在写下这些文章之前,因为拍摄纪录片,曾辗转走访鲁迅生前的行踪,对与鲁迅相关的故居、资料、亲友、器物都有过直接和近距离的接触,这些都让他在写作这些文章时,常常能够顺利地超越史料的迷障而进入到鲁迅的内心世界。

探讨"鲁迅爱过的人",必定涉及鲁迅内心深处的情感世界。读完蔡登山的这些文章,让我在那个剑拔弩张的鲁迅背后,再看到一个内心温柔的鲁迅,与那个世人所知道的"斗士"形象所联系起来,才似乎真正成为一个完整的鲁迅形象。而所谓"鲁迅爱过的人",这"爱过"在蔡登山看来却是广义的,它包括"爱情、亲情、友情及师生之情,甚至奉母命成婚的'无爱'之情"。在此书中,蔡登山将鲁迅与萧红的关系看做是父女之情,而与台静农则又是"平生风义兼师友"的难得真情,还有与海婴的父子亲情、与许广平"十年携手共艰危"的深厚感情、与日本商人内山完造的友情、与高长虹作为师友和"情敌"纠葛的复杂心情、与二弟周作人复杂的兄弟亲情,等等,均是视角别致和见解独到的,这些文章读完,一个感情细腻丰富的鲁迅形象顿时跃然纸上,从而可以慢慢地品读出一个内心世界博大、宽阔、饱满乃至有趣和温暖的鲁迅,这与我们通常所知道的那个激烈、阴冷、尖刻甚至是带有黑暗和狭隘色彩的鲁迅是大为不同的。

最让我读来有味的当属文章《鲁迅也喜欢北大校花吗?》,此文写到了鲁迅在北大的同事马裕藻的女儿马珏。这个曾为"北大校花"的女性与鲁迅有过一些点滴的交往,鲁迅的日记中对马珏的记录就有多处。鲁迅曾多次赠书给她,后来马珏成婚后,鲁迅就与其结束了交往。究其原因,鲁迅大约是担心被传出对其不利的新闻,而蔡登山所细细勾勒出的这些历史陈迹,很能看到鲁迅在情感上温柔亲切与宽阔博大的一面,但也有其敏感多疑和谨慎小心的一面。由此细想，蔡登山笔下的鲁迅又并非另类，那仅仅是一个没有被太多意识形态所渲染和束缚的平常鲁迅而已。因此，他笔下的鲁迅，也是一个可亲近的对象。可以明显地看出，蔡登山眼中的鲁迅形象，常常是回到了鲁迅所在的时代，也回到了鲁迅作为个体的生命发展的具体阶段来进行体察和思考的，这样的视角自然就更多地理解了鲁迅本身，这也正是一种对鲁迅的热爱与尊重。我很喜欢这样的笔法和心态。（原载《中华读书报》2008年4月16日，《广州日报》2008年6月14日）

清洁的读书精神

大象出版社 2008 年重新出版了孙犁的《耕堂读书记》，但与 1989 年百花文艺出版社出版的《耕堂读书记》有所不同，此次重版多了一册《耕堂读书记续编》。我读编选者的后记，才知道所谓续编就是在原来版本的基础上，另外搜集和编选了孙犁晚年读古书的相关文字。按道理来说，我已经有了孙犁的诸多版本的文集，这一套书是不该购买的，且此版文集定价的昂贵也是少见的。但这两册精装的小开本文集拿在手边实在是风雅，颇有些爱不释手，可见编选者和出版者都是下了一番功夫的。诸如，整个书的封套都采用白色的纸张，并配有一幅对孙犁书房所作的水墨画，内封则为灰色的硬皮精装，书内的扉页有黄苗子的题签，另录有罗雪村为孙犁所作的藏书票和书房素描各一幅，还有孙犁以及他的书房、文稿、书信、墨迹和藏书等照片数十幅。值得一提的是，这些照片均印刷精美，黑白分明，而整本书的内容也都版式疏朗，纸墨皆精。

可惜的是，孙犁先生是见不到这样的一套文集了。否则，我以为他是会很高兴的，因为这正符合他对于书的审美标准。孙犁对于书的装帧有着特别的偏好，在《理书续记》中他就数次写到自己对于旧书装饰和版式的品评，诸如对于一册《金石学录》，他就写其"纸张印装之精美，今日所不能见，见亦不能得"；而在《理书三记》中，又多次写到自己对于书的态度，诸如一册《言旧录》，他就有这样的评价："大开本，所用连史纸，质地之佳，几如宣纸。余有

《嘉业堂丛书》数种,皆为毛边纸,独此书特为精良,纸白如雪,墨色如漆,展卷如对艺术品,非只书也。"再如由一册旧书《阮庵笔记》,就有这样的感想:"这些往日的线装书,则是一片净土,一片绿地。磁青书面,扉页素净,题署多名家书法,绿锦包角,白丝穿线,放在眼前,即心旷神怡。"面对今日发达的出版技术,但对所出版的许多书籍,孙犁的评价却十分苛刻:"目前的书刊,从封面到封底,都是红红绿绿的广告,语言污秽,形象丑恶,尚未开卷,已使人不忍卒读,隐隐作呕。"

之所以说孙犁若是能看到这一套《耕堂读书记》会高兴的,显然编选者和出版者正是懂得他对于书的独特态度。孙犁一生"嗜书如命",对于所读及所藏之书均有一种特殊的情感。读他的这两册新编成的文集,我就发现孙犁多次强调自己对于读书很有"洁癖",他在《买〈太平广记〉记》中就写到自己买书的习惯:"我有洁癖,见其上有许多苍蝇粪,遂为会文堂主人买去,失之交臂,后颇悔之。"孙犁晚年有修书的习惯。所谓修书,就是将那些受了破损的书重新用牛皮纸包装起来。他的大部分藏书在"文革"中被查抄,返回后不少书都被污损了,因此,修书成了他晚年打发光阴的一门重要的功课。我在这册书的一张照片上见到被他修整后的那些书,清洁、朴素、文雅,书上还写有他题写的文字,也就是后来结集的《书衣文录》。在《题〈何典〉》中,他开篇就写到自己的修书经过:"1992年4月28日,山东自牧寄赠,贺余八十岁生日也。书颇不洁,当日整治之,然后包装焉。"既是朋友的礼物,估计不会很难看,但孙犁还是认为"颇不洁"。

《耕堂读书记》是孙犁晚年的读书笔记,此作之后他几乎就息笔了。这册读书记所选书目大都是古书和旧书,很少提及当下的新书。"文革"结束之后,孙犁曾热情很高地写过一段时间的"新作短评",但很快就终止了。他后来读书和写作,所选的书目大都是古书,许多书还是常人很少见到的;而他所选择的这些书目,除了从一些目录学著作中研究得来,有很多是按照鲁迅先生在日记中的书账或者文章中提及到的书目来按图索骥的。鲁迅先生是近代以来极少精神高洁、学识渊博又毫无迂腐之气的大师,循其读书路径摸索其文章、思想和精神的奥秘,对于孙犁,在他晚岁不多的光阴里,这不失为一个读书和消磨光阴的好办法。因此,我读这册《耕堂读书记》就不难发现,他在文章中常常会提及鲁迅。诸如在《我的史部书》中,他写到一册《唐摭言》,便在书后的括号里很郑重地注上"鲁迅先生介绍过这本书";而他选书也很受鲁迅的影响,在《缘督庐日记钞》中,他这样写自己之所以大量购买日记方面的著作的原因:"我一生无耐心耐力,没有养成记日记的良好习惯,甚以为憾事。自从读了鲁迅日记以后,对日记发生了兴趣,先后买了不少这方面的书。"再如,他在《买〈世说新语〉记》中写道:"我们知道,鲁迅先生不好给青年人开列书目,但他给许寿裳的儿子许世瑛开的那张书目,对我们这一代青年,却发生了意想不到的影响。我记得在进城以后,大家都争先恐后地搜集那几本书。《世说新语》就是其中的一种。"在《甲戌理书记》中我读到一段由一册《华新罗写景山水册》所引起的感想,描述颇为动情,可见鲁迅对孙犁购书的影响:"这些画册,都是六十年代,从北京中国书店邮购而得。文明书局所印字帖画册甚精。鲁迅先生居沪,所逛书店,文明为常去之处。兼售旧书,故有时先生一人进去,留夫人及海婴于店外,恐小孩受旧书尘垢污染也。"

对于自己所读之书,孙犁在这些读书札记中常常毫不掩饰他的态度,有些甚至十分的激越。诸如他在《买〈王国维遗书〉记》中谈自己读了罗振玉撰写的《祭王忠悫公文》,十分失望,"深感此公之无聊,扭捏作态,自忘其丑,虚伪已极,恬不知耻矣"。其原因是孙犁发现罗振玉在文章中谈到他曾与王国维"约同死",而待王死后,罗却担心别人议论他也想得到王国维死后的好处,便又不死了。这让孙犁很不屑。而他对《金瓶梅》、《品花宝鉴》一类书也无很高的评价,后者甚至被认为是"下流之书","此等书虽名载小说史,然余从未想读过,更从未想买过。既不能以之教育自己,又不能以之教育后人,插之书架,亦不能增加书房光辉"。他在内心中是极为喜爱那些光明磊落之人所作之书的。除之,他对于书呆子文人的著作评价也不很高,此书中他便有多处论及,诸如在一册关于《鲁岩所学集》的读后札记中,他借用阮元的评价进而指出其书有"书呆子穷极无聊的一面"。在我的印象中,孙犁所评论的诸多文人,他倾慕梁启超、鲁迅这样"重视行动和有任事精神"的文人,而不喜欢那些只懂得吟风弄月的文人。也因此,便不难理解为何在这册书中,他对汉代的司马相如有着很高的评价:"他不像一些文人,无能为,不通事务,只是一个书呆子模样。他有生活能力。他能交游,能任朝廷使节,会弹琴,能恋爱,能干个体户,经营饮食业,甘当灶下工。这些,都是很不容易的,证明他确是一个多才多艺的人。一个典型的、合乎中国历史、中国国情的,非常出色的,百代不衰的大作家!"

孙犁晚年的读书文章愈写愈老辣,我读这册《耕堂读书记》,就极喜欢这些短小、朴素的读书札记。这些文章初看谈古书的版本、装帧、内容以及自己购书、修书和读书的经过,本是很休闲和优雅的事情,但我读这些文字,却能时刻感受到一颗赤诚、热烈乃至洁净的心灵。他常由这些读书的笔记引发自己的一些慨叹,多是寥寥数字,但却十分清晰地表达了对于文坛和社会的鲜明态度。他读一册明代的《野记》,就有这样的感慨:"余向不喜明人文章,包括钱氏等大人物之作。余以为明人文章多才子气,才子气即浅薄气,亦即流氓气,与时代社会有关。近日中国文坛,又有此气氲发生,流氓浅薄之作甚多,社会风气堕落,必有此结果。"再如他读一册《入唐求法巡礼行记校注》后写到:"余欲读孤行苦历之书。今不只无书可读,甚至无报刊可读。报纸扩版成风,而内容变为小报。世风日下,文化随之,读了一程字帖,亦厌烦矣。乃忆及此书。"孙犁的晚年,他将自己封闭在书房狭小的天地之中,但内心却极热烈地保持着对社会和文坛的关注。在《耕堂读书记》以及孙犁其他的读书文章中,均有诸多这样议论时事的感慨。由此,想到他在人生的最后岁月,每日只是枯坐在书房或病房中,不知道是不是与自己的这种热烈之后的大失望有关。在我看来,孙犁最后时光的枯冷,或许是因为这个经由他努力追求的世界,却距离他早年梦想的那个美好而洁净的理想越来越遥远了。(原载《中国社会科学报》2009年4月22日)

写在孙犁边上

　　孙晓玲的著作《布衣：我的父亲孙犁》在出版之前，我便已经读过了。书中所收录的十八篇文章，其中十七篇起初都发表在《天津日报》的文艺周刊上，从 2001 年到 2010 年，几乎持续了近十年的时间，这种漫长的写作方式，对于一个业余写作者来说，无疑显示了一种精神的庄重。而我之所以有幸在成书之前读过这些文章，起因则是我曾利用业余时间为文艺周刊编辑过一段时间的稿件。记得为了更好地了解报纸副刊的风格，也曾集中精力研读了一些往日的副刊版面，由此才陆续发现了孙晓玲女士的这些追忆父亲孙犁的文章。那些文章发表时的版式和插图都是分外的清新和优雅，而且每每也都是整版予以发表的，因而显得格外的醒目。孙晓玲的这些忆旧文章，朴素扎实，真诚自然，特别是她写孙犁与梁斌、邹明、谢晋、刘绍棠、铁凝等人的交往，以及父亲孙犁对于家庭和亲人的态度，都给我留下了十分深刻的印象。后来，我也才知道这些文章都是在天津日报社宋曙光先生的不懈努力下才慢慢地催生出来的，为此，在这册著作的《小跋》中，有孙晓玲对于成书过程的一番让人慨叹的回忆："以我的水平与能力来写父亲，实在力不从心。我只能侧重作为亲人的感受（即使这一侧重面也挂一漏万），但我确实在每年两到三个月的写作过程中，投入了全部情感与精力，有深夜灵感骤至，也有清晨的一跃而起。写作进程很缓慢，成篇艰难，困难很多，我都努力克服了，而且在很长时间内并没有想到以后或许能出一本书。"也因此，在出版后的这册著作中，我发现这册书的特约编辑正是宋曙光先生。

孙犁与《天津日报》文艺副刊是有着很深厚的感情的，他不但参与了这份报纸副刊的创办和编辑工作，而且还曾经利用这块园地扶持了许多的文学新人，他自己也在这块园地上刊发了大量的文学作品，可以说，《天津日报》的文艺副刊能够在全国独树一帜，与孙犁的努力是绝对无法分开的。今年年初，我买到了由上海文汇出版社出版的《孙犁文集：天津日报珍藏版》，便是由张建星、宋安娜、宋曙光等报社编辑一起编选完成的，收录了孙犁发表在天津日报上的全部文章，将近一百万字，并附录了发表时的精美插图以及报纸的版式，不少文章还备注了当年编辑这些文章的一些点滴的回忆，可谓赏心悦目，也是很有些史料与研究价值的。原来编辑们是以这种特别的方式来纪念孙犁去世五周年，据说在孙犁去世时，他们曾用了一百个版面来予以悼念，可见郑重。我去年到过天津日报社，在报社大楼前的那座用汉白玉雕刻而成的孙犁座像周围，徘徊良久，想着那些能够在孙犁先生开垦过的文艺园地上继续耕耘的编辑们，一定也会因此而感到温暖，感到骄傲，甚至是感到神圣。无疑，孙犁是这份报纸副刊的品牌，也是这份报纸副刊编辑的最好代表。如今，这些由他的女儿所撰写的回忆孙犁的文字，在父亲耕耘过的园地上面世，自然是很有意义的，在这册书的《小跋》中，孙晓玲这样写她的文章与父亲孙犁的另一种因缘："能在父亲耕耘过的园地发表纪念他的文字，我深感荣幸，也惴惴不安。在《天津日报》文艺部园丁们的帮助指导下，我的写作水平确实有了很大的提高。拙作在陆续发表期间，曾收入某些散文选本，也有一些地方予以转载，有一篇还曾获奖。这些都给我平淡的生活增添了色彩，带来了惊喜、欢乐，增添了我继续写好这组文章的信心和力量。"

今年年初，我偶然在上海的《文汇报》笔会副刊上读到由学者卫建民发表的文章《回忆是幸福的，也是痛苦的》，此文是他给后来出版的这册《布衣：我的父亲孙犁》所撰写的一篇序言，由此我才知道这些文章已经结集，并即将由北京的三联书店出版。卫建民与孙犁是有过忘年之交的，文章写得很好，对孙犁也很有研究，难怪他的这篇序言写得会如此动情："作为第一读者，我一口气读完集子的校样，忍不住对三联的朋友说：这本集子，首先是文章美，情感真挚；第二，这会成为孙犁研究的最新史料；作为从业近三十年的老编辑，我敢预言，这本集子还会是2011年引人注目的新书。我平生少有预言，但对这本集子的市场前景却敢作出预测。"他的这番话是写给作者的，也是写给读者的，还是写给出版社的，良苦用心，一片热诚。这篇序言中，卫建民还写到，由于孙犁晚年闭门隐居，加之这一段时间的研究资料十分稀少，故而各种猜测与误读难免产生，由此，他认为这册追忆孙犁的著作，对于研究孙犁的晚年，以及理解孙犁的人生，意义重要。他在序言中也重点谈到了这种现象发生的缘由，真乃是知人之论："其实，孙犁只是决绝地屏蔽了影响生活和创造的噪音，以农夫的姿态，诚实的劳动，日出而作，日入而息。"我也是读了孙晓玲的这些追忆父亲的文章，对孙犁才有了更丰富也更为深入地理解的。

待到这本著作出版后，我才发现，除了卫建民的这篇序言之外，还有天津学者金梅的序言《纯粹的文学家》。作为一个对于孙犁研究颇有成就的学者，金梅是这样评价这册关于孙犁的著作的："文章中写到的那些鲜为人知的，孙犁先生日常生活（尤其是家庭生活）和创作某些作品时的细节，还有文艺界一些著名人士前来探视，与其谈文论艺等情景，则为孙犁研究提供了宝贵的史料。而作者的笔带感情，行文流畅自然，词语变化多姿，有其父之风。"作为学者，金梅研究孙犁四十余载，与孙犁也有着十分密切的交往，他还曾撰写过《孙犁的小说艺术》、《寂寞中的愉悦：嗜书一生的孙犁》等研究著作，也曾参与或主持编选过《孙犁文集》、《孙犁散文》、《孙犁书话》等影响较大的著作，因此，他是懂得这些文章的真正价值的。金梅在这篇序言中阐述了他对于孙犁的认识，认为孙犁是当代中国文学史上的一位真正纯正与纯粹的文学家，这也是可以作为了解孙犁作品的导读文字的，而孙晓玲之所以邀请卫建民和金梅来作序，也正是因为他们既熟悉孙犁的作品，又懂得孙犁的为人。其实，孙犁生前与很多编辑或者研究者都保持着很好的私人关系，他们热爱孙犁的文字，也敬重孙犁的人品，而他们对于孙犁的研究，也都曾经得到过孙犁的热情帮助和提携，并在有关孙犁的学术研究中，均取得了令人瞩目的成绩。

也是在今年的年初，大约是 3 月份吧，我到中国人民大学文学院拜访孙郁先生，在谈完事情准备离开时，文学院办公室的工作人员告诉孙先生，有一个他的从西安来的快件，待打开一看，原来是陕西作家贾平凹寄来的两幅书法作品，其中一幅便是贾平凹为孙晓玲的这册著作所写的封面题签。于是，孙先生便邀请我一起欣赏，此时旁边有人惊叹，也有人议论，因为贾平凹的书法，据说如今已是声名颇大，一字难求，且市场上的价格也是相当的不菲。为此，孙郁先生介绍说，三联书店的编辑知道他与贾平凹有所交往，于是请他向其代求墨宝；而他也知道，孙犁对贾平凹的文学创作是有过提携之恩的，想必是会满足这个愿望的，便一口答应了，但没想到他会写得这么快，还写得这么用心，也这么精彩。正如孙郁先生之所言，我手边有一册由漓江出版社出版的《贾平凹散文选》，便是孙犁先生撰写的序言，那其中饱含着文学前辈对于新人的爱护与提携，洋溢在整个序言之中。孙犁对贾平凹是非常看重的，贾平凹后来曾写过一篇《论孙犁》，他也是十分赞赏的，而贾平凹早年的创作，可以说是受到孙犁的很大影响，早年的小说《小月前本》，据说便是直接受到孙犁的小说《铁木前传》的影响而创作的，而他早年的散文创作，更是有很多孙犁影响的痕迹。其实，不仅仅是一个贾平凹，孙犁生前帮助和提携过很多的文学新人，而无论他们后来在文学上取得的成就或大或小，地位或高或低，他们对于孙犁的感情却都是真诚而热烈的。这册书中收录有孙晓玲所写的文章《父亲与刘绍棠》、《铁凝探视》等回忆文章，也正是对于这种美好的文坛佳话的一份十分可贵的记忆。

（原载《南方都市报》2011 年 7 月 11 日）

温雅的学术光亮

在众多的鲁迅研究者之中,孙郁显得比较特别。他似乎没有像其他学者那样,明显地传承了鲁迅式的沉郁悲愤的精神气质,而在他的研究文字之中,一贯保持了一种作为学者的温雅与平和。在某种程度上,这种气质似乎更接近于周二先生或者曾经被鲁迅所批评过的胡适先生。我始终有这样的一个认识,就是作为一个研究者,他与自己所研究的对象在精神气质上应是一致的,而对于学者孙郁,他似乎在文字中从来没有流露出剑拔弩张的气象,也没有像鲁迅一样将一支笔如匕首一样投向现实社会。对于鲁迅,我以为孙郁是有一种在气质上的距离的,这种距离促使他没有承传太多鲁迅式的性格气质,但同时却使他保持了一个学者所应有的理性与客观,也没有使自己的学术命脉过深地压抑在鲁迅的背影之中。当代的许多研究鲁迅的学者对于鲁迅用情过深,但却一生无法走出鲁迅生命的巨大光芒之中,由此,学者孙郁的出现,才显得比较特别。

读孙郁的著作,可以明显地感觉到他的这种距离。对于鲁迅的研究,他没有试图探入深处去寻找鲁迅的精神力量,而是剑走偏锋地将鲁迅作为一种文化与思想的现象的参照来进行研究,他的著作《鲁迅与周作人》和《鲁迅与胡适》就是这样的著作,将鲁迅与周作人和胡适这样具有代表性的学者进行比较,从而试图勾勒出他们之间的差异。因为在孙郁的心中,"五四"时期是一个培养大师的时代,研究鲁迅就必须将他们的对立面一一弄清楚。对于孙郁,鲁迅的研究是他的入口，但周作人与胡适这样的学者因为气质与个性的原因很快使得他感受到一个时代的知识分子群体的精神魅力，在孙郁的研究计划中应该还有《鲁迅与陈独秀》这样的学术专著。因为通过周作人、胡适和陈独秀这三位分别代表不同文化气质与思想的知识分子，能够体现出作为鲁迅这样近现代思想文化大师的复杂与独特之处，孙郁恰恰是寻找到了某种研究的出口。他的其他两部著作《周作人与他的苦雨斋》和《胡适影集》，分别应该看做是孙郁前两部著作的副产品，但即使这样两部看似轻盈的附带品，却更体现出孙郁学术研究的风采。

特别是《周作人与他的苦雨斋》这一著作，最为我所偏爱。此书其实是将"五四"时期北京的一种文化现象来作为个案进行专题研究的，周作人的苦雨斋与林徽因的"太太的客厅"以及朱光潜的家中的聚会成为"五四"时期文人学者进行学术交流的重要场所。孙郁在研究中采用了一种秀雅的书话文体进行层层解析，慢慢展现出苦雨斋的时代风貌与本相，立体化地呈现出一种学术文化现象的历史面貌，同时在论述中加入了自己研究与现实生命的独特体验。诸如在其中的《八道湾十一号》中的一段文字，给我留下了很深刻的印象："在一个深冬里，我和一位友人造访了西城区的八道湾。那一天北京下着雪，四处是白白的。八道湾破破烂烂，已不复有当年的情景。它像一处废弃的旧宅，在雪中默默地睡着。那一刻我有了描述它的冲动。可是却有着莫名的哀凉。这哀凉一直伴着我，似乎成了一道长影。我知道，在回溯历史的时候，人都不会怎么轻松。我们今天，也常常生活在前人的背影下。有什么办法呢？"

沿着这样一个思路来理解孙郁的另外一本比较重要的著作《百年苦梦——二十世纪中国文人心态扫描》，我以为就能清晰地理解此书在孙郁的学术研究中的地位。这本书其实最适合倒读的，尽管他将二十世纪中国最杰出的三十多位重要的和具有代表性的学者一一论述，但暗含其中的却是有一条隐隐的线索，因此文集中所收录的最后一篇文章《鲁迅传统：不朽的主题》就特别值得关注。因为在阅读过程之中，孙郁在论述这些二十世纪的学者和作家的过程中，他的文字之中常常会显露出鲁迅的身影，更关键的是他的这种对二十世纪人文学者的个体研究中是将鲁迅作为一个巨大的存在来进行参照的,这样一一的参照、对比和研究最终显露出他们作为个体在中国二十世纪历史中的地位;同时也可以明显地感受到的另一个重要的课题,那就是研究鲁迅必须将鲁迅纳入到整个中国二十世纪的巨大知识场域之中。认识鲁迅,就必须对鲁迅的师承、同辈以及继承他的精神命脉的后辈学者进行一个理性系统的清理。

孙郁的这本《百年苦梦》,我以为就是在进行这样的一种艰难的尝试。不妨看看他在研究中所列举的名单,其中最明显的是作为鲁迅研究者的学者占了其中的四分之一。李何林、唐弢、王瑶、钱理群、王晓明等人,作为鲁迅的研究者,是最明显的鲁迅精神与思想的传承与阐释者,在他们身上过多地保留了鲁迅的影子。因此,对于钱理群,他则直接以"在鲁迅的背影里"这样的题目;对于唐弢,则是用"未完成的雕像",这里的雕像自然指的是鲁迅;除此之外的一些学者和作家,则多多少少吸纳了鲁迅的精神思想的,诸如他所研究的巴金、邵燕祥、王蒙、张承志、赵园等人;而在钱钟书、张中行、汪曾祺、贾平凹等人身上,也在以鲁迅作为一种精神的参照而试图寻找出另外一种精神风范。由此往上推延,他所论述的那些鲁迅的同代人甚至他的前辈学人,也遵循了这样的一种研究思路,诸如茅盾、瞿秋白、胡适、周作人以及梁启超、梁漱溟、王国维,最后到他的老师章太炎。

这样的一个倒读的思路,我们既可以读出中国百年来学术文化的风貌,探寻出作为中国知识分子在一百年来试图寻求一种变革与超越的精神梦想。按照孙郁的理解,就是"百年苦梦"。但我其实更是读出了作为一个学者,在对鲁迅研究中试图探索出一种新的学术路径的尝试,这种探索是将鲁迅纳入到二十世纪的知识分子群体之中来进行观照与参考的。因此,学术的归途最终又回到了鲁迅本身,这也就是我提出必须注意这本书所收纳的最后一篇比较特别的文章的原因。在这篇《鲁迅传统:不朽的主题》文章中,孙郁明确地指出鲁迅已经成为了一种独特的文化传统,他分别对二十世纪一些重要的学者与作家进行把脉,指出他们身上所流淌着的血液中所蕴涵着的鲁迅基因,如此我们也就可以明白孙郁其实是在将鲁迅作为一种文化传统的主题来返身观照整个二十世纪的,同时也是在用二十世纪的整个知识分子的知识景观来思考，鲁迅作为一种文化传统的精神意义的。因此，在这篇文章中，他就指出："只有在这种多元格局的文化景观中，我们才可以真正感受到鲁迅的价值所在。"

另一个值得注意的是，孙郁作为一个学者，他更具有作为文学批评家的天赋，他常常能够在文字之中嗅觉出一个作家、一个学者的精神气象与学术脉络，但他似乎无意成为一个文学批评家，而更愿意在学术思想的深渊里寻找出一些精神的光亮。在这本书中，他对于几位作家如茅盾、汪曾祺、巴金、王蒙、邵燕祥、贾平凹等人的精神命脉的探究的同时，也不难发现他常常对他们文学作品恰如其分的批评与欣赏，而对于王国维、梁启超、胡适、钱钟书甚至到当代的钱理群、王晓明这样纯粹以学术著作名世的学者，他也更为关切他们文字之中的文学风味，或赞叹或欣赏或品评，在某种程度上又显示了学者孙郁在学术上是将这些知识分子作为文人来对待的。因此，文章的文采气象对于他们是第一位的，其次才是他们的精神追求与思想命脉。

可以想见，在学者孙郁的心中，作为一个中国的知识分子必须具有的第一素养应该是他的艺术修养，他的文字功底是他进行学术或作家行列的第一道关口。在这本书的后记中，他就这样直言不讳地写到之所以选择这种无法涵括整个二十世纪知识分子整体的人物谱系，而这种选择，恰恰是因为他自身的艺术追求与个体研究的局限，"选择那些艺术气质很浓的文人作为自己注视的对象，完全来自于自己内心的需要。我其实是为了印证早年对于诗化哲学与艺术哲学的猜想，才选择艺术家作为历史的参照。其实，描述晚清以后的文化人，还可以找出许多人来：郭沫若、郁达夫、闻一多、老舍、沈从文、曹禺、吴宓……然而，我仅此打住了"。其实，这只是他为我们所开拓出的一个研究的新的视野与空间。（原载《中国图书商报》2007年1月12日，补注：孙郁先生的著作《鲁迅与陈独秀》2009年1月由贵州人民出版社出版。）

秋水堂散墨

《上海书评》每期公布一道读书侦破题目，以供爱书人游戏，往往是概括此书的主要内容，然后附加作者的一些简要情况。我偶读四月初的一期报纸，发现以一册关于研究陶渊明手抄本流变的学术著作所拟订的问题，同时还给出这样的介绍："本书作者是出名的才女，如今埋首学问且蔚然可观，才女的丈夫更是西方汉学界数一数二的大家。"其实，这类与书有关的谜语比起传统的猜谜游戏来说，大大缺乏了智慧的思维，只需要见多识广便可以立即识破，而不如传统谜语的费劲思量把玩有趣。诸如这道读书侦破题目，我一读便知道是哈佛年轻女教授田晓菲的学术著作《尘几录》。此书不但曾购来读过，而且对于田晓菲这样的才女十分熟悉：十七岁从北京大学英语系本科毕业，二十岁获得美国林肯大学的英国文学硕士学位，二十七岁摘得哈佛大学比较文学的博士桂冠，现为哈佛大学东亚系教授，其夫君则是鼎鼎大名的汉学家宇文所安（Stephen Owen）。而我对于田晓菲的熟知，还与自己读书时曾她朗诵过在语文课本上的诗歌有关。

《尘几录》乃是田晓菲从大量史料之中，拂去尘埃，以中国古代手抄本的版本流变为内容，体察了学术的奥妙与精微，读来如行山阴道上，曲径通幽，风景绝佳。去岁酷暑，我蛰居家中读田晓菲的著作《秋水堂论金瓶梅》，也是极为过瘾。此书由她对《金瓶梅》的绣像本和词话本进行版本比较入手，以传统诗话的形式来表达自己独特的文学体悟，可谓是云霞满纸，精神透亮，引我也买来两册不同版本的小说对照来读，终将那窗外的暑热抛洒到一边。田晓菲说她少年起就反复读《红楼梦》，对于《金瓶梅》却无好感。到了而立之年，偶然读后者，却是不忍释手，由此爱上这书，并以为后者竟优于前者，从而写成这册《秋水堂论金瓶梅》。秋水是她的笔名，秋水堂则应是她的书房名了，如此郑重，也可见此著作对于她的重要。她虽是从版本入手，认为绣像本优于词话本，因为前者更为含蓄典雅，富有文学性的高贵气质，这番比较对读很能显示出她做学术研究的敏锐与情趣。而她坦言自己研究《金瓶梅》更重要的是因为喜爱，从这书中可以读出一种属于宗教感的慈悲，这是她在自己而立之年所读到的一种属于成年人才有的精神洗礼。

田晓菲的学术研究带有一种不染尘埃的清秀气质，但却不失学术情趣，甚至读来有一种特殊的人间情怀弥漫其间。刚刚读过她的论文集《留白》就有一种明显的感受，此书的副题为"写在《秋水堂论金瓶梅》之后"，其中所收录的一篇论文《留白》就读来很见其性情，可以算做她对于自己的研究论著的补充。我读她对学术研究的一番心得体悟，就觉得简直是充满了一种让人感动的性情，抄录这样一段不妨共赏之："我常想要把《金瓶梅》写成一个剧本。电影前半是彩色，自从西门庆死后，便是黑白。虽然黑白的部分也常常插入浓丽的倒叙：沉香色满地金的妆花补子袄，大红四季花缎子白绫平地绣花鞋；彩色的部分也有黑白，比如武松的面目，就总是黑白分明的。当他首次出场的时候，整个街景应该是一种暗淡的昏黄色，人群攒动，挨挤不开。忽然锣鼓鸣响，次第走过一对对举着樱枪的猎户；落后是一只锦布袋般的老虎，四个汉子还抬它不动。最后出现的，是一匹大白马，上面坐着武松：'身穿一领血腥衲袄，披着一方红锦。'这衣服的猩红色，简单、原始，从黄昏中浮凸出来，如同茫茫苦海上开了一朵悲哀的花，就此启动了这部书中的种种悲欢离合。潘金莲、西门庆，都给这猩红笼罩住了。"

之所以如此耐烦地抄录这一大段文字，正是因为我极喜爱她如此妙趣地来谈自己对于一部著作的认识，这样的论述在我看来更容易让读者直接体味到其中的奥妙。这种学术情趣在她的学术论著中时常出现,这册《留白》中,她谈论郁达夫,讨论金庸,分析杨绛,解读《牡丹亭》,反思现代诗歌,都是充满情趣又别出心裁的。以我看来,这样的学术研究,分明是以她厚实的学术功底作为基础,然后则是从自己真性情的生命体悟出发,用一个别样的角度来感怀学术,从而写出既深邃又让人读来分外温暖的研究文字,诸如她那篇关于杨绛的论文《隐身衣和皇帝的新装》。

田晓菲的这篇文章立意甚妙,她从杨绛关于"文革"的回忆录《丙午丁未年纪事:乌云与金边》谈起,认为"文革"就是一场追求透明度的运动,而杨绛的生存方式则是一种"隐"。在此文中,田晓菲特意关注到这样一个细节:1966年秋天,杨绛被安顿住在单位楼上东侧的一间大屋里,屋子有两扇朝西的大窗,窗上挂着破芦苇帘子。杨绛建议别撤下帘子,因为"革命群众进我们屋来,得经过那两个朝西的大窗。隔着帘子,外面看不见里面,里面却看得见外面。"这样,革命群众进得屋子,只是一屋子人老实安静地学习马列经典,而杨绛在抽屉里"藏着自己爱读的书"。为此,田晓菲称赞写作这册回忆录的杨绛为"隐蔽大师"。无独有偶,我记得读过胡河清的《杨绛论》,发现这位我同样很喜爱的文学评论家,也特意写到这样一个有趣的细节,且有这样类似的妙论:"他们好像金庸小说里的武学大宗师,常年在高山绝顶的密室中闭关潜修,芸芸众生对他们的道行莫测深浅。而他们却能透过窗际的垂帘,悠闲自在地俯瞰人间龙争虎斗、刀光剑影的热闹光景。"

在《秋水堂论金瓶梅》的后记中,田晓菲特意写到了故乡,充满赤子情怀:"爱屋及乌,把追慕故乡的心意,曲曲折折地表达在对这部以山东清河与临清为背景的明代巨著的论说里,这是我想告诉本书读者的,区区的一点私心。"这段话之所以引起我的特别注目,是因为在这册论文集《留白》中,无意中发现了田晓菲在文章中不约而同地探讨着一个有关身份的问题,我印象极深刻的是她在《侠女》中探究唐代侠女与清代神女的异同。晚唐中的侠女是一个美丽的女子,嫁给一个男子,平日勤劳贤惠,且生有一子;一天晚上,她突然半夜消失,回来时自天而降,白练缠身,一手持匕,一手携人头。言其父仇已报,从此当长决；临去，回室内喂乳婴儿，其实借机杀死孩子，以断思念。而到了清代，则把身体当作报恩的工具，生子之后飘然而去。在田晓菲眼中，后者看似合理，其实缺乏人情，"造作小气"，而前者则是大气磅礴，其实更符合人情。由此，引申到中国古代小说，其中多有男子由美丽能干的女子出现且来保护，究其原因则是这些小说大多是男性书生写成的。

我初读田晓菲这样的分析，觉得大约是其女性视角的敏感，造成了这样锐利的分析，但读此书中其他诸多篇目，不难发现均有对身份问题纠缠的探讨，诸如对于郁达夫笔下人物在性别情趣上的错位，金庸笔下的韦小宝对于游离于皇室与民间秘密团体之间的身份交集，周星驰在电影《大话西游》中扮演的"齐天大圣"对于自己"身份"的挣扎，杨绛对于自己在"文革"中身份的辨别与认同，如此等等，都是十分精到的分析和判断。但在这样文字后面，似乎可以与她在《秋水堂论金瓶梅》的后记中所流露出的那曲曲折折的关于"追慕故乡的心意"相一致。由此想到，少年去国，忽忽数十载，在异国他乡研究故国风物，那笔下的情怀难免是越来越浓烈的。学术著作写出的乡愁自然难免曲折，但在这样充满情趣的散墨文字中，尽管写来也尽量保持温婉含蓄，但那股乡愁还是读来扑面的。（原载《中国社会科学报》2009年6月23日）

编书匠笔记

对于自己喜欢的作家，我多少是有些版本情结的，诸如张爱玲，值得一谈的，舍下便藏有北京十月文艺出版社陈子善主编的《张爱玲集》以及由止庵主编且正陆续出版的《张爱玲全集》，还有安徽文艺出版社由金宏达和于青主编的《张爱玲文集》等多个版本，这些作品大多系名家所编，校对及编排也都比较讲究。而我喜爱的张氏著作的版本中，还有1992年浙江文艺出版社由来凤仪主编的一册《张爱玲散文全编》，收入该社"现代经典作家诗文全编书系"之中，书前有著名学者吴福辉的序言和编者说明各一篇。我受益此书良多，但对于这位编选者，却从未耳闻。近来偶然翻阅李庆西的著作《话语之径》，此书收入复旦大学出版社的"三十年集"系列丛书中，每书均有作者的编年纪事，而在1992年李庆西的纪事中，便有这样的叙述："是年，编纂《张爱玲散文全编》，颇费时日。"原来，这册署名来凤仪的编选者，其实就是李庆西。在这册书所附录的《李庆西作品目录》中，不难发现，李庆西以"来凤仪"署名，所编著的还有《徐志摩散文全编》、《鲁迅杂文全编》以及《郁达夫书话》等多种。

也正是读了这册《话语之径》，我才发现原来自己之前所倾心的不少著述，竟然都是李庆西策划或编辑的。诸如上个世纪八十年代颇为著名的"新人文论丛书"，收入当时颇有影响的青年学者著作，计有吴亮、程德培、许子东、黄子平、季红真、王晓明、李劼等十多种；再有上世纪九十年代的两套洋洋大观的

"近人书话"和"今人书话"丛书，我也是陆续购买过的；而新世纪以来，他策划编选的"博尔赫斯作品集"、"库切作品集"等外国经典作家丛书，也为我所爱。但显然，这些著作口碑虽好，而在图书市场上，也并不是令人眼红的畅销书。我一直以为正是还有那些真正爱书和懂书的人存在，也还有他们在努力经营中国的图书出版市场，否则那些小众的或者效益不大的人文著作，真是很难与我们相见了。我读李庆西的这册《话语之径》，发现他的大半生几乎都在编书和策划出版中度过了，而这册书中所收录的文字，几乎有近三分之一的文章都是他在编辑生涯中所写下的读书笔记或者编辑随感，还有一些文章，尽管还算具有研究的性质，但毕竟是受到了编辑职业的影响，也都有一些感性或漫谈的兴味，不过所议问题的见解率真犀利，眼光也独到敏锐，这却是他学问功底的真实体现，而这恰是他所追求的一种境界，正如他在此书的序言中所谈："虽由职事驱使，我做这类文字倒不是公事的态度，而真是有一份喜欢，也做得认真，这些都是我自己比较看重的作品，但限于篇幅只收入了其中很少一部分。"

从事编辑出版行业，乃是为他人作嫁衣的苦差事，如果没有这种志趣与爱好，实际上是很难从一而终的，所谓如鱼饮水，冷暖自知，或许正可以表达这种心境。也是在1992年，除了编选那册《张爱玲散文全编》，他在这一年的编辑工作，还有可罗列的往事如下："与黄育海共同策划的'中国古典诗歌基础文库'进入案头工作，这套书由傅璇琮主编，葛兆光、吴彬、冯统一、张鸣等担纲。"再有："10月，为本社'现代作家诗文全编'丛书在上海举行选题座谈会，出席者有许杰、王西彦、贾植芳、徐中玉、钱谷融、王元化、柯灵等文学前辈，还有钱理群、王得厚、吴福辉、陈思和、王晓明、陈子善等专家学者。"再有："又邀得王得厚、钱理群编纂《鲁迅杂文全编》，我承担注释工作。"由此可见，由李庆西参与策划和出版的编辑工作，可谓具有时间安排密集、人物阵容豪华、著述对象堪称不俗等特点，这样的出版和编辑生活，真是辛苦也幸福。而关于鲁迅的著述编辑，这套《鲁迅杂文全编》我也藏有一册，但对于鲁迅文集的策划到最终的出版，据言也是颇为周折的，从中也很能见识到一位当代中国出版与编书人的甘苦与无奈。

在1995年的纪事中,便有如此记述:"年初,与黄育海策划新版《鲁迅全集》。8月,邀钱谷融、王得厚、王富仁、朱正、陈平原等专家学者二三十人在杭州举行编纂会议。此事后因'左'派势力干扰未果,但《鲁迅研究月刊》、《中华读书报》等报刊均对封杀表示异议,成为轰动一时的文化事件。"在1998年的纪事中,又有:"年初,黄育海履职浙江人民出版社,再议重编《鲁迅全集》。8月,在桐乡举办编纂会议。基本上是三年前的班子,人员略有增减。这个项目后来又被上面叫停,但允许将全集规划裁减为六卷本《新版鲁迅杂文集》。我负责校注第一卷中《坟》与《热风》两集。"在1999年的纪事中,又有:"校注《坟》与《热风》差不多忙乎了一年光景,是年夏天重负告释,一时茫然。忽忆多年来出版事务迭遭厄运,不胜悲凉。一夕,翻检1981年版《鲁迅全集》中《坟》的注释,竟找出二三十处纰缪,有词语方面的,有典章制度的,也有其他各种专业问题的错误,想到'国家法定版本'的神话,乃作《想像生伪》,述其种种缪例。"在2002年的纪事中,又有:"10月,《新版鲁迅杂文集·坟·热风》(校注)由浙江人民出版社出版。"在2005年的纪事中,则有他最后一次关于鲁迅文集编选及出版的努力:"为王得厚所编《鲁迅杂文全编》做注释,翌年由陕西师范大学出版社出版。"

之所以敢于判断很可能为其最后一次关于鲁迅编辑的努力,这一年的纪事还有一句:"9月,因所在出版社改制,被提前退休。"从1983年他调入出版社到2005年的退休,李庆西在出版社有二十多年的光阴,他在此书的序言中对自己有这样一句总结:"回顾这三十年,自己稍感满意的有两件事:一是策划和编辑了一些很不错的图书,差不多古今中外都有;二是自己的写作尽可能沿循内心的自由,对我来说兴趣很重要。"关于他所编辑策划的图书,我上面已略有叙述,倒是他提到的这种"沿循内心的自由",我可以补谈两例:一是他1982年从大学中文系毕业后,被分配到杭州的一家造纸厂担任科室的干事,但第二年就调到了出版社。在这一年的纪事中,他对这种变化有如此议论:"那种差事最能见证中国式文牍主义,一个几百号人的工厂也时不时下发自己的红头文件。从文稿起草到油印、装订,时常忙得不亦乐乎。科室干部在工人眼里大概算是挺神气了,可见了书记、厂长,一个个都点头哈腰的。我不习惯这种生活,在班上忙完自己的一堆破事就埋头看书,也不管头儿是否皱眉头,一套线装本《云笈七签》就大模大样搁在办公桌上。"另外一例,则是我从一位曾在杭州的浙江文艺出版社任职的朋友处听来的。那位朋友与我在鲁迅文学院读书时比邻而居,我曾向他询问过李庆西的情况,他津津乐道,因为尽管他是晚辈,但因曾与李庆西有过一段同屋办公的岁月,因而也有过一起吞云吐雾、海阔长谈的机会,并感慨自己从李庆西处受益颇多。但令我感到诧异的是,这位朋友告诉我,李庆西直到退休,也没有高级职称,在出版社的编制上,不过一普通编辑罢了。但现在想来,也才真正理解了。(原载《联谊报》2011年4月21日)

最好的读者

偶然翻读朱小棣的《闲书闲话》，其中写到他在海外看到一册微型书评集《无聊才读书》，提到了南京大学外文系的郭斌龢教授。他曾与人合作从希腊原文翻译柏拉图的著作《理想国》；而这位少为人知的郭斌龢教授，乃是国内少有的精通希腊文的渊博学者，因此才得到商务印书馆的青睐，邀请他翻译《理想国》的原著，并将之收入在学术界非常知名的"汉译世界学术名著"丛书之中。让人意外的是，在这册书中的另一篇文章《好一个南京情调》中，朱小棣谈到他无意中在一册名为《南京情调》的书中，读到收录其中的二则《吴宓日记》，其中也提到了这位郭斌龢教授，更令人惊讶的是，当时已颇为著名的吴宓教授，竟也曾拜郭教授为师，进行希腊文的学习，诸如朱小棣在文中所抄录的如下日记："沃姆 G. N. Orme 先生来函，谆谆劝予就其高足郭君斌龢学希腊文，予亦决学之。是日晨访郭君于第一中学，以开学未能见"，"及予由校中归家，郭君已在此，并携来希腊文教科书数册。郭君人甚高明而诚恳。谈次，极为欢洽，且于《学衡》事亦极热心。留午膳。午后三时别去。"为此，朱小棣也便感慨到自己曾与这郭斌龢教授的一段师生情缘："这郭君斌龢不是别人，正是在下有幸于上世纪八十年代私下所拜恩师之一。那时我每周拜访郭府，习英文，谈国事，聊家常，悟人生，甚为欢愉。在当时私下拜师郭府的少数人中，我是最年幼无知的一个，寻师也晚。说起来，我可以算是郭老先生非正式的关门弟子。"

偶然在海外读到有关恩师的消息,自然会感到亲切。朱小棣在文章中回忆他在上世纪的八十年代,曾在南京大学图书馆的外文阅览室里,看到了一套新添置的经典丛书,洋洋大观近二十几卷,从柏拉图到现代名家,各自精华均有英译入册,这使他颇为兴奋,于是便到郭斌龢教授家中,讲到自己可以将这套丛书一网打尽,一览精华而无余。没想到,郭斌龢教授却指出,这种做法固然不错,机会也十分难得,但不要迷信编者的眼光,因为只读别人的选本,难免会挂一漏万。更重要的是,读书是为了帮助自己思考,而不是代替自己思考,为读书而读书,虽读尽所谓该读之书,也不过拿去炫耀而已。不如自己兴之所至,边读边想,形成自己独到的见解。也因此,朱小棣在文章中感慨,郭斌龢教授学富五车,但即使年迈不便行走,却坚持译作和耕耘而不懈,老先生对于读书求学的态度,更是让他终生受用不尽。这册《闲书闲话》,我之前并未关注,随意读了其中几篇,觉得果然有趣也有识,不是人云亦云的东西,很是难得。特别是作者朱小棣,在自费留学美国的麻省理工学院后,担任哈佛大学住房研究所的高级分析师多年,按理说,这本书中所谈到的这些人文书籍,对于他来说,只是闲书而已,本也就是业余消遣的勾当罢了,但我读了他所写成的这些读书随笔,却感觉很有见地也很有眼光,一点也不业余,正是多年前郭斌龢教授所教导他的那句"兴之所至,边读边想,形成自己独到的见解"。

都说书话文章易写难攻,因为要写出水准来,却实在是太难。缺乏独到的见解,也没有开阔的视野,更是少了深厚大气的人文积累,算是如今书话文章的诸多弊病也。而朱小棣的这些读书闲话,却是能够别出心裁,见识独到,又敢于说出心中的真话,虽然文字朴实,寥寥数笔,但却读后让人感觉扎实,耳目也为之一新。诸如他在文章《读孙犁散文选集兼与钱谷融教授商榷》中,谈到自己偶读了一册《孙犁选集》,其中有钱谷融先生的序言,议论孙犁的文章之所以出色,是因为其善良和美好,而朱小棣则认为,孙犁的文章之所以异于凡常,关键在于真实,"与孙犁盛名时期的散文同属当年主流'歌德派'的、以茅盾的《白杨礼赞》为代表的大批散文,令人读来都会因为时过境迁而难起共鸣,甚至多多少少令人感到肉麻。可是读孙犁的白洋淀散文旧作,至少是选集中的这几篇，则依然能够感知笔下人物的真情实感，毫不怀疑它的真实性"。再如，他在文章《内心的尴尬》中，谈论自己读了孔庆东的《47楼207》后，觉得其中几篇记述校园生活的文章"异常生动"，很让他佩服其才华的出众，甚至由此联想到了钱钟书的小说《围城》。但他偶然又读了孔庆东在网上关于章诒和的《往事并不如烟》的批评文字，觉得乃是"无端批评，心里顿生失望"，因为，"想不到在这样年轻的人身上看到了'文革'的阴影。那种语言逻辑，腔调面孔，都不是我所乐意所见"。而朱小棣的有趣又有识，不仅仅是他对于孔庆东文章的反驳，而在于他热衷于思考的真诚、独立和通达："一个是了解'右派'的人，用生花妙笔写了几个'右派'；一个是熟悉校园生活的人，生动地写了几个学生。何以文人相轻，相煎太急？正因我原本有看好孔氏之意，还想要向人推荐，话虽未出口，心中已生万般尴尬，不是滋味。"

其实也不难发现，朱小棣的书话文章之所以可贵，不但是他能够在读书时善于思考，也特别善于去独立地思考，还有他文章中所体现出来的特有的历史感，一种来自于个体对于社会和历史的生命体验和精神判断。缺乏了这种历史感，有时候即使再有什么独立的思考和见解，很多判断也只不过是"妄言"而已。不妨再略举一例，他在文章《年年岁岁一床书，昨夜谁幸伴君眠》中，谈及偶然读了一册《年年岁岁一床书》，该书作者江晓原提及1978年到1982年在南京大学读本科时，文科学生可以借阅的图书中有很大一部分是不对理科生开放的，理由据说是"理科学生对某些人文读物缺乏分析和批判能力"。对此，江晓原认为这种规定，"实在是一个大学的耻辱"。朱小棣读后却大不以为然，因为在当时的历史环境中，这样的做法恰恰是这所大学在思想上逐步迈开的一小半步，可以允许大批文化书籍向文科学生开放，而当时的其他很多院校的文科学生，还对此羡慕不已呢。朱小棣由此而感慨到："一个治科学史的学者，竟已对三十年前的政治文化史如此陌生，缺乏历史地看待问题的眼光，不能不令人有些忧心忡忡。"

之所以有如此判断，因为朱小棣不仅仅是当时亲身经历此事的大学校友，还有他在这册书中隐约透露出的一点身世之谜，诸如在《由无名文学到文学无名》这篇文章中,他写到此书中曾提及的政界名人杨帆在"文革"中的诗词创作,不由想起这位杨帆还曾与他父亲1937年在上海一起参加过"上海文化界救亡协会",并同属于一个地下党支部,当时杨帆是宣传委员,而朱小棣的父亲则是组织委员,只是让他没有想到的是这位被历史隐没的杨帆,如今也被以文学的方式打捞了出来。再如他在文章《读书与读人》中,又写到上海学者黄裳曾经他人介绍,特地到他们家中来拜访其父。朱小棣佩服黄裳的才华,还欣赏他在文人之中读书藏书均为之冠,博览文章也是钱钟书之后第一,喜欢旧纸堆的人,没有人是不知道黄裳的。而正是这位黄裳,与他的父亲还曾是南开中学前后毕业的同学,其时"文革"终尽,他们相见不语,默然相对,都是劫后余生也。读文至此,不仅顿生出几分原来如此的感慨来。朱小棣还有一册英文自传《红屋三十年》,曾获得过全美"杰出图书"的荣誉称号,想必对他的父亲以及其在历史上的风雨起伏,也是会有更多和更详细的讲述的,而我也是很乐意有机会去一读的,因为这样独特的历史感,不仅仅是亲历者便可有,而非得是有刻骨记忆的人,才能时刻去留意并也用心去思考的。(原载《开卷》2011年第8期)

辑四

夜读抄

热爱大自然的人

缪哲先生好译笔，让我许久才找到他翻译的《塞耳彭自然史》，此书由英国人吉尔伯特·怀特所著，收入花城出版社的"经典散文译丛"之中。但若不是缪哲先生的译作，估计我是很难知道的，但奇怪的是，七十多年以前周作人已经写文章介绍了，而我读书前的序言，才知道怀特是十八世纪英国退隐山林的乡村牧师。这本《塞耳彭自然史》便是他在山村塞耳彭隐居期间所写的自然观察笔记，据说塞耳彭当时十分荒凉，少有人至，连通外界的只有一条曾被大水冲毁的小路。怀特在决心定居山村塞耳彭之前，曾为英国奥利尔学院的评议员，而选择乡村牧师，无疑还是一个清贫的职位，幸亏他的祖父遗留下一笔可观的财富，让他可以安心地在乡间衣食无忧地观察自然风物。怀特1720年生于塞耳彭，1793年去世，其间曾先后到温特斯特学院、牛津大学和奥利尔学院读书，1743年他获得文学学士，1744年3月又当选为大学的评议员。但在1755年，他选择了以牧师的身份定居偏僻的塞耳彭，之后便不曾离去。据说曾有多次邀请他回到大学担任教职的机会，但都被他拒绝了。而究其原因，用此书的序言作者格兰特·爱伦的话说，就是"他不愿分心教区的事务，宁可在法灵顿做一名不起眼的副牧师，享受一个有学养的博物家的恬静生活"。

《塞耳彭自然史》以书信的形式写成，但其内容却专事倾谈山村里的自然风物，其对鸟兽与自然的观察极为细腻，读后令人十分地感动。但很长一段时间，这册《塞耳彭自然史》并无什么名气，文学史上也不曾留下什么位置；到了二十世纪之后，才逐渐具有影响，格兰特·艾伦这样评价怀特的意义："说实话，能推进科学于万一的，天下并没有几人；假装推进科学，去蒙一点小小的浮名，这样的愿望，根子就在我们现行的学究教育中。但爱自然，观察自然，是人人都能的。在这一点上，每个人都能从怀特身上取得教益。我们的目标，应是把自己塑造为立体的人；使自己有圆满、协和、博大的人性。我们都不愿做'扁平人'。而怀特的方法与榜样，对预防流行于现代生活的'扁平症'，则有莫大的价值。请以怀特的率真、无成见的眼神，去直接观察自然吧，问她问题，让她自己回答，不要拿仓促的答案强加于她；这时，不管你是否'推进了科学'，你至少会使得人类中，多了一名真心爱美、爱真理的老实人，从而推进我们普遍的人性。"

其实要说隐居者的自然笔记，美国人亨利·梭罗的《瓦尔登湖》更有大名。我手边的这册著作由吉林人民出版社出版，列入"绿色经典文库"之中。此书由著名作家徐迟先生译出，也是非常精准美妙的译笔。他在译者的序言中这样写道："这本书是一本健康的书，对于春天，对于黎明，作了极其动人的描写。读着它，自然会体会到，一股向上的精神不断地将读者提升、提高。"真的要感谢徐迟先生，为我们奉献这样一册美好的译作。此书前附有徐迟在梭罗当年的小木屋前的照片，如今这里已经是供人们游览的保护区了。我从照片中看到木屋前的栅栏上有这样的文字："WELCOME TO WALDEN POND STATE RE-SERAVATION OPEN 8 A. M. TO SUNSET"，翻译成中文就是"欢迎到瓦尔登湖州保护区；开放时间：上午八时到日落。"我在鲁迅文学院的同学、散文作家王雪瑛曾两次到瓦尔登湖去游览，回来后写成了散文《回望瓦尔登湖》，文章发表在《钟山》杂志上，后来被收入到花城出版社的《2009中国随笔年选》中，其中我印象深刻的是她在文章中，由梭罗的简朴生活而忧虑如今日益恶化的自然环境，真是怀抱热诚的赤子之心。

梭罗是哈佛大学的高才生，曾经当过多年的中学校长，受到美国思想家爱默生的巨大影响，两人一度过从甚密。他后来在瓦尔登湖畔伐木筑屋，就是在爱默生所属的林地之中。梭罗先后在瓦尔登湖边生活两年,在那里他独自伐木、开垦、种植、收获,过着丰盈而简朴的生活,正如王雪瑛所感慨的那样:"他一个人阅读,一个人写作,一个人思索,一个人生活。他以最低的物质水准,过着最朴素的生活;但他收获的是丰富的内心体验,一棵孤独的树上结出的思想果实。"1854年完成的《瓦尔登湖》见证了那段美好的生活,我从那沉静的文字之中感受到一颗宁静与欣悦的灵魂。起初,《瓦尔登湖》也缺少知音,甚至曾一度遭受讥讽,但很快便成为美国文学中一册独特而卓越的名作。徐迟先生在序言中这样写道:"严重的污染使人们又向往瓦尔登湖和山林的澄静的清新空气。梭罗从食物、住宅、衣服和燃料,这些生活之必需出发,以经济作为本书的开篇,他崇尚实践,含有朴素的唯物主义思想。"但遗憾的是,在我们今天遭遇曾经西方相同的环境问题的时刻,却无法有一部可以与这册书相媲美的著作。

这种遗憾,其实是与一位中国作家的离去相关的。我曾经在一篇随笔文章中写到,作家苇岸可以被称作为是中国的梭罗,但因为他的早逝,使他没有能够写出一部中国的《瓦尔登湖》。苇岸本是写作诗歌的,但因为阅读了美国人梭罗的《瓦尔登湖》,心灵受到极大的震撼和影响,由此改写散文,并真正从生活本身改变了自己。苇岸生前居住在北京的郊区昌平,那时的昌平还是真正的郊外,从他的居民楼走出不远,便可以见到农田、植物和花鸟,这为他后来断续观察和写作长篇散文《一九九八 廿四节气》预备了现实的基础。这一组文章写到"谷雨"之时,苇岸就被发现患有癌症,因此这组文章最终成为令人遗憾的作品。由于深受梭罗、利奥波德等人的自然思想和伦理观念的影响,苇岸的作品风格不同于环境文学,而更接近在西方被称为自然写作(Nature Writing)的文体。他在创作上,体现了对博物学的重视,表现出自然科学家一般的严谨。为了写作《一九九八 廿四节气》,他用了整整一年时间在他居所附近的田野上选了一个固定的基点。每到一个节气都在这个位置,面对同一画面拍一张照片,形成一段笔记,时间严格定在上午九点,风雨无阻。然而,他仅仅创作完其中的六个节气之后,便被病魔夺去了生命。《一九九八 廿四节气》竟成为旷世绝响。我始终以为,《一九九八 廿四节气》也仅仅是他整个写作计划中的一个很小的部分，但遗憾的是，我们永远无法再见到他所设想的全貌了。

苇岸对于自己的文字十分苛刻，他所留下的东西极少，但每一个文字都显示了他对于这个世界美好的见证与认识，生前他仅仅出版了一部散文集《大地上的事情》（中国对外翻译出版公司，1995年版）。能够读到这册散文集的人估计不会很多，我后来偶然买到他的散文集《太阳升起之后》（中国工人出版社，2000年版），系他离去后由友人整理完成的，这册书中收录了他临终前未曾完成的作品《一九九八 廿四节气》。去年是他离世十周年的纪念，我一直想写点东西表示自己的怀念与敬意，但却始终难以下笔。前不久，到书店看到由冯秋子重新编选的苇岸散文集《最后的浪漫主义者》（花城出版社，2009年版），又增收了他生前的许多日记。我默读良久，为他的早逝又一次感到难过。这难过还因为我在书店里看到的另一册散文集中，某位享有盛誉的作家不无炫耀地书写自己在乡间的山南水北之间，构建豪宅，种植修路，偶作隐居，享受优待，从而写下那些所谓的山居笔记。更让我诧异的是，这种伪写作不但频频获奖，还在读者中畅销，真是悲从心间来。这也倒让我想起缪哲先生为《塞耳彭自然史》所写的译者跋记，末尾处有这样让人无不动容的感慨与遗憾：“对自然的兴趣，在中国如今已渐成小小的风尚，并有几位作者，是专写这一话题的，我与之有过数面之雅的已故的苇岸先生，是其中最出色的。1995年他的《大地上的事情》出版后，曾赐我一册求我'雅正'，我回信说，英国有一本自然史的名著，叫《塞耳彭自然史》，兄倘能读英语，可借来一观，或可稍去'感慨多观察少'的毛病。我当时所谓的'毛病'，是指我们的作者写虫鸟的话题时，每以虫鱼做感慨的引子，对虫鱼的观察，却失于肤浅，这是古人以香草美人托喻的遗风，不合现代自然史的传统。但人各有性，有以思虑见长者，有眼锐而知微者，不好用同一个标准第其优劣，故我当时说的毛病，也未见得是毛病。如今书已译成，欲呈一册乞苇岸先生的雅正，已无由寄达，说来不胜人琴之感。"（原载《独立阅读》2010年第5期，又载《译林书评》2010年第7期）

我看见了野菊花

选择旅途上的读物，对于我来说一直是一件颇为困难的事情。不久前因为要和几位朋友到南方去开会，就很为带什么书上路而犯难，临行前想起早先从网上打印的一叠资料，便匆匆带上了。当车子在冬日清晨的薄雾中前行的时候，我才发现这资料中有很厚一叠是余世存先生在成都的《青年作家》杂志上发表的文章，这些文章曾以"浮世心思"的专栏名称行世，至今也没有成书。我在车上断续地读这些文章，分别是余世存先生关于写出当代汉语奇书《永恒的孤岛》的毛喻原先生，流落海外的著名美学家高尔泰先生，英年早逝却留下一部小说巨制《神史》的云南作家孙世祥等人的论述，还有他所屡屡提及的朱学勤、吴思、刘小枫、王力雄、胡平、崔卫平、老威、李昌平、章诒和、谢泳、陈桂棣、春桃、朱大可、萧夏林，等等；而那篇《我的世纪华宴》读来最为动人，余世存写到自己浪迹京华时遇到的那些当代中国的思想精英们。由此，想到我数年前在极为困顿中读到了余世存先生的一部随笔文集《我看见了野菊花》，因为这些文章之间其实是有一种血脉上的联系。那部随笔集《我看见了野菊花》集中写到了诸多当今中国的知识分子，诸如李慎之、何家栋、汪丁丁、北岛、喻希来、王小波、汪晖、王康、毛喻原、张远山等，这册书让我看到了这个世界中存在的另一种风景，正如余世存所形容的那样："我看见了野菊花"。后来我北上读书时，将那册书送给了一个志趣相投的朋友，也许他也能从余先生的那部著作中受益。

我在北京读书的时候，有机会见到余世存先生，那时他的那册《非常道》正热销南北，但余先生的日子实际上并不好过，精神世界本就惶然不堪，身体也时常被无理由地限制着。那天他得知我曾经在南京读过书，便问我是否是南京邮电大学毕业的，我当时很疑惑，后来余先生说那所学校有个很好的老师，在他的周围团结了一批热爱读书和探求真理的学生。而直到那日我在南去的路途上读《青年作家》上的那个专栏时，才在其中的一篇文章《全部的人类经验》中得知，南京邮电大学的樊百华老师因为思想特立独行，被校方发配到图书馆，但他正好通过学生们的借书情况来判断这些学生们的精神和思想状况，并从中发现和培养了一批真正能够独立思考的读书种子，然后一个个地播撒到全国各地。余先生说，正是有樊百华这样的朋友存在，他才不感到真正的孤独。当读到这些段落的时候，我被余先生笔下热烈而沉郁的文字所感动，更为这个世界上所存在的这种高尚的精神道义所敬佩，仿佛点燃了内心里一颗冬眠的火种，顿时有一种炽热的滚烫。余世存在《我看见了野菊花》的后记中说，他的梦想就是写出一部当代中国的"异行传"，而这些只能算是他所作的一些初步的尝试罢了。

恰好近来读了摩罗的《西风的竖琴：摩罗文学作品自选集》，其中有一篇《思念仁者》的文章，写到隐居内蒙古草原的民间思想家徐无鬼先生，其多年努力也是在准备写出一部《中国异端史》出来。由此便将这册书通读了一遍，其中还有关于钱理群、吴洪森等师友的文章，也非常打动人心。摩罗的文章久已不读了，当年他的那册热销的《耻辱者手记》我是翻读过的，只是觉得这些篇章之中有太过于深厚的哀怨之气，这次读这册《西风的竖琴》也还是相同，但他面对这个世界的坦诚与仁爱还是很让我尊敬的，这是我们这个时代的写作者中十分难得的精神因子。读摩罗，我总想起陀思妥耶夫斯基的那句话："我只担心一件事，就是怕我配不上我所受的苦难。"在我看来，摩罗并不具备一流的文学才华和天赋，但他曾在底层遭受心灵的折磨和创痛使得他自觉地担当了这个时代苦难的代言人，尽管可能是那么地不合适，但因为稀少而让人倍感珍贵。

《西风的竖琴》中的第一辑"讲述底层"便是关于这个社会苦难的集中叙述,诸如《城里的姨妈》、《我是农民的儿子》等篇章可算佳作,读来颇有辛酸之感;但翻读全书,我最喜欢的还是一篇随笔长文《我的财富观》,对于这个时代的剖析和见解已经远远超出了文学的范畴,其锐利的批判和清醒的思考,读后让人感到安慰。我之所以喜欢这一篇,因为它还代表了摩罗对于这个世界苦难的表象背后的深入挖掘,从而在精神世界之中寻找出属于自己安身立命的家园。这些年,摩罗在逐渐远离文学,正说明他在另一个方向为自己和所有遭遇苦难的人寻找精神的谜底。那么,《西风的竖琴》或许可以算作摩罗交出的一份文学的告别之作吧。

　　林贤治先生在我的心中有一种精神使徒的感觉,他所出版的那些著作我曾用心的收藏过,那是一个人在启蒙时节最好的文学读物之一,而他所编辑的那些书刊更是提供了一种纯粹的精神食粮,诸如他所主编的一套"流亡者文丛"就曾是我的床头读物之一。如今我可能已不再会去追读林先生的文字,但他在我的心中仍然是值得敬佩的,我相信在很多读书人心中的这种感觉都是一致的。《旷代的忧伤:林贤治散文随笔选》中的篇章我都曾断续地读过,而如今购买和重温便也带有一种致敬的意味。这册散文随笔选主要收录了林贤治先生关于人物素描的文字,其中包括鲁迅、李慎之、顾准、董乐山、遇罗克、陈寅恪、张中晓等,也有国外的米沃什、凯尔泰斯、布鲁诺、奥威尔、索尔仁尼琴、依薇、左拉、爱因斯坦、别林斯基、卢森堡、托尔斯泰、涅克拉索夫,等等。从这些人物的名单之中不难看出一个作家的阅读口味,但它更代表了一种精神谱系,那便是追求灵魂的自由与独立的高贵精神。林贤治先生说他起初打算给这册著作命名为"看灵魂"的,因为讨论灵魂,在古希腊那里不但是最常见的话题,而且还是最深邃迷人的篇章。遗憾的是,我们这个时代关注人类真正的灵魂的文章真是太少了,我们终日在粗糙的娱乐中消费光阴,却无法正视自己心灵的苍白与平庸,这其中便是缺少更多灵魂标高作为我们存在的准绳。《旷代的忧伤》所提供的正是这样一种东西。

　　或许是写作诗歌的根底,林贤治的散文随笔有一种诗意的况味。但恰恰是这种诗意，曾使我迅速地接近它，也导致我现在开始疏离它，因为过多的诗意会形成阅读的疲惫，从而造成一种空洞的抒情。但对于林贤治的写作，我仍然尊敬他的文字，还是因为他能够坚持一种诗意的独立，那是一种真正寻找精神真相的抒情写作，而不是我们今天很多写作者在思考和写作之前便已经开始思考写作的限度或者表达的困境了。心灵的束缚影响了思考的独立与自由，这便是我们时代众多写作者的悲哀。林贤治的写作则不然，他能够于时代的真相中做出自己独立的思考与判断，而决不人云亦云，无论崇高还是卑微，诸如他在《纪念李慎之先生》中写到十年前李慎之先生那篇名动一时的雄文，便有这样并不盲目的思考："几年前，接到北京朋友寄来的李先生的一篇文章，记得展诵已是黄昏，窗外下着大雨，正所谓'满城风雨近重阳'，读罢颇多怅触。后来想，李先生说的唯是大实话而已，何以有如许力量？因而想及一个语境问题。其实，言说的价值有时并不在言说本身，而在它与语境所构成的关系。就说左拉，他为德福雷斯案件所作的《我控诉》，力量在哪里呢？在道德、良知和勇气那里。因为言说以外的这些东西，正是那个语境所稀有的，所以才有了金子一般的价值。可以设想，如果换了一个语境，开放，宽容，还有左拉吗？"

我从来不隐晦我受教过的文字，因为它们曾经深深地震撼过我，惊动过我，启蒙过我，也影响过我，甚至是修正了我，从而才有了我今天的思想。更为关键的一点则是，我正是通过他们，仿佛找到了一座座精神的桥梁，从而开始走向无限的广阔。因此，我向所有在这个世界上真诚而独立思考的写作者们致敬。记得我拜访余世存先生时，他得知我自己的那册《我看见了野菊花》的命运之后，毫不犹豫地将自己书房中仅存的一册又赠送给我，那是我至今珍藏的几册不多的著作之一。因为它更多的是珍藏了一种美好的情感与愿望，便是无论在怎样的个人困境之中，选择独立的思考和写作，便是选择了自我。在今年自己出版的一册随笔集《精神素描》中，我在跋记的末尾引用了学者老侠在《读〈布拉格精神〉》中的一段话作为结尾，因为我太喜欢那其中坚定的信仰与美好的诉求。在这篇文章的结尾，我愿意重新引用一次，献给即将到来的新年，献给我们自己："然而，无论如何，我不能放弃写作，哪怕只为了给自己看。克里玛说：在极权暴力的威逼或世俗利益的诱惑之下，'写作是一个人可能仍然成为个人的最后场所。许多有创造性的人实际上仅仅因为这个原因成为作家。'这就是卡夫卡式的写作。我要把这段话抄给妻子，让她与我的共勉。假如有一天我们无法以写作维持起码的生计，我就去找份体力活干，以一种最原始也最简朴的方式养活自己，像一对农民夫妻。"（原载《独立阅读》2009年第12期，又载《SOHO小报》2009年第12期）

在孤岛上读书

《孤岛访谈录》原为1997年黄集伟为北京文艺电台所主持采访的一个节目，其内容是让每一位嘉宾选择一本书和一首音乐到一个虚拟的孤岛上去，总计有二十五位作家、学者、编辑和教师到他所虚拟的孤岛上做客，非常有创意，可惜此书没有附带录音，那样会更有价值。我不知道黄集伟的这个"孤岛"创意缘何而来，细读其书，只知道所谓的孤岛是一个非常模糊而有趣的设想，大约就是所邀请去孤岛的朋友前往的是一个衣食无忧、生活富足的地方，但那里缺乏现成的精神生活，因此前往那里的知识分子们有必要选择一本书和一首音乐，然后在孤岛上等待营救者的出现。面对这样的一个问题，我发现各位嘉宾的回答均是缤纷多彩，充满了奇思妙想，而我特别注意到：这二十五个嘉宾在回答这个选择的时候，大多都是充满了向往，因为在这样的一个环境中可以完成自己在烦躁喧哗中所不可能实现的阅读计划，有的为能够有这样一个自由的时间去与大自然进行一次亲密接触而充满期待。但我注意到，作家王小波对于这样一个假设则是充满了一种冷静的反应，在他以为到这样的孤岛就是要"熬时间"，因为那是一个丧失自由的地方，尽管有各种各样的好处，可是去了就出不来了，因此他才会有这样与众不同的反应："好像丧失自由似的——我还是不喜欢到一个丧失了自由的地方去呀！"

与王小波类似反应的是朱正琳，他虽然没有王小波那样敏感与激烈，但还是对这样一个假设充满了疑问："'孤岛'已经是一个限定,可我不知道我去了,是一种什么样的心情:我去度假呢?还是去静思默想一段时间呢?这个心态不同,所带的书就有所不同。还有一个时间长短的问题。你要让我到那儿去住几年,可能任何人都会觉得难受的。"之所以会有这样的反应,我想这与他自己的生命经历有着重要的关联,在这次关于孤岛的访谈节目中,他就轻描淡写地谈到这样的一段独特的生命体验:"我是有过单独被困在一个地方孤独相处的经历的。"并将孤岛上可能的生活状态与他的这段经历进行了一些有趣的比较。如果读过朱正琳的个人自传《里面的故事》,大约就会清楚这样一段独特经历,那是朱正琳因为读书而付出的青春代价,起因是在那个在无书可读的年代里,由于到图书馆里偷书来读,被意外抓到监狱关押起来,从而才有了这样"孤独相处"的经历。这是我读过的一册关于"里面的故事"写得极克制与细腻的一册书,可惜的是,他在"里面"并无书可读。能够在"里面"享受读书的待遇,估计是一种奢侈的行为,高尔泰在《寻找家园》中记自己在成都的监狱中争取读书读报的权利,后来幸好有一位曾做过右派的监狱长的同情,才终于可以让妻子带书来读。写作此文前,恰好闲翻谷林先生的《书边杂写》,其中引用了他读《聂绀弩还活着》一书中关于聂老在狱中的一个片段,这篇由聂的狱友李世强所写的文章中写到,聂在囚室中,把《资本论》读了四遍,做了几十万字的读书笔记,竟将狱友李世强的学习兴趣也给唤醒了。1974年4月底的一天傍晚,已经入狱四年的聂被提了出去,接着另号收禁,原来聂终于被宣判了,定为无期徒刑。那个夜晚,李一夜无眠。第二天天一亮,因为值班战士的通融,李得以看到聂,才得知这样的一个判决结果。聂对李说:"这没什么,不要管它了,我正有事要找你。《资本论》四卷,我又看了一遍,昨晚我又想到几个问题,写在一张纸上,夹在书里了,你先拿去看看……"

面对孤岛这样的一个假设,每个人都会有不同的生命想象,王小波会想到他辞职后一个人在北京独居写作的日子,朱正琳会想到他在"里面"的独处,而李银河会由此想到他刚到美国去留学的生活:"一个人在那儿读书,你很难进到人家的社会生活或是文化生活里去。人家各有各的圈子。另外就是,美国是一个很不重视亲情的国家。他们跟你见面熟，一见面就非常热闹。可实际上真朋友是很难交的。所以，就感到很孤独。"由此可见，孤岛其实并非是虚拟的，它存在于各种各样的生命体验当中，身处异国他乡，漂流海外也同样是一种身处孤岛的感受，印象很深刻的是北岛在《失败之书》中对于这种体验的描述："中国人在西方，最要命的是孤独，那深刻的孤独。人家自打生下来就懂，咱中国人得学，这一课还没法教，得靠自己体会。"《失败之书》是北岛流放海外的一册散文集，记录的是一个诗人颠簸动荡的流浪生活，以及内心孤独无依的精神生活碎片，而这种孤独是每一个游子所必须亲自体味的。与北岛的相似，是近来读刘再复的《红楼梦悟》（增定版），这册书正是这位上世纪八十年代红极一时的文学评论家在海外平复孤独所酝酿出来的著作。刘再复说，他在海外随身都带着一册《红楼梦》和一册聂绀弩的文集，在美国那个叫做科罗拉多的小镇上，这些著作使他度过了一个又一个寂寞的日子。

　　作家卢跃刚在面对黄集伟的提问时，则是想到了自己的青年时代，他这样描述自己青春期的精神生活："我曾经在很长一段时间里在一个与世封闭的环境里生活的。我当过地质队员，干过四年专业地质，在野外，在帐篷里面，虽然不是一个人，但基本上是一个与世隔绝的状态。所以应该说，实际的孤岛也罢，心灵的孤岛也罢，那种心境我早已体验过。在那种情况下，要排除孤独感，要慰藉自己的心灵，靠什么呢？就是要读书。"那时是七十年代的中后期，社会文化刚刚复苏，年轻而求知欲望强烈的卢跃刚就直接向上海的古籍书店进行邮购，从而使那个孤独的时间变得不再暗淡无光。对于卢跃刚的回答，我不是惊讶他对于这段生命体验的回味，而是他对于读书作用的直接回应。对于一个知识分子来说，读书才真正是他在解决自身精神困境时的最好出路，也是促使其不能够沦落和丧失信心的最后出路。相比卢跃刚的青春孤独，我读巫宁坤教授的回忆录《一滴泪》，就深刻地感受到读书对于身处困境中的知识分子的巨大力量，巫宁坤先生1949年从美国芝加哥大学获得博士学位，回来报效国家，但没有想到的是，他会以将近半个世纪的时间来遭遇生命中各种不同的政治运动，人生由此变得灰暗。在那样的岁月中，每每遭遇到那些荒唐的政治斗争，他便会想到莎士比亚在其剧作中的人物命运,他常常会默念那些经典的台词来为自己进行鼓励和安慰,无论是在东北的劳教场,还是在北京郊区的劳改所,他都感谢自己在困境中能够与那些伟大的心灵相遇,成为照亮他在生命中最灰暗岁月中的一线光芒。他说自己无论身处怎样的环境之中,都会随身带着一册《莎士比亚戏剧选》和一册《杜甫诗选》,后来他还从一位难友那里读到了一册《沈从文小说选》,沈从文先生优美的小说世界让他在那充满荒诞和苦难的岁月里获得了暂时的温暖与幸福!

无论是在没有自由的监狱里,还是被流放在异国他乡,或者是在极度荒僻的环境中,"孤岛"都存在于每一个生命的经历之中,其实孤岛更重要的不是一种现实的限制,更重要的是一种心灵的状态,有些生命即使处于自由的状态之中,但依然画地为牢,处于一种精神的孤岛之中。诸如晚年的孙犁先生,这位独特的革命作家,在他的晚年闭门谢客,甚至到了生命的最后光阴,竟然只是每日枯坐书房,对于来访者均是默然无语。他在晚年写作的读书文字如《耕堂读书记》中,记录自己在晚年以读古书打发消磨时光的岁月,我读这册读书文集,常常可以发现他在过目的那些古旧的书籍上留下挑剔的眼光,听到他记录下自己无书可读的苦闷与孤独。在他所欣赏与喜爱的书中,有鲁迅先生的著作,有《红楼梦》,有《史记》,这些都是他曾反复读过的文字,但到了生命的最后光阴,他干脆什么书也不去读。由此,我想到朱正琳先生在回答黄集伟的提问时所讲到的那句话:"每个人其实都有自己的孤岛。"斯言极是,信哉!(原载《独立阅读》2009 年第 5 期,又载《*Sohu* 读书》2009 年 6 月 15 日)

发现阅读的秘密

香港牛津大学出版社出版的赵越胜文集《燃灯者》，我早就想读。北京万圣书园用于图书推荐的玻璃书橱中，曾存放有这册装帧朴素淡雅的著作，我恳请书店的工作人员为我打开橱柜，大致翻阅了一下，才知道其中仅收录有三篇文章，其中长文《俪歌清酒忆旧时》曾在北岛主编的著作《七十年代》中读到过，这本书由北京的三联书店出版。幸运的是，近来我偶然翻阅学者丁东主编的《先生之风》，又读到收录在《燃灯者》中的另一篇长文《辅成先生》，将近五十个页码，在全书中篇幅最长也安排得并不醒目。尽管编者在文章的附注中声明此文已进行过必要的技术处理，但我读完这篇文章，也还是感到有赵越胜的这篇文章的存在，《先生之风》这册文选才显得分量十足，不虚一读。如此，《燃灯者》一书，我已读过大多半，虽还有遗憾，但总算不那么急切地朝思暮想了，也不再因为错过一册难得一遇的好书，而那么耿耿于怀了。为此，我要感谢北岛和丁东这两位编者，也要感谢出版这两册选集的出版社。

赵越胜的《辅成先生》充满着一种厚重、沧桑和忧伤的气息，它将一个晚辈学人在时代动荡之中对学术前辈的理解与感怀，书写得分外动人，文章中的辅成先生乃是北京大学著名的伦理学教授周辅成先生，他与赵越胜持续了将近半个世纪的忘年之交，而维持他们师生之谊的，不仅仅是那种师徒之间的学术关联，更重要的是他们在精神与道义上相同的理念与追求。我很喜欢赵越胜的笔触,他将一个虽曾受大辱的寂寞学人,却写得那样高贵与透明,那非得是大手笔,也非得是历经沧桑的人不可。除了这篇《辅成先生》,丁东主编的《先生之风》中,我最喜欢的还有章诒和的文章《人生不朽是文章》,这篇文章同样是厚重、沧桑与忧伤,章诒和的文笔总是那样动人心扉,而她的个性气质与她在荒谬的历史岁月中所遭受过的种种磨难,同样给她所写就的文章留下了批判与怀疑的底色。她在这篇文章中写了曾任中国艺术研究院副院长和中国戏曲协会会长的张庚,这个从延安时期走来的革命干部,却浑身激荡着正直、善良与高贵的人格魅力,他在学术与官场之间平衡了半生,但做人与为学的底线,却从来是那样牢固和笔直。

高尔泰的《寻找家园》,大多数文章都在北岛主编的文学刊物《今天》上发表过,这些文章基本都保持了原来的面目,也有些文章经过一定的删节发表在大陆的刊物上,诸如《画事琐记》一文首发于《今天》杂志 2004 年一期,后又经删节刊发在北京《读书》杂志的 2004 年第八期和第九期。许多读者包括本人在内,基本上也是从《读书》杂志上了解到高尔泰的这些文字的。尽管有所删节,但传播的功能还是远比海外的刊物强大。其他的书籍杂志,诸如《谁令骑马客京华》最早就刊发在北京的《读库 0601》上,但也作了比较大的删节。高先生的这册《寻找家园》现在已经共出版了四个版本了,其中 2004 年由花城出版社出版的简体删节版《寻找家园》,2009 年 11 月由台湾印刻文学生活出版公司出版的繁体字版《寻找家园》,2009 年 10 月由美国 Harper Collins 旗下的 Ecco 出版的英文版《寻找家园》,书名翻译为 IN SEARCH OF MY HOMELAND,副题为 A MEMOIR OF A CHINESE LABOR CAMP,最后一个就是 2011 年 6月由北京的十月文艺出版社重新出版的增订版《寻找家园》。

我有幸将花城版、印刻版和十月文艺版都读过一遍,发现几个版本的差异非常之大。前些日子,天气炎热,无心读书,便对这册书的版本进行了一下案头的对照,想看看这些版本之间究竟有些什么差别。以这册十月文艺版本的《寻找家园》为例,其中第三卷不但删去了三篇文章,而且删改之处很多,基本上都高达十几处,诸如《自序》一篇直接删改处便达到了十五处,再如《杨梓彬》这一篇，删改得面目全非，涉及到作者个人观点表达的部分，几乎都是全部改写而成的，有些内容的意思也发生了较大的变化，甚至发生若不读原文，让人真有些不知所云的感觉。

因为出版的语境，进行必要的删节，甚至是部分的删改，是可以理解的。但对比作者的原文，发现十月文艺的修改有的已经到了十分残忍乃至是荒唐的程度，如果阅读和进行研究，这个版本都很可能会误导读者的，有的甚至会让人感到莫名其妙，乃至是匪夷所思。这里略举一例，诸如《天地空白》一篇，作者写到他在敦煌认识李茨林后，两情相悦，十月文艺版随后便用了这样一段话："我们决定结婚时，'文革'已经临近。一个是摘帽右派，一个是反革命的女儿，很引起注意。"但我对比了台湾印刻的版本，这句简单的话，实际上原文则是两段话，分别为："几个月后，我向她求婚。我说我比你大十一岁，一无所有，但很爱你，你可愿意做我的妻子？她说，那多好呀！停了一下，又说，有了你，我就什么也不用怕了，多好呀！我心里咯噔一下，自问有能力保护她吗？倘若没，有资格追求她吗？她望着我，说，你怎么啦？我说了我的想法。她说她什么都不怕，最怕的就是我们要分开。我说那就让我们一起来共同对付这个世界吧。""没见到她的父亲，他已经被遣送到边远的农村，管制劳动。她母亲也是基督教徒，极有教养，很慈祥也很能干。她说等孩子们有了着落要申请去照顾丈夫。居委会讲阶级斗争，正动员她划清界限。我同她们家往来，也很引起注意。"如果不读原文，会发现删改的版本十分突兀，也有失简单，而作为读者，我也实在是不知道这两段话有什么太大的不妥之处，即使有个别字句需要删节，那么可行的处理办法就是换一种近似的说法，而决不是大段大段地删除呀。

对于读书，我自己的心态常常是有总比没有要强。因此，即使十月文艺如此删节，我还是庆幸它能够再度增订出版，只是若想更深入地理解高尔泰先生，我倒是建议去读印刻版的《寻找家园》，或者找它最初在《今天》杂志发表的版本来读。余世存的《非常道Ⅱ》出版之后，北京一家报纸请我对余先生做个访谈。想起自己对余世存的访谈，其中有些内容还是颇为精彩的，但令我印象更深刻的是，我问他在这册书中遴选的材料的标准是什么？他说自己也没想那么多，觉得有些东西触动了自己的内心，觉得对于自己更有价值便收集进来了；再如，问他说要尽量保持材料的客观，让读者对历史去判断，但我却发现其中有个史料，是讲赫鲁晓夫的，形容他是个小丑，行径可耻，带有很大的个人情绪。余世存说，这条材料可能是自己没有处理好。余先生真是性情中人。我觉得他对于《非常道》和《非常道II》的理解，很让人尊敬，那就是这些材料就像是一条条线索，然后让你去发现其中更多的秘密，这也才是这两本书的真实动机。

最后，我要推荐批评家李静的评论集《捕风记——九评中国作家》。李静是我非常尊敬的一位文学评论家，我尊重她对文学非常纯粹的态度，自从我第一次读到她的那些文学评论之后，可以说，我一直都在期待这本书的出版。我知道当代很多文学评论家，在没有成名之前，都与所谓的文坛或文学界保持着一种苛刻的距离，但一旦成名成家，便立刻投入到其热闹的漩涡之中去了，参与评奖、担任评委、写应景文章、参加毫无意义的研讨会，甚至是拉帮结派，令人生厌。但李静从来都是低调的，写着自己的评论文章，也坚持着自己执著的美学判断，诸如对王小波和木心。由此，想起两年前我在一个短论中有过这样的读后感想，抄来结束这篇札记："李静的批评文字，在当下中国的文艺批评界里实在是一种异数。她的这册文学批评集《捕风记》，让我集中看到了一种犀利、华美、丰富与细密的文学风景，而她试图超越文学写作来获取甚至构建一种自由与智慧的精神世界，则让我看到了当下文学批评写作的一种可能与希望。在李静的精神世界里，文学的华美与自由的极致是木心，而精神的自由与智慧则要首推王小波，因此，她对这两位作家的评论也最让人读之心动，这两篇评论文章也最显她在审美与学养上的功力。从这两个当代文学人物的精神纬度，也可以见出作为一个评论家，其构建自我精神世界的重要与关键，而她对于王安忆、贾平凹、莫言等文学大家的批评与论断，则显示出批评家绝不流俗的思考意识，以及对世俗及传统文学观念敢于抗衡与割裂的独立姿态。因此，读李静的文字，常让我对自己的写作产生一种参照，使得我不再轻易和散漫地书写与聒噪。李静的批评带给我的另外一个启示,便是保持一种冷静的低调来写自己心中的评论文章,并始终坚持着自己一致的美学判断。这看似容易的批评态度,却是需要极为强大的内心世界来支撑的。"(原载《独立阅读》2011年第8期,又载《南风窗》2011年第5期、《中国图书商报》2011年9月19日)

会心一笑

偶然在路边冷摊上拣得一册朱健的《碎红偶拾》，一读便有些爱不释手。朱健的这册著作是研究《红楼梦》的，但并不系统，而多是些零篇短论，却很有心得和见解，常有令人耳目一新处。我虽对于《红楼梦》没有太多的研究，但极喜爱这著作之中的慧心与趣味，颇得我心。诸如他在《"红豆"小辨》中写到，有学者考证红豆之所以为相思子，乃因其形其色酷似女性阴蒂，性刺激最敏感部位，所以王维的"红豆生南国"，才"多采撷"、"最相思"，乃是艳诗。朱健读后则反驳说："此言不为无据。王诗解为艳诗亦可，因是当时教坊传唱的流行歌曲。但若视阴蒂为红豆惟一确解，便是一得自喜，以偏概全的恶趣。我初见此文，即哑然失笑：果然如此，则置红豆馆主溥西园先生于何地？如要抬杠，还可举出并不罕见的《万首唐人绝句》，《四库简目》称其'搜采亦云繁复'，王维的诗在这里成了'红杏生南国，秋来发几枝，劝君休采撷'，珍重怜惜之情，道出'相思'别番况味，亦称佳句，只是无所用'阴蒂'之刺激了。据说杜甫'落花时节又逢君'，李龟年所唱即有此诗，惟其为'红豆'、拟或'红杏'无可考矣。现场效应则是'合座莫不望（唐玄宗）南幸而惨然'。就算唱的是'红豆'，艳诗不艳，与'性刺激'相距何止十万八千里。刘永济先生评此诗曰：'此以珍惜相思之情托之名相思子之红豆也。'通达之论，本应如是，否则岂非成了儿童不宜？"

之所以有如此辩驳,原来《红楼梦》中有宝玉与几位玩伴歌吟"滴不尽相思血泪抛洒红豆……",便有学者从此推演而及至"血泪红豆",说成曹雪芹是不知典故的孤陋之人。朱健为此进而再作论证:"况且,宝玉唱的是流行歌曲,并非曹公'创作',对此也应略知一二,方可指指点点。"这篇短短千字文,真可谓是铿锵有力的妙文,其中也真是有学识,有底气,也有修养,让我这样的读者也不由得叹服不已。而也就是这短短千字文中,朱健还回忆他解放前曾在中学教书时,偶然听到一位女同事在吟唱刘雪庵先生为《红楼梦》所谱曲的《红豆词》,为之倾倒,可谓现身说法,并以此来说明此"相思血泪"之红豆与"红豆生南国"者,情虽可通,物则非一。诸如《"红豆"小辨》这样的妙文,在这册《碎红偶拾》之中,真可谓是俯拾皆是,便不在这里多作啰嗦了。倒是重新翻读作者的短序,见他如此谈论自己研究《红楼梦》的态度,却又是甚得我心:"这些文白夹杂、俚俗并陈的文字,当初写时多半起于心血来潮,下笔也就随心所欲,没想过逾矩或者不逾矩。现下有缘印成一本小书,不过是想博得读者同好会心一笑而已。会心,指'红楼'一部大书,可以打碎来读。偶然翻到一章一节,甚至没头没脑的一行一句(有时一字),都可以成为通往太虚幻境大观园的一门一龕、一桥一径。沉潜品位,证之个人生命体验,往往有恍然大悟之乐,足以藻雪心性,'红趣'无尽。"

还真是有些无独有偶的趣味,正好近来翻读陈子谦先生的《论钱钟书》,其中有文章《钱钟书和他的读者》一篇,写到有读者引用钱钟书在评《英国人民》一书中引过的 M 先生与人争辩的话说:"一般读众?需要多少傻瓜凑成一般读众?"在引用这句话时,钱意在展现英国人的品性。而到了这位老兄的笔下,已经暗中下了"转语",很有些睥睨一切的豪气,他自己先已"傲视"起来,仿佛钱先生在《管锥编》里说的那个"一览众山小"或"块视三山,杯看五湖"的"鸟瞰视"。为此,陈子谦先生颇有些调侃地说:"一个傻瓜提出来的问题,十个聪明人也回答不了。"也有读者在报纸上撰写文章,提出要将钱钟书的文言文翻成白话文,然后看看钱钟书还能剩下多少学问?并说胡适写学术文章也用的是白话文,言下之意好像是钱钟书没有写过白话文的学术文章。为此,陈子谦先生不仅叹息道:"面对这样的提问者,我们还能说什么呢?"但陈先生还是为此专门写了这篇趣识皆佳的文章,对这位作者的观点,他通过引证钱钟书的相关论点,进行了很有力的批驳,限于篇幅,我便不再罗列,有兴趣看文章即可。而我只是觉得陈先生写作此文,实际上针对的不仅仅是这位要专门将钱钟书翻译成白话文,然后再故意拿钱钟书与提倡白话文的胡适之进行比对的作者,不妨看他在文章中如此酣畅淋漓地予以批驳:"我其实只是想说,钱钟书的某些读者(请原谅我没有称他们为'专家'或'学者',还有那些专做'三教九流之外的发明'的人),总该先'读'了钱钟书才能'解构'钱钟书,干那些入室操戈甚至未入室先杀人的勾当,或者偷呀抢呀大家来分赃呀之后,还要来个'盗而反坐主人'的装扮,那总不是正路人的'搞干'。"

陈子谦先生是专门治"钱学"的专家,他的学问扎实也严谨,令人钦佩。这篇《钱钟书和他的读者》其实只是他研究钱钟书的一篇乘兴之作,但却写得很有独到的见识,也有鲜明的态度,可谓一针见血,让人痛快。诸如他笔下的这些读者的面孔,我自己就见过很多次,甚至早年自己也曾犯过这样的可恶毛病,显然这不是谈论问题,更不是研究学问的品行和态度。为此,他在这篇文章结尾处会有这样的呼吁:"我们应该对得住钱钟书。能识字读书的人,先做一个他的好读者吧!——去知道我们所能知道的。"的确,因为钱钟书先生的《管锥编》和《谈艺录》是少有人读,也少有人能够认真地去读,更少有人能够读懂甚至是读通,但侃侃而谈和指三道四的人却真是大有人在,实在令人为我们今天的读书人汗颜。也难怪,陈子谦在这篇文章的附记中,就有这样一段话,令人莞尔:"该文原载席殊书屋《好书》杂志1999年9/10期,编者潘二如先生告诉我,文章在编辑部进行了传阅。这些文化人的'会心一笑',是对作者的最高奖赏,尽管它实际上还不如'发明了雨伞'能引起关注。"陈先生这里所说的"发明了雨伞",出自钱钟书先生在论文《诗可以怨》中的一个典故,就是一个人用棍子顶了块破布,去专利局申请"发明雨伞"专利,这里算作是陈子谦先生对于自己书生气的一个谦虚而幽默的自嘲吧。

无论是朱健先生的《碎红偶拾》,还是陈子谦先生的《论钱钟书》,这种试图让读者"会心一笑",也确实能够让读者"会心一笑"的著作,我是真爱读的。按照我的理解,所谓的能够使人会心一笑的文章,应该是能够道出读者想说,但没有说,或无法说,不敢说,甚至是说不好,也说不清的问题,还说得不仅是铿锵有力,酣畅淋漓,而且还见解透彻,论辩巧妙,态度鲜明,如此而已。但如今这样的文章却是真的太少,甚至有了,竟然也难得会让读者能够真正的"会心一笑",诸如我近来翻读陈丹青谈论鲁迅的著作《笑谈大先生》,便真是让自己会心一笑了。陈丹青是画家,但好读鲁迅。不过,他读鲁迅,谈鲁迅,却完全区别于当下的学者和文人,有他作为美术家的敏感,但更有他作为现代知识分子的良知。这册《笑谈大先生》所收录的文章,自己算是重新读过了,因为其中的文章除去一篇《鲁迅与美术》,其他的都在他的文集中有所收录,但近来集中重读数遍,却是另一番深刻而别样的感受。之所以说深刻而别样,乃是因为自己之前也很关注陈丹青所谈论的鲁迅的话题,诸如那篇太过著名的文章《笑谈大先生》,关注他津津乐道的鲁迅的样貌和好玩,但这次却实在发现,其实陈丹青的言外之意,甚至是字里行间之中,却是大大地让我"会心一笑"了。

这册《笑谈大先生》,收文十篇,分别是七篇演讲,有《笑谈大先生》、《鲁迅与死亡》、《鲁迅是谁》、《上海的选择》、《民国的文人》、《文学与拯救》、《鲁迅与美术》,尚有一篇文章为《漫长的补记》,另有序言一篇,还有附录《鲁迅的墓园》一篇。表面上看,这些文章都各有主题,但我通读完之后,才发觉陈丹青其实将鲁迅进行了一次真正全面的解剖,诸如鲁迅作为人,作为文学家,作为知识分子,作为文人,甚至是作为一种遗产,他在我们今天是怎样的处境或者命运。我在此略举两个例子,诸如序言中谈到鲁迅与文学,他在《笑谈大先生》中这样写道:"我关于鲁迅先生的两点私人意见——他好看、他好玩——就勉强说到这里。有朋友会问:鲁迅怎么算好看呢?怎能用好玩来谈论鲁迅呢?这是难以反驳的问题,这也是因此吸引我的问题。这问题的可能答案之一,恐怕是因为这个世代、这个世代的中国文学,越来越不好看,也不好玩了。"又如,他在《文学与拯救》中借谈论鲁迅的《阿Q正传》来为文学的命运把脉:

"在鲁迅的时代,有过一些试图将文学与拯救审慎划分的小说实践,但很少有人听取。在我们的时代,仍然有一些试图将文学引向拯救的热情作品,也很少有人听取。怎么会呢?我们可以想想。所谓'文学'这个概念,其实来自西方,'拯救'的概念,同样来自西方,来自基督教,一如马克思主义和无产阶级专政的概念,来自欧洲。是什么,使这些概念居然在六十年前的中国成为现实?"

再如,谈论鲁迅作为知识分子的现代意义,他在《上海的选择》开篇讲到:"譬如解放后逼着孩子们念他的文章,念得最多的两篇,一是《记念刘和珍君》,一是《为了忘却的记念》,这两篇文章要是换了天时,鲁迅就未必写得出来,写出来,也休想发表——请愿学生刘和珍与四十几位小青年,被大兵镇压,打死了,鲁迅在文章里说,那是'民国以来最黑暗的一天'。这样的纪念文章,这样的说法,五六十年代,七八十年代,直到今天新世纪,全中国还是没人敢写,写了,也不给你发表。《为了忘却的记念》,写鲁迅几位年轻朋友怎样半夜里给拉出去枪毙,鲁迅怎样逃亡,还为此作了一首诗,其中一句是'吟罢低眉无处写',意思是写了也无处发表,其实不久还是发表了。这样的文章,这样的书,换了天时,在五六十年代,在七八十年代,直到今天新世纪,在全国还是没人敢写,写了也不给你发表。"也再如,他谈论鲁迅作为遗产的上海墓地,在此书的序言文章中便有这样一段:"那一次,我在虹口公园注意到毛泽东手书的鲁迅墓碑给两侧的美树遮没了,及后见到海婴先生,他就说,他曾几度向上海市政府申请作修剪,迄今没有下落。我暗想:花木无心,遮没了,岂不也好。"而他自己更欣赏之前鲁迅在上海万国公墓的题字,随后便有这样的补充:"记得鲁迅初葬的那块碑,字体拙朴,笔锋转折竟有鲁迅手书的圆润而内敛,谁写的呢,动问海婴,原来竟是他七岁丧父时,由母亲扶持着,一字一字亲手写成的。"毋庸再多地引用,在这册《笑谈大先生》中,我读到了太多这样让我着实"会心一笑"的文字,但我又不能明白,我看到太多的书评文字,或者读者感想,却发现他们几乎都统一地喜欢陈丹青笔下的鲁迅面孔,好看,好玩,但,仅仅只是这些吗?(原载《独立阅读》2011年第7期,又载《Sohu 读书》2011 年 8 月 12 日)

家国如梦,人生如诗

齐邦媛的《巨流河》甫一出版,便好评如潮。王德威评论齐邦媛的《巨流河》,用了"如此悲伤,如此愉悦,如此独特"这样的评价,可见赞赏之至。成都《看历史》杂志也将年度"国家记忆2010－致敬历史记录者"的历史图书大奖,颁发给了即将九十高龄的齐邦媛,广州第九届华语文学传媒大奖2010年度散文家奖也因此书颁发给了齐邦媛,还有香港的《亚洲周刊》2009年十大非小说类好书奖,以及各种报刊的年度好书评选与赞论,更是难以统计。一部老人的回忆录,何以受到如此的追捧,有人赞齐邦媛文笔之优雅,有人叹齐邦媛的精神之洁净,也有人论齐邦媛身世之悲壮,这些都是极对的。齐邦媛以她渊博的学识和端庄典雅的文笔来回忆自己的一生,从她的父亲齐世英的爱国努力,到她求学时所见识的一代知识分子的悲情人生,再到战火纷飞中的爱情感伤,以及流落台湾后对于中国文化的坚守与执著,都无不充满着令人慨叹的真情与感动。

其实,与齐邦媛的著作《巨流河》几乎同时出版的,还有台湾知名作家龙应台在香港写成的历史著作《大江大海 一九四九》,这部著作也同样是一出版便洛阳纸贵,香港和台湾两地均是热销,还曾获第三届香港图书奖。相比《巨流河》,龙应台在这本《大江大海 一九四九》中将个人记忆与史料挖掘融汇一起,可谓笔锋常带感情。而龙应台的叙述相比来说是要更直接和清晰的,她将笔触直接对准了1949年这个历史的转折时刻。龙应台的父亲也是国民党的军人一员，在台湾，与齐邦媛一样，他们都是外省人，同样，还如龙应台自己所说，他们还是一个失败者。因此，龙应台说，她的这部《大江大海》可以说，正是失败者的后代所写的历史。除此之外，还有周志文的《同学少年》、张至璋的《镜中爹》，以及聂华苓的《三生三世》，均是如此。

都说历史是由胜利者书写的，而这些由失败者的后代所书写的个人史，自然是别具一格，诸如齐邦媛在《巨流河》中写到一个政党的腐败与无能，但仍有那么多的知识分子、军人、政要、学生，他们在乱世中坚守着自己的信念，读来令人感怀。历史大势不可逆转，所剩余的都是一腔的乡愁。齐邦媛说她半生都在为中国文化在台湾的扎根与传播而辛勤努力，正是这种中国情怀所在，让我们读到了一个败而不弃的精神境界，实为可叹；而龙应台的《大江大海 一九四九》则写了一代失败者的命运，其中的惨烈、悲壮，令人同样感怀，乃至震撼。龙应台是在为失败者写传，更是站立在人道主义的立场上，来书写失败者的尊严与梦想。不过，与前两册书不同的是，聂华苓的《三生三世》则似乎为我们提供了另外一个失败者的生存境遇，小岛的腐败、压抑与煎熬，加之家国败丧之痛，可谓是痛上加痛，苦不堪言，直到最终的逃离海外。

相比这三册书，虽然都是书写失败者的人生，周志文的《同学少年》以及张至璋的著作《镜中爹》就从没有那么宏大的叙事，而是从微小的个人史来切入，同样令人感动。周志文是散文家，文笔清丽、朴素，带着一种淡淡的哀愁，他的《同学少年》写随父母亲流落来台后的生活。那些微小的往事读来让人有一种温暖和忧伤的感动，但同时也让我们看到他们的父辈作为失败者，在抵达台湾后的生活史，难得的是周志文以散文的笔法，从生活的细微之处落笔，诸如住房、读书、交友、出行、语言等等记忆，均是别出心裁的写法。张至璋的著作《镜中爹》则如侦探小说一般好读，他写到因为战乱阴差阳错而没有能够在台湾团聚的一家人的心灵史，如何思念、追寻、探访以及各自坚守人生的往事，直到最后谜底的逐步揭开。其实，这本书已经不是在讲述寻找父亲的经历，而是在寻找那些没有父亲的生活遗迹，"父亲"在这本书中甚至成为一种隐喻的象征。"镜中爹"可谓一种绝妙的寓言,作为一个失败者的后代,"父亲"不在,但身在遥远大陆的父亲,却只是一个"镜中爹",那种迷茫与悲伤,焦灼与无奈,岂能不让人为之心动?

高尔泰的《寻找家园》在 2011 年出版了增订版,我特别要强调这次增订,因为相比之前的版本,才更能理解高尔泰,特别是他在上个世纪八十年代的人生经历以及他在海外动荡的生活际遇。尽管相比完本,删节还是太多。高尔泰是知名的美学家,人生坎坷,命运曲折,学识非凡,经历了太多的大风大浪,故而这样的人生自然是迷人,因为他把苦难转变成了精神的财富。也正因为有了这样的经历,高尔泰的笔触才显得如此的厚重和沉静,相比他早年的美学论著,那曾是何等的激荡昂扬,也何等的美妙洒脱。苦难的确改变了一个人,包括他的思想,也包括他的文字。《寻找家园》是一册回忆散文集,但同时也是一代知识分子的精神史,从精神的早醒到挣扎,再到最后的流落海外,如今他只能以文字的方式归来。高尔泰取名"寻找家园",而家园又究竟何在?

赵毅衡曾将这些在海外写成的汉语文学,称之为"流散文学"。在缺乏读者、缺乏汉语环境的写作状况下,海外的汉语写作是一种极为孤独的写作状态,而再回顾家园,追忆青春往事,则是更为令人感伤的事情了。但正因为这种孤独和清净,也才让他们的写作显得纯粹和自由。与高尔泰的《寻找家园》一样具有代表意义的,还可列举出同样是在 2011 年出版的著作《燃灯者》和《我在故宫看大门》,前者的作者是赵越胜,上世纪八十年代京城赫赫有名的哲学学者,如今定居法国;后者的作者是维一,如今定居美国,据网友介绍,维一原名黄其煦,与作家阿城为多年好友,1989 年去国。可以说,这几册著作的共同点则是一致的,他们从海外回顾人生坎坷,也追忆青春年华。

赵越胜的长文《燃灯者》写了他的私淑老师周辅成,乃是北京大学的伦理学教授;而其实这册著作在香港的牛津大学出版社出版时,还另收有两篇文章,一篇是忆他少时伙伴的文章《骊歌清酒忆旧时》,此文曾收入北岛主编的《七十年代》之中;另一篇则是追忆一位在八十年代中国知识分子声名鹊起的报告文学家的长文《忆宾雁》。三篇文章,一篇是记恩师,一篇是忆友人,一篇是怀念亦师亦友的故人，读来都是充满沧桑与忧伤的性情文字。这种文字，若没有真性情，很难写出；若没有真感动，也是难以动笔的。那么，是什么让他感动，也不得不为文写作？赵越胜在文章中为我们刻绘出了一幅幅灿烂动人的精神雕像，他们在风起云涌的时代，曾怀抱着一种独守大道的知识分子情怀，当然还有那个时代的风云气象。读赵越胜的文字，常有一种往事如烟、世道不古的感受。

与高尔泰的《寻找家园》和赵越胜的《燃灯者》相比，维一的《我在故宫看大门》显得有些寂寥，因为作者有意隐没自己，只留文字给人间。同样，相比《寻找家园》与《燃灯者》的悲情与厚重，维一的这册著作显得十分另类，其沉静、幽默、质朴，甚至略有尖刻，这种对于往事的写作方式，很令我想起杨绛的著作《干校六记》。也因此，读这册《我在故宫看大门》，便令人颇感新奇，一方面他给我们描述了从"文革"到八十年代之间，很多他所熟悉的故人的命运，其中因为对于乌托邦梦想的追逐而导致的悲惨人生，极为冷静又刻骨；而叙述到自己的人生，则又充满了诙谐与幽默，诸如在时代的夹缝之中，偷书、逃票、看电影、听唱片、追女孩，竟有不亦乐乎之感。其实这种类似道家式的生存方式，如今看来，恰恰是一种对时代嘲讽的行为艺术。

似乎还应该谈谈北岛，这位八十年代享誉中国的朦胧诗人，在海外写诗之余，更开始了一种记忆的回归之旅，从关于读书经历的《时间的玫瑰》到关于少时记忆的《城门开》，再到主编关于一代人青春记忆的《七十年代》以及近来新近出版的关于北京四中的回忆《暴风雨的记忆：1965—1970 的北京四中》。如果说高尔泰是以一种受难者的形象归来，那么北岛则是以一位漂泊的游子归来，他甚至款款深情，回忆自己记忆中的读书往事，也回忆青春记忆中的北京城，更是发动更多人来记忆他们青春的七十年代和北京四中。北岛似乎与维一一起，给我们带来了另外一种历史的思路和记忆，温柔中带着尖刻与悲伤。

熊景明的《家在云之南：忆双亲记往事》中有一个细节，我读后久久不能忘怀。1971 年，因为出身的原因与男友分手的熊景明，给男友写了一封终未发出的信，其中写到她的梦想，就是有一天要离开这片土地，然后把自己的人生记录下来。那还是在"文革"当中,这样的梦想实属大胆,而她最终也算如愿。她后来在香港中文大学任职,退休后写下了这册回忆性著述《家在云之南》。这本书收在人民文学出版社推出的"人与岁月"丛书之中,也是这套丛书中影响最大也最为我所爱的作品。熊景明的笔触温暖、细腻,也柔软,记录她经历的那段人生经历,颇为令人动容,她的家庭虽不是声名显赫,但在中国历史上也曾留下了不少的雪泥鸿爪,而熊景明正是试图记录这样曾为这个民族的兴衰做出过自己独特贡献的一群人的命运,她们在半个多世纪的遭遇,诸如她的父母亲,平淡之中洋溢着人性的高贵,即使在暴风雨来临之际,也绝不害怕。

熊景明的往事只写到她出国之前,因为那段往事实在太令人难忘,宛如噩梦。与熊景明的著作一样令我惊讶的是袁敏的《重返1976:我所经历的"总理遗言"案》,同样是女性的著作,但袁敏实际上记录的是人生中的一个突然降临灾难的前前后后,以及由此改变的命运。这个灾难便是杭州一群高干子弟因为一腔忧国忧民的青春激情,而卷入震动一时的"总理遗言案"。按说这本已是被遗忘的一件历史事件,尽管对于整个大历史可以说是微不足道的,但作者试图告诉我们,任何一种政治的灾难,不管它的大与小,也不管它的对象是什么人,都是充满了伤害的,甚至是永久性的。难得这本书能够平静查探那段往事,且深入到历史的现场之中;以侦探的手段层层推进,让我们进入到谜底的最后,但却并未给出我们答案。这是作家的高妙之处,更是历史的微妙之处。

诸如袁敏这样被"历史"撞了一下腰的著作,还有很多,诸如徐晓的《半生为人》、朱正琳的《里面的故事》,等等,均是如此。前者回顾了她在1975年因为与志同道合者的思想通信而被莫须有地投入到牢狱之中,后者则显得荒诞,仅仅在"文革"中因为精神饥渴而偷书来看而遭遇了牢狱之灾,成为所谓的"反革命"分子,但正是这种非正常的政治气候,影响了人生的命运走向,也确实改变了他们的人生,仿佛从噩梦中早早醒来,他们从此以另一种眼光来看待历史、世界、现实和人生。关于"文革"的记忆实在太多,但我觉得上述几册书之所以被关注,除了作者的笔法与技巧上的巧妙,更为关键的是他们在写作中,都保持着一种十分谨慎和清醒的状态,这是十分难得的,因为这种清醒让我们可以直面历史的许许多多的细微之处，仿佛如手术刀直接划破了伤口一般。

当然，不能不提一个重要的写作者，那就是以《往事并不如烟》而引起广泛注意的章诒和。章诒和出身名门，父亲在"文革"中成为民盟第一大右派，没想到名门出身却成了灾祸。章诒和也因言获罪，入狱多年。《往事并不如烟》写的是大知识分子，诸如史量、储安平、聂绀弩、罗隆基，等等，但实际上到处都可看到作者自己的身影。虽然写的不是自传，却是借他人酒杯浇自己的心中块垒，给他人写传，实际上多少有些为自己抱屈的意味。章诒和的著作风靡读者，因为她写得太动情，许多地方都能看出有伤筋动骨之气，营造气氛，描述命运，刻绘心灵，谁读了不动心，那一定是石头做的心肠。而我觉得关键是作者能够有一种独立与怀疑的激情和勇气，在其晚年，喷薄而出，那是何等的境界。章诒和的文章除了文采、知识与性情之外，还有一种胆识与风骨。此种风流与风采，我们已久不读到了。故而，无论她还有何种值得商议的地方，仅仅这一点，便足矣。（原载《独立阅读》2012年第4期，又载《文景》2012年第6期、《北京日报》2012年3月29日）

远游笔记

偶然在书店里发现蒋彝先生的一册《伦敦画记》，起先是被这书优雅的设计所打动，封面采用的是很有些印象画派风味的油画，书内则另有多幅韵味十足的书法与绘画作品，并配以疏朗清秀的文字内容，很有一种高雅脱俗的艺术气质，在书店杂乱的书丛中显得十分不凡。于是归来后，灯下翻阅，才知道蒋先生是一位曾旅居英伦的散文作家，更为重要的还有，先生本就是一位十分卓越的艺术家，他擅长中国的书法和绘画，受到过良好的艺术教育。我看那简历，几乎又是一阵的惊叹，蒋先生出生于上世纪初的江西，青年时曾弃笔从戎，参加北伐征战，后在江西出任地方政府官员，谋求改革，但苦于时弊丛生，才不得不放弃政务，只身前往海外。蒋彝旅居海外时，曾先后在英国的伦敦大学东方学院，美国的哈佛大学以及哥伦比亚大学等一流学府任教，并在教学与旅行之余，尝试以"哑行者"的笔名写作旅行笔记，先后有十二册出版，分别有《湖区画记》、《伦敦画记》、《战时画记》、《牛津画记》、《爱丁堡画记》等。这些旅行笔记以英文写作，且皆由他亲自操刀设计装帧与插图，加以他细腻幽默的文章笔法，很快就成为当时海外书界的畅销作品。现在我手边的这册《伦敦画记》便是由台湾淡江大学英文系毕业的阮叔梅女士精心翻译而成的，也是大陆首次介绍蒋彝先生的作品。

我细细品读蒋先生的这册《伦敦画记》，十分欣赏先生的书法作品，清秀藏风骨，很有些古典神韵；而我也更是喜爱先生的绘画作品，特别是这些画作以中国的绘画技法传达英伦风景，更是别有滋味，难怪英国人看到这些艺术品时会有眼前一亮的感受。先生的文笔更是很不一般，常以轻松幽默和优美细密的表述传递他对海外生活的观察与感受，在这些文章中，他常常以传统中国人的视角出现，使得那些本应熟悉的景物和生活场面顿时显得有些陌生。在这些文章的叙述中，他频繁地引经据典、纵论东西文明，又挥洒自如，轻松地回到日常的现实世界中来。因此，我在他的身上既可以看到一位中国传统文人的儒雅形象，又似乎有着西方绅士的翩翩风度与气质。而由于这些作品又大多写于中国抗日战争的国难时期，因此，我读他的文字，每每可以发现这位游子对于故乡的思念与忧愁，许多细节让人十分难忘。他笔下的那些关于伦敦四季风景以及异乡生活场景的叙述，我以为恰恰正是寄寓和传达他个人乡愁的最好途径。记得在《月下伦敦》一文的结尾处，便有这样让人动容的叙述："去年九月，大约中秋左右，我意外收到一位年轻中国女孩的来信。我十年前认识她，却已八年没见过面。她信里什么都没写，只抄了我在秋天那章所录苏东坡的诗。结尾处她加了些字：'月既圆，为何缺？'我的思索奔腾，无法抑制，于是冲到汉普斯特德林区，想看看那儿的月亮。那夜无月！"

　　由蒋彝先生，我想到了一个多世纪以来，浪迹海外的那些华人游子们，他们在异国他乡思念着故乡，而又创造出了令人惊叹的成绩，仅以我所熟悉的人文领域为例，便有因传播东方文明而写出《吾国吾民》与《生活的艺术》等杰出著作的林语堂先生，有在英国伦敦任教时开始写作并最终享誉世界的老舍先生，有寄居法国并获得诺贝尔文学奖的高行健先生，有以深厚的文艺底蕴而荣选法兰西学术院终身院士的程抱一先生，有创办"国际写作计划"又著述颇丰的聂华苓女士，有研究中国现代文学而在欧美享有盛誉的夏济安与夏志清兄弟，有获得享有"人文诺贝尔奖"美誉的克鲁格奖的余英时先生，还有屡屡摘得美国最为重要文学奖项的小说作家哈金先生，等等。当然，还有众多我未曾目及的作家和学者，他们的杰出才能已经成为整个世界的精神财富。由此，我便想，若是有一册著作能够重点研究或介绍一个世纪以来浪迹海外的华人在人文思想领域中所取得的成就，一定是非常具有意义的事情。而我近来正好读完学者苏炜的一册散文著作《走进耶鲁》，便是写到了他浪迹海外多年，最终在美国著名的耶鲁大学进行教书育人和写作研究的人生风景。苏炜在书中感慨，他之所以能够在异乡里安身立命，便是因为在这所历史悠久的大学里，有一群华人游子团结在一起，创造了一个神奇的"中文乌托邦"。在这所曾由著名学者孙康宜女士担任东亚文学系主任的教学研究单位里，还聚集了来自大陆的才子学者康正果，台湾著名抒情诗人郑愁予等多位游子。他们一起在海外创建了一个吟诗读书的"中文乌托邦"世界。

我读苏炜的这册洋溢着才气与激情的散文集，感慨他在异国他乡里能够继续自己的文学梦和作家梦，在没有母语环境的世界里却能感受到一种温暖的创作氛围。为此，他就特意写到这样一个细节，作为东亚系主任的孙康宜女士积极倡导以中文进行研究和创作，她率先在几个中文教师的信箱里留下自己新作的中文稿件，安静地等待着大家的交流和意见，由此便逐渐地形成了一种十分默契与浓厚的中文创作与研究的氛围。而更令我感到慨叹的还是作家在异国他乡里，逐渐地形成了另外的一种全新思维和眼光，使得他跳离出了过去固有的观念束缚，从而具有了一种十分冷静与带有距离感的审察。诸如在这部作品中，他所写到自己在美国教书的见闻与感受——上课不必再受到任何的内容审查，开会也不必如以往的谨慎小心，图书馆可以自由地借到自己所需要的任何著作，学生独立的气质与杰出的成就让他这个做老师的也常常大吃一惊。更让他倍受激荡与沉思的是，他在文章《史力文为什么中止了学中文？》、《一个并非虚构的寓言》等文章中，通过对两个不同国度孩子的教育而发现中国教育的危机与悲哀所在。诸如他所提及的那个在耶鲁留学的中国学生，却被同学们私下里称作"ROBOT"——对历史一无所知，却固执机械地维护着所谓的尊严——想来都是令人感慨的恐怖与悲哀。

倒是令我感到意外的是，在耶鲁大学任教的苏炜，在他为西方文明所击节称许的时刻，却在回望自己民族的文化财富，又十分执著地对中国经典的传统文化表达着极为虔诚的敬畏与喜爱。诸如那一把高山流水的古琴，那一册埋没乡野的旧体诗稿，那一首首经久流传的唐诗宋词，都让他在异国的土地上魂牵梦绕，夜不能寐。他在文章中多次写到同样侨居美国并有着深厚传统文化修养的张充和先生，那是一种敬畏与承传的心态；而他对苏东坡这样的中国文人的赞叹与欣赏，便也有了一种对于生活与人生的期许暗暗藏于其中的意味。与苏炜有所相同的，则是客居美国的刘再复先生。浪迹海外多年，刘再复先生终于在美国科罗拉多山下开始了新的人生。在那里，这个曾经在中国知识界叱咤风云的知识分子潜心阅读中国古典文化，终于完成了他为之骄傲的"红楼四书"，其中分别包括《红楼梦悟》、《共悟红楼》、《红楼人十三种解读》、《红楼梦哲学笔记》等四部。这几册著作我断续读完，很惊诧刘再复先生以"悟证"的独特方式研究这册文学巨著，让人耳目一新，而其在文字中散发出浓厚的自由与古典的气息实在让我折服，读来犹如天女散花，落英缤纷。可见，这些研究文字对于刘再复先生来说，实已入哲思化境了。我不是红学的研究者，不好在红楼梦研究的体系之中评判刘再复先生的研究文字，而作为一个文学研究著作的阅读者，我在处处都可以发现一个中国文人游子在他乡生存的精神根底所在。在他的"红楼四书"的总序中，便有这样的夫子自道："德国天才诗人海涅曾把《圣经》比喻成犹太人的'袖珍祖国'，我喜欢这一准确的诗情意象，也把《红楼梦》视为自己的袖珍祖国与袖珍故乡。有这部小说在，我的灵魂将永远不会缺少温馨。"

在海外漂泊的日子里，刘再复将自己的写作归结为继续活下去的"一千零一夜"，为此他还创作了为数众多的散文作品，一起归结为他浪迹海外的"漂流手记"，其中便包括有《漂流手记》、《远游岁月》、《西寻故乡》、《漫步高原》、《独语天涯》、《沧桑百感》等九卷文集，这些著作大多在海外出版，我自然是无缘全部读到，但是近来读到的一册他的散文集《远游岁月：刘再复海外散文选》，便是这其中部分文字的精选。从那些被遴选出来的文字之中，我可以发现一个游子在海外漂泊的沉思与体悟，令我感到惊诧的是，在这些文字之中发觉的不是痛心疾首，不是落寞孤愤，不是叹息抱怨，更不是压抑绝望，而是美好、自由与希望，是沉思与歌唱，是对生活的热爱，更是对世界的拥抱。为此，他在书中感叹，自己出国以来仿佛是得到了一次"重生"，不但是现实生活上的再生，更重要的是精神上的彻底蜕变与洗礼。（原载《独立阅读》2010年第1期，又载《中国图书商报》2010年1月19日）

幸亏还有好文字

偶然购得董桥的一册随笔文集《墨影呈祥》，才发现原来这册文人集子之所以由这家似乎出版儿童读物的出版社出版，正是因为俞晓群先生的主政，才使得一脉文气得以延续；收入这套"海豚书馆"的丛书由沈昌文和陆灏策划，分为橙、蓝、红、灰、绿、紫六个系列，其中文学原创由孙甘露主编，海外文学由董桥主编，文艺拾遗由陈子善主编，学术原创由葛兆光主编，学术沟沉由傅杰主编，翻译小品则由陆谷孙和朱绩崧主编；仅看这格局，便可谓一时佳选，巍巍可观啊。

我原本对于香港董桥先生的文章是有些不屑于读的，但近来却着魔似的迷恋，由江迅所选编的《董桥散文》是自己近一段日子里常常温习的一册著述，而海豚出版社的这册《墨影呈祥》则也是十分喜爱。之前总觉得董桥造作甚至雕琢，又觉得过于雅致和风月，有些远离烟火和人间的感觉，未太多读便也就有了厌烦之情。但后来慢慢重读便也觉得新鲜，不似其他散文和随笔作家的文字，只需要一遍，即使再好也绝对不会重新翻阅的，我想这便是董桥下笔谨慎、运笔精细以及雕琢的结果吧，便也是可以常读常新的原因所在。记得学者缪钺先生曾经比较诗与散文，便有过这样精辟的议论："诗应当是不同于散文论著的。好诗固然要有进步的思想、健康的感情，但是还必须有高妙的艺术，创造优美的意境、风格，具有魅力，吸引读者，使他们在不知不觉中感发兴起。诗可以比作酒，能使人陶醉，也可以比作花，能使人迷恋。读诗者也正如饮美酒、赏名花，要涵咏其风味，而不仅是了解其内容。一篇散文，读过之后，内容已知，就不愿再读（有高度艺术性的散文除外），但是对于好诗，甚至于一首短短的绝句诗，可以多年玩味，百读不厌。"董桥的散文之所以可以重读，便正是缪钺先生所排除的那种高度艺术性的散文，如诗歌一样具有高度的艺术魅力。

但问题也不简单如此，董桥的散文也不仅仅如大陆出版的这册《墨影呈祥》这样充满闲趣的文人雅集，那仅仅只是一个方面而已。我近来在网上也是偶然读到董桥在香港的专栏文字，读他对于时事的分析，对于政治的议论，对于历史的感怀，却也是同样的有骨有肉，气血淋漓，完全区别于之前我所印象那位远离社会和退缩到书斋与文玩世界里的文人形象。而这时，我才发现之前我所读到的董桥文章，许多暗含的思想火焰只是并非气焰嚣张罢了。我向来以为文人做文章不但文辞要独特典雅，布局要精心大气，还要有情趣，更重要的是脑子要清楚，不糊涂、不冬烘、不僵化、不偏激才可以。我终于可以为董桥松口气了。听说广西师范大学准备推出一系列的"董桥作品集"，我在这里为朋友们做个广告，但也并不抱太大的希望，因为可以预计的是，那些对于政治、历史以及社会时事的议论，依然是可以被彻底删汰掉的。

或许是因为自己文字功底的薄弱，我异常地关注当下文章高手们的文字。而逐渐读下来，也才发现许多海外和台湾的作家笔下的文字十分了得，而大陆不多的文字好手们，其视野也多是直接与"五四"一代的文化传统连接了起来。想来想去，或许是中文这样的美好东西，近百年来已经被我们糟蹋得不成样子了，我们必须得返回去，走一条重新探索的路子了。之所以有这样的感慨，或许还有差点被自己错过的台湾作家舒国治的两本散文集《理想的下午》和《流浪集》。广州的戴新伟兄说舒国治的文字有一种"萧简之美"，这其实是一种有趣的美学概括。我在读舒国治的散文集时，不但为他在文字之中所流露出的意境所感动，而且感动他在文字使用时的干净、干脆和自然，有行云流水，又有果断决绝，还有一种古风，又有一种西趣，这种又古又新的风格让我想到了备受争议的木心先生。一开始，我读木心也是有些不自然，但越来越觉得其文字的张力与美妙,汉语的高妙尽在其中,让我愈读愈喜。为此,我想到北京的孙郁先生的一段颇有意味的剖析:"我读五十余年的国人文章,印象是文气越来越衰。上难接先秦气象,旁不及域外流韵,下难启新生之路。虽中间不乏苦苦探路者,但在语体的拓展和境界的洒脱上,还难有人抵得上木心。他对我们的好玩处是,把表达的空间拓展了。"

我不敢轻言自己对于美文的理解,尽管自己只是悄悄地读自己喜爱的文字,如果能够从其中摸索出一二点的门道,那也算是自己的造化了,不过我倒是很想将自己读过的好文章与大家分享分享,也很想将那些文字写得高妙的作家们介绍给朋友们的。因此,我不妨列出几个以写作随笔小品取胜的当代作家的名单,与大家交流和切磋,如果你觉得不值得一读的人物,一笑而过则可了,列位有兴趣不妨来读以下几位的文章:黄裳、木心、董桥、谷林、缪哲、冯象、止庵、陈丹青、胡河清,等等,以我有限的视野所见,这几人的文章大多皆可一读的。当代汉语文章运用得神妙的高手,如木心、杨绛、董桥、缪哲(包括他的全部翻译文字)、止庵、陈丹青、龙应台、章诒和、扬之水、高尔泰、朱天文等多人,我皆有过文字介绍。

五年前的时候,我第一次读到胡河清的批评文字,立刻便被那些奇妙而清秀的评论文字所折服。在我以为,这些优美的文字之所以还能够吸引我,正是因为评论家是以与作家同等生命的精神体验来对待的,那每一行文字都凝结着一个评论家内心的魂魄。一个没有生活的人,不可能写出优秀的文学作品;同样,一个缺乏生命体验的评论家,他笔下的文字是同样空洞与干枯的,因为生命的相同感受,甚至是超越创作时的生命体验,评论者才能写出我们生存真相的文字来。胡河清的文字让我懂得评论是一种新的创造,也是平等的生命对话,更是同样充满着生命爱意与温暖情绪的思考。胡河清是一个绝对的隐士,寂寞、清秀、遗世独立,生活在文学这一领域而绝不向外扩张。胡河清的评论让我的写作为之一变,但却始终难以望其项背。不过,我最终从这位评论家中发现了作为一个纯粹的文学评论家的内在秘密。至今我还一直将他的文集《灵地的缅想》作为自己时常温习与参照的文本。由胡河清,我觉得作为一个评论家，他需要与创作者相同的甚至更高的要求，因为没有来自生命的磨砺，如何去体悟另外一个灵魂的独语，又如何能够体察到那些不为人知的幽微之处？

止庵先生我曾有过交往，他对我的文字有过指导之恩，特别是对我的文章中粗疏芜杂之处多有指教，但我对其的推举也并非这样浅薄的功利。尽管止庵曾告诉我他既不喜欢董桥的文章，也不欣赏黄裳和孙犁等人的散文，但也毫不影响我在此一起推介他们的文字，因为我觉得之所以这样风格异样的文字，才让我看到了汉语的魅力无穷之所在，而我也尊重每一种探索与趣味。记得在止庵关于自己笔名的文章中，有这样一句让我印象深刻的话："我想象中读书的所在只是一处'庵'——荒凉里那么一个小草棚子而已。"这倒是让我想起知堂的读书趣味来，而止庵所欣赏并取法的，也恰是知堂与废名的文章境界，他向来对张牙舞爪甚至是剑拔弩张的文章比较厌恶，而向往枯瘦平淡的境界，这本是个人喜好与气质所定，但文章读得多了，最终发现还是那些扎实平淡的文章值得反复来读。

止庵先生的《河东辑》收入复旦大学出版社策划的"三十年集"系列丛书之中，所选文章皆为学者生命脉络中的重要篇章，我读止庵的此著，发现他的与众不同在于，早年写诗歌也写小说，而后却多写读书随笔文章，小说诗歌这样易于获取俗名的东西反而基本放弃；其次是他的文章以扎实的史料作为基础，写文章能够不随意议论或阐发，尽量做到句句坐实，因此读完文章大多都是言之有物的篇章，他曾坦言自己即使写一篇千余字的读书笔记文章，所费的功夫则可能是读完所需要评论对象的全部作品，这种功力和耐心在今天或许会被认为是一种笨伯的做法，但恰恰成就了他的文章；而他所读书及论述向无约束，人都以自己的趣味做出发，尽管没有那种知识分子所常犯的"救世主"毛病，但我以为那文章的骨子里却是极为清醒的，若文章糊涂，即使学问再好，文笔再佳，也是根本不值一读的，这倒让我想起他在关于自己笔名的文章中的另一句话来：《庄子·德充符》云：'人莫鉴于流水而鉴于止水，惟止能止众止。'我喜欢这个意思，后来写文章就取它作笔名。我是想时时告诫自己要清醒，不嚣张，悠着点儿。"

也是五年前，我才在北京的鲁迅博物馆里买到一套辽宁教育出版社的"书趣文丛"，但独独喜欢谷林先生的一册《书边杂写》，反复阅读和把玩数遍，竟成为床边常翻的读物之一；后来陆续购得先生的几册其他著述，一一读过，深深地被先生文字中的优雅精致和谦淡细密所打动，这些短小精美的读书文章既不承担救亡图存的大任，又不履行学术与启蒙的探索使命，也没有名利双收的利益驱动，它更多的只是一个人通过读书对于光阴的消磨，因此他的这些文章没有野心，没有指向，没有私念，显得十分的单纯与清洁；也更如此，先生的读书文字产出很少，随性而作，细细打磨，精益求精，最终几乎篇篇也都成为了当下读书文章的上乘佳作。有趣的是，收录谷林先生文集的这套"书趣文丛"也是由俞晓群、沈昌文和陆灏三人策划完成。

许许多多的好书就是在这些真正懂得书也真正热爱书的文人手中得到出版和流布的，诸如，今年由止庵整理和编选谷林先生散落的稿件，终成《上水船甲集》和《上水船乙集》两册。另有南京《开卷》杂志主事者董宁文收集谷林先生散落的书信，编成一册《谷林书简》，皆是如此。不妨再加上早先谷林先生出版的几个小册子，诸如《情趣·知识·襟怀》、《书边杂写》、《淡墨痕》、《答客问》、《书简三叠》等，便是一套"谷林文集"了。幸亏我逐年跟进，苦心搜集，才不至于落空。而我还以为谷林先生的文字，之所以颇得很多读书人的真心喜爱，乃是因为他的读书随笔文章几乎都是以艺术与智慧的角度来出发的，从而显得十分优雅高贵又是难得的别致与机巧，与时下几乎泛滥的读书随笔文章相比，先生的读书文字有着独一无二的可贵品质。正是因此，我深深感觉到自己与先生在内心中有着一种气味相通之处，那种寂寞中的自得与欢娱让人羡慕。读谷林先生的文字，常有一种感慨，那就是作为一个读书人，可能无法成为以天下为公器的"学术中人"，也可能难以成为兼济天下的"问题中人"，但若做一个以追寻艺术与智慧为快事的读书人，其实并非困难。因此，我读谷林先生的文字，常有一种心向往之的温暖之感。（原载《独立阅读》2010年第11期，又载《文艺报》2009年、2010年"新书品荐"专栏）

春节书事

春节放假，正好读书。印象最深的是周有光的《拾贝集》。周先生是真正见证了三个时代的老人家，但脑子一点也不糊涂，甚至是清醒和深邃的让人惊叹；他是对国家和民族贡献颇多的学界名流，但谦虚、宁静和淡泊至极；他也并非只是言谈自己所熟悉的语言文字领域，而是从语言文字领域发展而来，谈论自己对于文化和历史的认识；更令我感到惊异的是，在这本《拾贝集》中所收录的文章，除了为数不多的几篇杂文作品，也是极短的小文章，且不着文采，徐徐而谈，其他的近百篇短文都是他所摘抄的读书笔记，我随手翻阅，也是如此风格，但却不得不正襟危坐了。我惊异的是他的这些读书笔记的微言大义，更惊异他竟然在垂暮之年还能够如此地博览群书。他坦言自己是老人读书，主要读专业以外的有关文化和历史的古籍，想知道一点文化和历史的发展背景。但读后才发现，要了解真实的历史背景，真是困难重重，"可是旧纸堆里有时发现遗篇真本，字里行间往往使人恍然大悟"。

不妨看看老人是如何恍然大悟的，我仅举一例。在《拾贝集》中，收录有他所编写的文章《蒋经国骂父信》，读完全文便不难发现整个文章都是抄录2005年湖南人民出版社出版的袁南生著作《斯大林、毛泽东与蒋介石》第三百二十四页的内容，只是附录中有老先生这样的一句话："这是蒋经国在苏联当'人质'时期写的信，后来他回重庆，到南京，去台湾，继承蒋介石政权，最后使台湾实行多党民主。"这篇文章收录在这本书的第三部分"以史为鉴"中，几乎全都是他对于苏联历史研究的读书札记。另外两个部分分别是"清流拾贝"和"浊浪淘沙"，所记录的有他的见闻、杂感和记忆，更多的还是他从书籍、报刊和电视上读到以及看到的随笔和札记，但思维却是活跃的，眼光也是开阔的，思考更是深邃和厚重。他戏称自己是"两头真"，在《百岁新稿》的自序中写到："先知是自封的，预言是骗人的。如果事后不知道反思，那就是真正的愚蠢了。聪明是从反思中得来的。近来有些老年人说，他们年轻时候天真盲从，年老时候开始探索真理，这叫两头真。两头真是过去一代知识分子的宝贵经历。"也因此，我再读他的《拾贝集》，还有沧桑与苦涩的滋味呢。

2月20日，北京。拜访完读书时的老师，我从魏公村坐公交车到中关村，准备去图书大厦买几本书，于是在北京地震局下车。然后步行，这时从不远处的海淀教堂传来浑厚而响亮的钟声，我矗立街头，忽然有些百感交集。那日，我在图书大厦买到了刘再复的散文集《师友纪事》。刘再复的著作，近年来在大陆几乎是井喷式的出版，仅成规模的便有北京的三联书店、中信出版社和福建教育出版社的"刘再复作品系列"，其中重复出版的甚多，而三联书店的刘再复的"红楼四书"和《双典批判》还不算是重复。刘再复是八十年代知识界的领袖人物，很具有传奇色彩，这些年浪迹海外，如今终于可以"归来"了。不过我比较纳闷他们这一批曾经叱咤风云又流落海外的知识分子，为何他竟然可以如此"归来"呢？而在这册《师友纪事》中，我读其中的《钱钟书先生纪事》，才找到了一点答案。在文章中，他回忆钱钟书对于自己的影响，无论是在学术上还是在人生处世上；后来刘再复流落海外，钱钟书十分关心他的人生处境，多次托亲友带话给刘再复，"在海外千万不要参加任何政治活动，政治不是我们这些人能搞的"。也因此，刘再复说他在海外的近二十年，绝对不涉足政治。

刘再复，福建人，曾是中国社会科学院文学研究所的所长，《文学评论》杂志的主编，还是学术委员会的主任，在学术界可谓是声名显赫的弄潮儿。在这册《师友纪事》中，除了这篇《钱钟书先生纪事》，还有几篇文章分量最重，依次是《周扬纪事》、《胡乔木纪事》、《胡绳纪事》、《施光南纪事》，等等。这些人物都是当代中国文化与学术领域权位极重的人物,而刘再复与他们之间的交往,几十年后在漂泊天涯时回首起来,真有些让人沧桑百感的滋味。他写周扬,这位在"文革"后转向为极力批判"左倾"的风云人物,刘再复曾数次代他立言,因此有机会走近这个内心极为复杂与焦灼的世界,也因此有机会接近了中国当代思想文化的核心地带。真是幸亏,对于他这样性情纯粹的学者,面对这些惊涛骇浪中浮沉过的人物,也还都有书生的一面;也幸亏,他处于的还是那个思想解放的新时期春天,面对各种扑面而来的问题,也还都有人性温暖的一面。

2月28日,我在石家庄火车站附近办事,因为需要等候一段时间,便颇感到有些无聊,于是想到附近有一家小书店,名为"文博书店"。记得书店十分朴素,甚至有些简陋,但所卖书籍很有品位,我猜测书店的主人一定是懂书之人。于是当时便乘兴去找这家书店,但折返了几次,却没有发现书店的踪影,心里很是纳闷。于是打听了一番,大多也都不知道。想来自己快一年没有来了,买书大多都是去网上的当当或卓越,有时也去图书批发市场,图的是便宜和方便。后来终于在一个妇女的指引下,才知道原来的书店已经改为文具店了。我进了文具店,店主未换,但店里已大多改售为文具、奶茶、糖果了,只是在里侧还放了一些书,好像是两个书架,我看了看其中的书籍,大多已变成韩寒、郭敬明还有封面花哨的言情与财经类畅销书了。徘徊了一阵子,终于选了一部荣宏君的著作《烟云俪松居:王世襄珍藏文物聚散录》,店主给打了八五折,花费了五十元,估计是店内最贵的著作了。店主很高兴,我询问变故,她说只卖书维持不了生计,现在实体书店很难继续,连美国最大的实体书店也已经倒闭了。

其实这样的经历,现在写来实在是算不得什么新鲜的事情了。不过,近来读了一篇关于《青岛日报》副刊编辑薛原先生的文章,便很感慨。那篇文章认为薛原"有病",其病一是买书从来不买旧书,其病二是买书从来不买二刷的书,其病三是在书店买书从不让打折,都是原价购买;其病四是他编辑的书,从来都是精益求精到自己满意为止,但绝不允许出版社进行第二次印刷。其原因多少有些读书人的"洁癖",但薛原的用意其实更明显,那就是以自己的实际行动来支持那些还存在于自己身边的实体书店,否则他们可能很快就消失了;

也以自己的实际行动来支持那些小众的人文读物,否则他们很可能越来越难以出版了。薛原近些年来参与青岛"良友书房"系列丛书的策划,也连续编辑出版了《良友》和《闲话》两册"MOOK"丛书,皆信奉他的这些"有病"的书生信念。

薛原近来出版了自己的新著《闲话文人》,系他这些年用心读书的笔记心得,但显然也是他"有病"的结果,不但装帧做得精致,插图也很漂亮。而内容我也很感兴趣,主要以谈论现代中国历史上的文人为主,诸如关于沈从文、老舍、萧乾、蒋兆和、石鲁、徐悲鸿、田家英、柯灵,等等现代文人,都能刨除习常的庸见,而从史料中找到很多鲜为人知也十分独特的"另一面",其中包括沈从文的天真到偏执,老舍的婚外情,蒋兆和抗战中的污点,萧乾的人性弱点,等等,都写得温情又冷静。最令我感兴趣的还有薛原的写作手法,不是常见的学术论文,也不是一般意义上的传记文学,而是以读书笔记的形式连缀而成的散文笔法,有点知堂的意味,但却平和有趣得很,十分适合闲来消遣的。(原载《独立阅读》2011年第2期,又载《新京报》2011年3月12日、《文艺报》2011年3月23日)

京城访书记

一

2011年5月7日　三联书店

前段时间，有报道说北京的三联书店将部分店面出租出去了。据说实体书店的日子越来越难过，三联也不例外。这次到书店，果然见店旁所开的店铺就是京城有名的雕刻时光咖啡店，而步入书店内，以前二楼的艺术类图书区消失了，据说也成了咖啡厅的一部分。在三联书店的楼梯上读书的独特风景，因为没有了通往二楼的去处，也就没有过去那样壮观了。在书店的地下特价区，买到了夏志清的文集《文学的前途》，半价，略有残痕，但并不影响阅读，此书收入"三联精选文库"之中，由上海学者陈子善编选；大致翻阅了一下书后陈子善的后记，才知道此书原为台湾林海音创办的纯文学出版社出版，系夏志清的第二册中文著作，已连续印刷过五六次。此次在三联书店出版，删去了原书中的两篇文章，分别为《1985年来中国大陆文学》和《姜贵的〈重阳〉》，其他个别字句也有所删节。特价区还有董桥的散文自选集《从前》，系三联书店出版的

"董桥自选集"中的一册，本打算购买，但书品实在不佳，且我素不喜欢三联书店的这个版本的版式，过于稀疏不说，其中的花纹点缀也实在是影响阅读的效果，后来还是放回到原处去了。

在港台澳书架上看到香港天地图书公司为董桥所出版的自选集《旧情解构》，精装，繁体，竖排，品相极佳，定价为港币九十元，书店标示为人民币九十九元，拿在手里好半天，但还是喜欢这种典雅舒服的品相，终于决心拿下。而另外一个原因，则是此书为学者刘绍铭所主编的"当代散文典藏"之一，自然是足本了，因为大陆出版的不少董氏文字，几乎都有所删节，从而印象中的董桥，仿佛便是不食人间烟火的遗老遗少一般，实则还是很不然的。在书店里粗略翻过几篇文章，其中有谈论时事的篇章，也有谈论历史的篇章，均是大陆版本所不曾见到的；还有不久前在网上看到四川学者龚明德曾言及三联出版的董桥著作《这一代的事》中的文章《春日即事》，也有所删节。我翻阅这册著作，遂见确有大陆所删去的文字，其中一句为："翻读《人民日报》，闷气扑鼻，一无所得，急弃之于字纸篓中！"

随后又在新书架上选取一册著作，系英国作家罗杰·塔厚儿（Roger Tagholm）所撰写的《漫步文学伦敦》，为三联书店2006年出版，但一直未曾买到，现正好收下。此书的副题为"二十五条带您深入探访伦敦文学遗产的步道"，对于了解英国文学可谓别出心裁，值得借鉴。该书封面系约翰逊博士（Samuel Johnson）在其伦敦故居前的雕塑，手中所拿应是一册由他编撰的字典，面露微笑，让人很能感受到英国文学典雅与渊博的一面；而该书作家在序言中谈及英国伦敦的名人故居都有蓝牌标志，具体名为蓝徽章，由皇家艺术协会于1867年在靠近牛津圆环区的霍利斯街即拜伦的出生地点上，嵌装了第一面徽章，之后又分别由伦敦郡自治委员会、大伦敦议会等机构颁发，1985年改由英国遗产协会颁发并延续至今，现已有七百面徽章，其中中国作家老舍在伦敦的故居也获此殊荣。

记得前不久上海《文汇报》的"笔会"副刊，一位中国学者写他与妻子在伦敦寻访老舍故居的经历，而他并没有写到能够拥有这面徽章的详细标准，这册《漫步文学伦敦》中便有所介绍，不妨抄录如下："一要有合情合理的根据，让人相信他们是其多数的同业成员都视为卓越的人物；二他们要对人类福祉有重要、正面的贡献；三他们还要有独特、卓尔不群的个性，让见多识广的过路人，立即就认出他们的名字；四他们应获得这样的认同。"这很让人想到我们在文物前用水泥浇铸的各级文物单位的保护标志，真是粗糙得可以，但能拥有也算是荣幸了。诸如北京，就很值得也写出一本这样的散文著作，但实际上很多的历史遗迹，早已被人为地消亡了，据说三联书店附近便曾有著名学者陈梦家和他的妻子赵萝蕤曾住过的四合院，系明代时期的古建筑，虽有多位知名学者和作家极力声援保护，可惜几年前还是被强行地拆毁了。

二

2011年5月11日　汉学书店

朋友S告知我北大有挪威著名汉学家何莫邪（Prof. Christoph Harbsmeier）的讲座，系北大胡适人文系列讲座之一。北大我很久不去，因此也打算借此旧地重游。胡适人文讲座之前也有所耳闻，似乎以邀请国外知名汉学家到北大来演讲为内容，从去年北大中文系成立一百周年开始举行，到今天似乎已经快一年的光阴。记得第一讲便是美国哈佛大学的著名汉学家宇文所安（Stephen Owen）关于中国古典诗词的演讲，可惜我那时未在北京；而我感兴趣的是这个讲座系列，以胡适命名，可谓贴切，也有对于胡适在学术界地位的认可。胡适曾在北大担任中文系教授，抗日战争后还一度担任北大的校长，尽管没有出任，但无论北大对于胡适，还是胡适对于北大，意义均是不凡的。胡适在国际学界具有很高的知名度，曾荣获三十六个世界各地大学的荣誉博士学位，他的身份早已代表了学术的一种贯通中西的气度和胸襟，但遗憾的是，如今的北大对于胡适的态度，总是显得有些躲躲闪闪，旧有的影响至今存在，即使如北大这样开风气的地方,竟也不能例外。

讲座完毕后,与 S 从教室出来,便直奔北大西南角的几个地下书店去看书,在其中的博雅堂书店,我买到《万象》杂志 2011 年第五期;又在旁边的汉学书店,买到止庵编选的《周作人集(插图本)》上下册,这套书系花城出版社的"大家小集"之一,因为打折,而我又有收集周作人文集版本的兴趣,于是还是拿下了。在书店翻阅了一下《万象》杂志,见封二有胡适的照片,神采飞扬、年轻潇洒,照片上的胡适手持折扇,面露微笑,身穿中式对襟衣服,似乎在园林的古亭下休息,据照片下的介绍,此照刊载在 SINICA(《汉学》)1932 年第七卷的第二百一十六到二百一十七页之间的插页上,图版第二十一,第二百六十三页上又有说明为:"图版第二十一是年轻时候的胡适教授的照片。由 DREIER 女士拍摄。"与这张照片所对应的是本期杂志中由李雪涛所写的文章《不做一只不舞之鹤——有关胡适获普鲁士科学院通讯院士的几份史料》,我后来读了这篇文章,原来作者去年通过当时北平的一份英文报纸《华北时事日报》(The Peping Chronicle,1932 年 9 月 23 日),发现有胡适当选为普鲁士科学院通讯院士这一荣誉后,德国大使馆为胡适举办隆重的招待晚宴,这份报纸刊发了报道通讯,并同时刊发了由德国大使陶德曼(Oskar Traumann)所发表了祝词,以及胡适所发表的致答谢词,而这些史料均为第一次面世,对于研究胡适自然十分珍贵。

汉学书店以出售文史类著作为特色,书店装饰倒是有些古雅,店名竟也是季羡林先生所题,显然要比其他两家书店看着要更为有文化品位一些。从书店出来,天尚早,我和 S 便信步在北大校园里散步。我们从畅春园穿过去,经过一段幽深的小径,到达未名湖,一路上见到北大校园内花团锦簇,草木扶疏,颇有欣欣向荣之气。中途,先后遇到了李大钊和蔡元培两人的塑像,为 1977 级与 1978 级的北大毕业校友捐助建成,这倒让我想起台湾作家李敖 2006 年到北大演讲,曾在公开演讲中表示他要给北大捐款,用于给胡适先生建造纪念塑像,但似乎至今也没有实现。不过,S 告诉我,他之前偶然在网络新闻上获知,这座胡适的雕像即将完成,并将由北大校方安排并择地安放。但愿这个消息准确。

从北大出来，我一路上都在想，如果真的要为胡适树立塑像，不知道会将安排在什么地方呢？我觉得最为合适的地方，便是北大的图书馆前了。今年还是胡适诞辰一百二十周年纪念，这塑像若真能如愿完成，也算是对于这位北大校友的一种迟来的纪念吧。

三

2011年5月14日　万圣书园

到海淀访友后，时间尚早，想到这里距离成府路较近，便准备顺便去万圣书园看看书。每次我到北京，只要时间允许，万圣还是必去的地方。万圣书园取名于西方的万圣节，诗人西川则将此店名发挥为，每本好书都是一个圣人所在，也可谓贴切又诗意。书店由知名学者刘苏里独立支撑，特点在于书店的定位为只销售严肃的学术人文著作，因此所有书籍既有严格要求又尽量齐全，在这里可以看到许多不曾见到的学术与人文著作。据说每册进店的著作都是要经过刘苏里的认真判别的，正如梁文道在文章中所谈，万圣书园是没有垃圾著作的干扰的。由于万圣书园的图书折扣很小，而且还必须持有会员卡才行，因此，进店前我便抱着尽量只看不买的心态，先在二楼的书店入口前驻足欣赏了很久特设的导购橱窗，特别是"建议阅读"这个橱窗，很能见识到书店的风格和态度所在，诸如以下几册著作：《蒋经国传》、《马克斯·韦伯社会学文集》、《古典政治理性主义：施特劳斯思想入门》、《民族主义：走向现代的五条道路》、《法权现象学纲要》、《波斯帝国史》、《苏格兰启蒙运动》、《让人民自由》、《殉道史》、《统治史》、《思想的谱系：西方思想左与右》、《苏联的心灵：共产主义时代的俄国文化》、《保罗·策兰诗选》，等等。

进书店后，先在杂志区拿到了《万象》第一到第四期，这份杂志曾连续数年订阅，今年改订新闻刊物，但颇为后悔，因此只能在书店零散购买了，幸亏在这里还能买到，前几日去北大的博雅堂书店，只买到了最新出刊的第五期，据说是因为买的人太少，全都退掉了。在新书区见到了花城出版社最新推出的"书蠹丛书"，分别有止庵的《比竹小品》、谢其章的《书呆温梦录》以及赵国忠的《春明读书记》三册，均为小开本的精装本。因为都是有关现代文学的书话文字，均为我所关注，适合平日闲翻，也就全都买下了。又浏览了一下文学区的现代文学专柜，在架下的旧书堆里翻到大象出版社1996年12月出版的《周作人日记》，共三册，这套书由鲁迅博物馆所藏的周氏日记影印，两次印刷，也不过二千五百八十册。我寻觅此书久矣，没想到今日偶遇，虽然定价昂贵，但还是要拿下的。而其他诸多新书，因为折扣相比太低，这次自然是要忍痛割爱了。结账后，发现竟消费几近三百元，其中《周作人日记》因为是2006年以前出版的旧书，收银员态度坚决，一点也不打折。看来，万圣还是很自信的。之前我还替刘苏里和他的万圣书园担忧，看看我这种早有心理准备的人，也没有抵挡住诱惑，其实多少还是有些杞人忧天的。

在书店里翻读了谢其章的随笔集《书呆温梦录》，收有文章《毛边书是阅读的反动》，写他也偶尔收藏毛边本，其中便有书话大家姜德明先生赠送给他的几册毛边书，计有《北京乎》、《余时书话》以及《书边梦忆》等著作，特别是《余时书话》一册，初版只印了一千五百册，其中毛边书也只做了一百册，可见其珍贵。而他自己的一册著作《漫话老杂志》，曾请编辑做过十册毛边书，据说现在网上都已经炒成奇货了。为此，他也颇为留意毛边本的情况，"上海译文社最近出了一系列精装毛边本，做工很精致，内容又是我所喜欢的，当即在当当网订购了其中的《美国散文精选》，其中一篇《古宅琐记》，最初读的是北岳文艺版，那时的书做的真够粗糙的，但是那时读书就是读书，不大关注书的外貌"。而止庵在他的随笔集《比竹小品》中，收有《也谈毛边书》一文，竟也提到了这册《美国散文精选》，"是以我对这种玩意儿一向不大当回事儿，朋友送书给我，我宁肯要光边的。偶有例外，譬如前不久面世的扬之水著《奢华之色》，毛边三面均隐于精装书壳之内，堪称精致；又《美国散文选》和《培根随笔》，书页上下切光，留书口不裁，亦算漂亮"。

真是堪称奇遇。从万圣书园出来，到对面豆瓣书店里，便一眼看到这册《美国散文精选》，自然是立刻拿下。这册《美国散文精选》由山西大学教授高健翻译，收文四十八篇，其中包括有富兰克林的《静生詹言》、霍桑的《古宅琐记》、梭罗的《垂钓》、艾略特的《传统与个人才能》，等等，真可谓名家名文一手在握了，而且整本书的装帧实在优雅，封面用乳白色的精装硬纸，除去两三行隐约可见的刻印体英文，以及必要的出版社、中英文书名和译者名目之外，还有就是一帧印刷极好的小幅版画，整个设计简洁、清雅，令人过目难忘。再读后封上的出版介绍，竟也是典雅与妥帖的大家手笔，不妨也抄录下来："本书为北岳文艺出版社所刊印的《美国散文精选》（1989）的重印本。重印的目的出于以下考虑：据我们所知，该书自发行以来即深受国内外（包括港台地区）读者的广泛欢迎，但由于当年印数过少，且又祈未重印，目前书市已绝迹，致使购书者每每废然而返。有鉴于此，我社决定重刊此书以满足广大读者的要求，并使优秀译本得以再获新生。"（原载《独立阅读》2012年第1期，又载《文景》2012年第1期，《西南军事文学》2012年第3期）

后　记

弗吉尼亚·伍尔芙有册随笔集，名为 Book and Portraits，翻译家刘炳善将其译为《书和画像》，台湾远流出版社将其翻译为《书与画像》，并有副题为"伍尔芙谈书说人"。伍尔芙撰写过大量的读书随笔文章，并结集有《普通读者》和《普通读者二集》等著作，其中收录均是她用轻灵活泼的文笔来撰写对自己喜爱作家与作品的印象。《书与画像》就是选自她的这两册文集中的部分篇章。我在书店里第一次看到这册文集的时候，就喜欢上了这个书名。心想若有机会出版一册自己的读书随笔集，也要借这个书名一用。如今终于能够如愿，岂能不为之兴奋。这个集子收录了近些年来所作的读书随笔，共计五十余篇，它们均曾在报刊上公开发表过，谈论的也都是这几年自己"谈书说人"的一些印象和心得。

由伍尔芙，我才发觉，读书真好比是画像，无论对于自己倾心阅读的对象，还是对于个体的阅读生命，都是最大也最美好的人生收获。此书编订完成后，我将文章大体分为了"画梦录"、"春泥集"、"小风景"和"夜读抄"四个小辑。如若熟悉中国的现当代文学，想必读后便会明白这里每个名称的出处与来历。我想，若是与我趣味相投的朋友，也定是能会心一笑的。而我自己也打算以这样的方式，向我所喜爱的作家们表达自己的一种特别的敬意。之前，我还为此书编有"谈艺录"一辑，收录大多是近年来所作的有关时文赏析的篇章，但拙作的编辑何客兄读后，以为与其他各辑的笔法和风格略有区别，乃郑重建议删去。我略作思考，以为所言甚是。

人与书的相遇，其实更是人与人的心灵相遇。这些年里，我有一个特别深刻的感受，就是无论读书写作，还是做事做学问，都像是找朋友一样。正因为我们的兴致、爱好、情趣，以及追求、襟怀和抱负的一致，才能够彼此珍重，并由此成为精神上的朋友。这就是一种缘分。此书的最终面世以及它所呈现的方式，便是一种缘分。为拙著写序孙郁先生，如今已是中国人民大学文学院的院长，早在五年前，他就曾为书稿热情作文，其时孙先生还是鲁迅博物馆的馆长，我们相识于一本有关鲁迅的新书讨论会上；另一位为拙作作序的李静女士，乃是我的好友，北京日报社的副刊编辑，也是极为苛刻和灵敏的文学评论家。记得我们相识于纪念王小波的一次展览中，想来也是八年前的事情了。

风雨如晦，鸡鸣不已。既见君子，云胡不喜？正因如此，我们才能真正相忘于江湖。我还要特别感谢至今与我素未谋面的上海同济大学的年轻学人王晓渔兄。我在三年前加入他所发起的"独立阅读"计划，作为文学观察员，我每月都须无偿地为那些真正爱书的朋友们推荐自己读过的新书和好书。如此，竟坚持了三年的时间，从中真是受益颇多。如今，晓渔兄主持"独立阅读"书系，允诺将我的这册著作加入其中，真是颇感荣幸的事情。特别需要提及的是，我与晓渔兄以及此书的编辑何客兄，还都是早逝的学者胡河清的粉丝，也算是一种缘分。最后，还要感谢为此书设计书衣的装帧设计家刘运来。刘兄才华卓然，见识脱俗，曾连续五次摘得中国最美书籍设计奖。我们因书结缘，特记之。

朱航满

2013 年 3 月 18 日，北京

图书在版编目(CIP)数据

书与画像 / 朱航满著. —合肥:安徽教育出版社,2013.8
ISBN 978-7-5336-7655-1

Ⅰ.①书… Ⅱ.①朱… Ⅲ.①散文－作品集－中国－当代 Ⅳ.①I267.1

中国版本图书馆 CIP 数据核字(2013)第 183364 号

书名:**书与画像**	作者:朱航满
SHU YU HUAXIANG	

出版人:郑 可　　策划编辑:何 客　　责任编辑:何换生　　特约编辑:何志伟
责任印制:何惠菊　　美术编辑:吴亢宗　　封扉设计:刘运来

出版发行:时代出版传媒股份有限公司　http://www.press-mart.com
　　　　　安徽教育出版社　http://www.ahep.com.cn
　　　　　(合肥市繁华大道西路 398 号,邮编:230601)
　　　　　营销部电话:(0551)63683010,63683011,63683015
排　　版:安徽创艺彩色制版有限责任公司
印　　刷:合肥创新印务有限公司　　电话:(0551)64456946
(如发现印装质量问题,影响阅读,请与印刷厂商联系调换)

开本:787×1092　1/16　印张:17　字数:270 千字
版次:2013 年 9 月第 1 版　2013 年 9 月第 1 次印刷

ISBN 978-7-5336-7655-1　　　　　　　　　　　定价:36.00 元

版权所有,侵权必究